黃易

破碎虛空

異俠大系・新編完整版

破碎虛空

目錄

破碎虛空

目錄

第一章　午夜密約

六月初一，蒙古鐵騎進駐留馬驛西行七里之驚雁宮後第七日。

一陣健馬疾馳的聲音轟然響起，迅如疾雷般由遠而近，直逼留馬平原的唯一市鎮留馬驛而來。馬蹄踢起漫天塵土，旋風般捲飛上半天，露出了幾個強悍的騎士，他們中有精赤上半身的，也有穿上皮革或搭著獸皮的，頭上都戴著各式各樣猙獰可怖的戰士護盔，背上長弓箭筒，插滿長箭，正是縱橫天下的蒙古悍兵。

時值當午，艷陽高照，大地一片火熱，留馬驛的主街通原大道頗爲熱鬧，除了本鎮的居民外，還有不少外來的旅客和商人。但當蹄聲一起，群眾牽兒喊娘，一片混亂後，整條街道立時靜無人跡，所有人都避進建築物內或躲進橫巷去。說時遲，那時快，七乘蒙古騎士衝上通原大道的入口。

奔進長街後，蒙人騎速不減反增，帶頭那精壯的蒙人，「呼」的一聲，手中的馬鞭揚上半空，在天空中呼嘯了一圈，重重落下，抽在馬股上，健馬吃痛狂嘯一聲，箭矢般飆前，衝向長街的另一端，其他蒙兵紛紛仿效，呼叫聲此起彼落，七乘悍騎狂風般掠過，使人生出一種慘烈的感覺，聲勢奪人。

就在此刻，一隻小黃狗不堪驚嚇，失常地發狂從一條橫巷直竄出來，就在疾若電光石火急奔而來的駿馬前橫過，帶頭的騎士座下駿馬受驚彈起前蹄，騎士不慌不忙，一抽馬頭，人馬同時向前躍出，天神般跨越急奔的黃狗，人馬還在半空時，騎士彎弓搭箭，利箭電閃，剎那間將奔至道旁一堵土牆下的黃狗，活生生釘進牆去，這時馬的前蹄才剛著地，後來的騎士同聲喝采，繼續加速疾馳，轉眼間變成幾個小黑點。旋風般來，旋風般去，留下滿天飛揚的塵土。露出的箭尾，微微晃動，黃狗的血仍在滴下，地上一灘血紅。

同一時間，留馬驛最具規模的酒家觀雲樓的閣樓上，向無蹤正目送蒙古悍騎的遠去，剛才那一幕仍盤旋在他的腦海內。向無蹤年約三十餘，身型高瘦，手腳均較普通人長上一些，動作靈巧，雙目轉動間使人感到他是個機靈多智的人物。

同時和他在觀雲樓上憑窗窺看的，還有幾個膽子大點的鎮民和外地客，膽小的便瑟縮在座位上。時值午膳，十來張桌子坐滿了人，卻是一片寂靜，小二們也停止了奔動，國破家亡下，眾人都心情沉重。狗兒死前短促卻淒厲的慘叫，似乎提醒了他們將來或會遭遇的同樣命運，很多人的臉色仍在發白，一副末世的景象。

蹄聲消失，眾人尚未回過神來，向無蹤的心卻不斷沉向絕望的深淵，他認出那帶頭的騎士是蒙古大汗親兵團中東衛兵的赫赫人物，箭筒士統領顏列射。要知蒙古帝國以戰起家，最重軍權，大汗的親兵，不啻是大汗藉以維持帝座的實力和本錢，能入選者，皆萬中挑一的精銳。親兵共分東、南、西、北、中五衛，每衛兵力經常維持在一萬五千人間，一衛內又分宿衛、箭筒士和散班。所以若能高踞箭筒士之首，必定有其驚人絕藝。

向無蹤心內暗以箭術獨步中原武林的長孫氏與顏列射比較，不禁自己也大吃一驚，原來他的結論竟是：縱使長孫氏的箭藝在用勁巧妙上勝出一線，但純以殺敵的角度來看，兩者也不過是伯仲之間。當然，如果對壘沙場，蒙人配合以威震天下的騎射，長孫氏亦難免落敗身亡。這樣可怕的敵人，對這位志在驅逐韃子、還我河山的武士來說，如何能不心膽俱喪？

向無蹤在觀察街外的同時，酒家內各式人等的一舉一動，絲毫不能逃過他的耳目。其中一個面牆而坐、身材高大、衣著普通的外地來客，生得一表非凡，氣度沉雄，顯是不凡之士。當蒙騎馳騁而過時，此君並沒有其他人的不安表現，亦沒有起身離座觀看，但別看他雙肩寂然不動，雙耳卻在有節奏地輕輕顫動，這等以耳代目的觀察方式，實在駭人聽聞，若非向無蹤這等善於觀察的名家，絕不能得出如斯推論。

向無蹤心內的震盪實是難以形容，心內更是疑團重重，先是蒙古大汗的東衛親兵，在不明的原因下進駐留馬驛七里外千里崗下的驚雁宮，再就是這罕得一見的絕代高手出現，兩者是否有關聯，又或純屬巧合呢？

這時高大漢子起身會賬，登時把向無蹤從纏織交錯的思路裡，活生生地扯回現實。這男子看來還在盛年，約在四十歲上下，不過這類精研氣功之士，往往能克服衰老的自然法則，所以年齡很難從外表來判斷。

高大漢子走到櫃檯前，和掌櫃閒聊了幾句，旁人聽來不外是一個遠方來客，詢問附近的名勝風光，但聽在向無蹤耳內，卻知道這漢子乃極富經驗的江湖人，漫不經意的問答裡，已弄清楚他要的資料，而且因為所問不限於某一目標，故又不用顧慮別人探悉他眞正的目的地，極為老練。這時向無蹤已下了決心，希望能在這個表面看來毫不相關的漢子身上，追查蒙人到此的目的。

高大漢子步下酒樓，不徐不疾地走向剛才蒙古騎兵消失的方向。向無蹤待他走遠了，迅速下樓。走出大道，轉入一條橫巷，展開身法，迅如鬼魅地在小巷裡穿梭，一邊走，一邊脫下身上衣服再反轉來穿，跟著取出一種藥液，塗抹在臉上，這些複雜的動作，都是在他疾奔下同時進行，所以當他再見到高大漢子的背影時，高大漢子已走出留馬驛，而向無蹤亦從商人的打扮，變成一個膚色黑實的地道農民，如魔法的變幻。

向無蹤一邊利用道旁的大樹草叢掩遮行藏，另一方面，亦不敢跟得太近，因爲他對這高大漢子懷有極大的戒懼，一下錯失，恐有性命之憂，但向無蹤對自己的追蹤之術和輕功身法很有信心，自問若來個逃之夭夭，即使敵人勝己十倍，也只能徒呼奈何。

這時高大漢子突然從往千里崗驚雁宮的官道轉入了一條支路，向無蹤大爲躊躇。他來此已有五天，對這附近的環境瞭如指掌，他們這些擅長追蹤偵測的專家，都必須有超人的記憶力，才能事半功倍。所以向無蹤一見高大漢子所走的方向，知道那一帶都沒有高大的樹木，不利於隱蔽行蹤，現在他可以做的，一是繼續跟蹤，憑氣味、腳印的去向遠遠吊著對方，一是放棄。想到這裡，向無蹤自己知道必須迅速下一個決定。其實若非目標如此深不可測，向無蹤也不用有這麼多顧慮。

就在此刻，一股形如實物的強大殺氣從身後撲來，向無蹤大駭，不容多想，向前衝出。他箭矢般飆前，剎那間向前推移了超過二十丈的距離，兩旁樹影急退。他將自己的體能發揮至極限，可是那股殺氣如影隨形，不加多也不減少，無論他衝前有多快，都無時無刻不在緊緊地威脅他。

向無蹤當機立斷，停了下來，這樣的提氣前衝，最耗眞力，如果他再不停止，不須假手於人，自己便要氣絕力竭而亡。可是停下來後，那殺氣仍然保持那樣子，自己便如從來沒有改變過位置，當然，向無蹤知道自己比之剛才，已是大大不如。他現在全身功力，最多只耗剩十之六七，卻絕無機會調息，背後湧來的殺氣仿如狂風巨浪，一波一波向自己衝來，向無蹤先機盡失，縱使面對千軍萬馬，也不至如這般的窩囊。

突然間殺氣稍緩，向無蹤從崩潰的邊緣抽回一腳，身後一個沉雄至極的聲音道：「向極是你的什麼人？」

向無蹤心中生出一線希望，急忙答道：「正是家父。」

背後的人略略沉吟，向無蹤全身一輕，壓力頓消，連忙回轉身來。眼前丈許處，卓立了那高大漢子，手上並沒有兵器。難道此人不須借助兵刃，便可發出這樣的殺氣？

向無蹤拱手爲禮道：「多謝前輩手下留情。」

高大漢子道：「不必客套，若非我見你剛才危急下施展向兄的鬼魅潛蹤身法，你現在眞的化爲鬼魅了。」

向無蹤自知在鬼門關打了個轉，突然間，心念一動，記起一個人來，瞠目結舌地道：「小子有眼無珠，前輩莫非是凌渡虛大俠？」

凌渡虛微微一笑道：「果眞是故人之後，功夫不俗，追蹤之法也得眞傳。」

聽到這裡，向無蹤不由老臉一紅。

凌渡虛又問：「向兄近況如何？」

向無蹤道：「先父於年前練功時，氣脈倒流入心，撒手西去。」

凌渡虛長吁一聲，轉側了身，負手望天，自言自語道：「生死有命，果眞絲毫不爽。唉！不出所料。」這幾句話，使向無蹤完全摸不著頭腦。

凌渡虛又道：「向小弟爲何要跟蹤老夫呢？」

向無蹤連忙道：「慚愧得很，小子現於復尊旗任天文旗主下任總巡之職，專責偵察敵情，希望能驅逐韃子，還我山河。十日前得知蒙古大汗從汴梁抽出上萬精兵，連夜移師留馬驛，得知此地必有天大重要之事，故受命趕來此地。但偵察多日，仍然茫無頭緒，未知前輩可否指點一二？」說完後以詢問的眼光望著凌渡虛，當然希望他也如自己一樣來個和盤托出。

凌渡虛聽到向無蹤正在爲危難的國家努力時，連連說了幾聲「好」，眼中露出欣慰的神色，但卻答道：「小弟，今日一見，便止於此。」也不說些後會有期的話，轉身便去。

向無蹤心中打了個突兀，奇怪這位父親摯交，這樣要去便去。剛想說話，凌渡虛回身拋來一本發黃的絹本冊子，顯然是凌渡虛貼身收藏之物。

凌渡虛一邊遠去一邊道：「這上面有些許練功心得，小弟若能領會，將可免步上乃父舊路，好自爲之了。」說到最後一句，凌渡虛最少到了半里之外，聲音仍近如耳語，其功力之深，實在驚世駭俗。

向無蹤獲贈寶笈，喜出望外，但心中卻隱隱覺得凌渡虛有種臨危囑託的味道，大感不安。能令如凌渡虛這個特級高手也擔心劫數難逃，一定有件驚天動地的事在進行中。突然間雙腿一軟，坐倒地上，原來適才早耗盡眞力，爲了避免在凌渡虛前出醜，才苦苦支撐。凌渡虛既已離去，再也沒有支持下去的理由，心下一鬆，軟倒地上。凌渡虛不攻一招，便足以敗敵取勝，自是駭人聽聞之至。

通往驚雁宮的大小道路，全被蒙古軍隊封鎖，飛鳥難渡，行宮名副其實地與外界斷絕了關係。驚雁宮佔地極廣，殿閣亭台，氣象肅森，依山勢而建，背靠千里崗主峰驚雁峰，亦是行宮得名之來由。驚雁峰高插入雲，秀出群山之上，使驚雁宮雄視整個留馬平原，留馬驛在左上方約七里遠處。

全宮除主殿、偏殿以一種近乎大理石的質料所建外，其他都是木構建築。主殿雁翔殿坐落全宮核心，左、右是兩個偏殿，各有一條約二十丈長的廊道相連，如兩邊飛出雁翼；兩個副殿，以左雁翼殿和右雁翼殿爲名。宮前護溝深廣，引進千里崗的溪流，成爲天然的屏障。往驚雁宮除了由千里崗攀山而下外，唯一的途徑是一條直通正門的大石橋，寬敞至可容四馬並馳，鬼斧神工，氣勢磅礡，使人生出一夫當關、萬夫莫敵的感覺。

時值未辰，太陽稍離中天而較偏西，驚雁宮在陽光照射下，巍然聳立。宮外的草原，疏落有致地布滿了蒙古軍營，間中傳來馬嘶和號角的長號，上萬蒙古精銳，駐紮於此。

這時在驚雁宮的主殿雁翔殿內，聚集了蒙古軍中最重要的七個人物，剛才在留馬驛大街一展身手的神箭手顏列射，赫然在內。其他六個人，除了一個身穿蒙古皇服的男子和兩個漢人外，都是蒙軍將領。

那身穿皇服的男子，正背向其他各人，負手察看殿內一條支柱上的浮雕。眾人默立一旁，似乎惟恐打擾了他的雅興，愈發顯得他身分尊崇，在他人之上。

皇服男子身型雄偉，甚有氣派，負手卓立，便如一株高拔的松柏，英姿過人。他又看了一會兒，轉過身來，一臉嚮往的神色。男子生得相貌堂堂，不怒而威，雙目電光隱現，冷酷而有一種透視人心的魔力，給人精明厲害卻又城府深沉的感覺，是那種雄才大略之士的典型。外貌看來年過四十，可是歲月不但沒有給他帶來衰老，反而增添了成熟的魅力和威嚴。

如果向無蹤在此，難免要大吃一驚，並要重新對這次驚雁宮事件加以估計。蒙古大汗的近衛親兵，勞師遠征，在這兵荒戰亂之時，抽出實力，已屬事非尋常，竟然連這樣的人物也親來督師，就更是完全不可思議了。

這位身穿皇服的男子，是在軍權上僅次於當今大汗忽必烈的思漢飛。思漢飛爲忽必烈之弟，原名旭烈兀，因仰慕中國文化，入主中原後易名思漢飛，武功蓋世，與魔宗蒙赤行及國師八師巴，並列蒙古三大高手。思漢飛是軍事上少有的天才，昔年曾大破波斯聯軍於歐洲，建立蒙古帝國的基業，權傾一時。手下網羅了不少奇人異士，反蒙之士聞之喪膽。忽必烈之能登極，他的支持是決定性的因素。

思漢飛環視眼前各人一眼，眾人中除了大將博爾忽和自己的心腹謀士漢人高手崔山鏡外，其他人對自己剛才察看石雕的舉動，都露出不解的神色。

思漢飛淡淡一笑，露出了一排雪白整齊的牙齒，說不盡的溫文儒雅，從容道：「這些浮雕造型高古，手工細緻精雅，工程必然驚人地龐大，當非一時一地可以完成的巨構。其內容尤令人難解，描繪的都是奇禽異獸。我雖曾閱典籍無數，多年來南征北討，更是踏遍天下，但浮雕上的事物，卻是一無所知，所以不能根據其內容作出肯定的結論，這眞是奇怪之至。」

說到這裡，頓了一頓，像是待眾人發言。他的聲音低沉卻清晰，條理分明，談吐風度極佳。所以他說的問題，表面上似乎與蒙軍此行的任務無甚關聯，但眾人知他智比天高，語不虛發，所以都沒有絲毫不耐煩，反而生出求知的好奇心。

看到眾人等待的神色，思漢飛很是滿意，控制氣氛，正是駕馭屬下的方法。

思漢飛續道：「驚雁宮據傳爲宋朝開國皇帝之弟趙匡美所建，趙匡美碌碌凡夫，何能有此心胸魄力？這個傳說絕對是虛構。」

其實思漢飛早先指出浮雕造型高古，不類近世之作，加上要完成這樣的工程，當需累世經年的長時間，所以思漢飛如此推論，眾人也覺合情合理。

思漢飛道：「扎力，你向大家報告一下你的調查。」

宿衛軍都統領赤扎力，急忙踏前一步。赤扎力的軍階比顏列射還要高出一級，表面看來悍勇粗豪，動作間卻輕巧靈捷，使人不敢生出對粗漢那種疏忽之心。

赤扎力道：「小將奉皇爺之命，曾對驚雁宮做了各方面的調查，包括查問投降於我朝的漢室皇族，搜羅歷代主人及曾參與建築者的後人資料，詢問附近的居民，以至建築材料、圖則等等，調查的結果，卻是令人沮喪至極，幾乎和調查之前沒有什麼兩樣。」

眾人都不禁大為驚異，在赤扎力這種無孔不入的偵查下，居然查不到任何資料，那只有一個可能性：就是有人蓄意隱瞞起任何有關驚雁宮的祕密，而且應是長時期以來就有不同的人在不同的朝代裡，進行這種保密的工作。

赤扎力續道：「自宋高宗以來，驚雁宮雖然有人打理和維修，卻從沒有人長住在此，甚至不准任何皇族以外的人來此探訪。更奇怪的是，這留馬平原區，還是近五十年才有人居住，整個千里崗和留馬平原在此之前乃蠻荒不毛之地。我曾經調查過附近居民的族譜、縣志、墓碑上的銘文等等，最多也只可追溯到四代以前。這確是奇怪至極。」

眾人這時愈來愈多疑團，就赤扎力所說，顯然驚雁宮藏有某些祕密，是以宋朝皇室將有關資料保密。而更奇怪的是，驚雁宮建造的時代，必定早於附近居民的遷來此地，當時這裡一片荒原，為什麼和憑什麼能在這樣的條件下建造這等耗費人力、時間的建設？

思漢飛望往大將博爾忽，這個蒙古著名的猛將，似乎在有意無意間迴避自己的眼光，心中一動道：「爾忽你對這問題必有獨立見解，不如說出來，讓大家參考。」語氣間流露出些許不高興，像是在怪博爾忽不主動說出心中的推論，顯然另有私心。

原來蒙古人起自大漠，講求強者爲王，立國以後，派系鬥爭，還是無時或已，即使大汗忽必烈，亦難以干涉。思漢飛雖然掌管宿衛，權傾當代，博爾忽卻屬鎮戍兵的系統，一內一外，互相制衡，誰也奈何不了對方。今天博爾忽跟來，正是不欲思漢飛的宿衛系統專美，其中當然牽涉到錯綜複雜的人事鬥爭。

博爾忽換上畢恭畢敬的神態道：「本鎮對此其實百思不得其解，我看倒是崔先生成竹在胸，兼且其術數易學造詣，在我朝上下不作第二人想，要解開疑團，還是要勞煩他。」博爾忽措辭優雅，說話攻守兼備，非常厲害。

崔山鏡見矛頭指向自己，心中一懍，退後一步，拱手道：「博將軍過譽，愧不敢當，博將軍良賈深藏，使我等不能得聆教益，才是令人扼腕。」這幾句也極爲厲害，點出博爾忽滿腦子的主意。這班人在官場打滾多年，無一不是滑不溜手的厲害人物。

另一個漢人高手畢夜驚插口道：「博大師所言非虛，崔兄乃土木之學的一代大師，還是請崔兄費點神吧！」

崔山鏡對畢夜驚這個邪道頂尖的高手，實在不敢怠慢，知他心狠手辣，殺人如麻。其師弟烈日炎，亦是一等一的高手，凶殘狠毒。至於他們的師兄「血手」厲工，雖退隱多年，仍穩爲中原黑道第一強手，與白道的「無上宗師」令東來，各領風騷，這樣的強敵自不宜樹立，連忙道：「剛才說的，確是在下心中之言。在來此之前，我崔山鏡原是目空一切，但這驚雁宮的布置令我眼界大開，始知人外有人，天外有天。本人的識見，比之設計此宮者，實在微不足道。」

說到最後，語氣透露出一種強烈心悅誠服的味道。

眾人至此無不凜然。要知這崔山鏡武功雖不弱，但還未能進窺上乘之道，比之畢夜驚這成名多年的魔頭，仍然有一段距離，可是他在術數五行上的造詣，卻是黑道上百年來罕見的人才，已可列入宗匠的境界，故甚爲思漢飛所器重，若果他也要自愧不如，那這驚雁宮的布置，豈非遠遠超出當代的水平！

畢夜驚陰沉的面容，閃過一絲驚異道：「願聞其詳！」

崔山鏡道：「驚雁宮的布局，和天上的三垣二十八宿、五星日月的運轉行度，有一種玄妙的契合，故而可以萬古常存，本人推論其建築年代，可能上溯至三皇五帝的時期。」

眾人除了思漢飛，包括博爾忽在內，一齊譁然。

崔山鏡不理眾人的反應，道：「宮中一草一木，均按某一超越在下理解的神祕序列加以安排，並非是現今流傳的河洛理數，又或先後天八卦等。在下經過多日殫思竭智，終於推論得這裡的一切操作，均按天、地、人之道來運作，不假人手。天是天上的星宿，人是我們現在肉眼所見的宮殿，地據我推論便應是我們腳踏之下，另有玄虛。此三者相輔相成，祕異莫測。」

顏列射亦忍不住發言道：「崔先生是否指地下密室？」

思漢飛插口道：「我也曾和崔先生反覆推敲，地下應是有龐大的空間布置，便如秦始皇嬴政的巨大陵墓一樣，神祕莫測。」

還未發過言的散班衛統領牙木溫道：「這確是駭人聽聞之至，不過今次我等西來，不外在乎《戰神圖錄》和《岳冊》，縱使驚雁宮爲鬼神建於遠古時代，於我等何妨？」說完轉頭望向崔山鏡。

原來崔山鏡爲人心高氣傲，除了對思漢飛、國師八師巴、魔宗蒙赤行又或畢夜驚等有限幾人外，其他人並不放在眼內，一向與其他蒙古將領不大和睦，所以牙木溫出言挑剔。

崔山鏡傲然一笑，不置可否，又似乎在譏笑他的無知。

牙木溫臉上一紅。赤扎力與他多年出生入死，連忙解圍道：「崔大人智深如海，豈是我等所能測度？還望說出高見，以開茅塞。」明顯地站在牙木溫一方。

赤扎力也是思漢飛的心腹，思漢飛一聽便知究竟，當然不想各人鬥僵，尤其在敵對派系博爾忽之前，連忙說道：「爾忽，你對此必有高見，由你來說。」這下極爲高明，又將眾人的注意力集中到博爾忽身上。

博爾忽暗罵一聲，這下不便推辭，道：「根據現存資料所得，驚雁宮充滿不解之祕。我們來此，主要是爲了要取得傳說中的《戰神圖錄》和可供漢人垂死掙扎希望的《岳冊》。這兩件珍寶，藏於此地，必然有其前因後果，而驚雁宮亦必然有其特別的地方和形式，提供安全的藏寶之處，使人難以找到。證諸我們現在以上萬人手，窮七日七夜之力加以搜索，依然徒勞無功，可見驚雁宮的布置一日不能識破，《戰神圖錄》和《岳冊》便應一日不能找到，兩者是二而一、一而二的事。」這人條理分明，說理嚴謹，是個智勇雙全的人物。

思漢飛一邊聽，一邊來回踱方步，博爾忽說完，他便停下來，乾咳一聲，把眾人的注意力集中到他的身上，道：「驚雁宮的確是難解之謎，其實當日我初抵此地，登時知道這處實在不簡單，即命赤扎力遣急使往請國師，估計他應該離此不遠。」

眾人聽得國師之名，都露出既恭敬又害怕的神色，連崔山鏡和畢夜驚也不例外。

思漢飛繼續道：「國師學究天人，精研天人之道，法力深厚，抵此後事情必有定論。」轉頭望向畢夜驚道：「畢先生，令師弟未知有何消息？」

畢夜驚略一沉吟道：「敝師弟烈日炎正跟緊韓公度，若有蛛絲馬跡，自有回報。」

思漢飛長笑一聲道：「管他韓公度能邀來什麼高手，以我方的實力，儘管國師未能及時趕來，他們落敗身亡，殆無疑問。」

停了一停，思漢飛面上露出興奮的神色，道：「這件事可被視爲漢人餘孽與我大蒙一個最高層次的爭雄決勝，今次漢人若失敗，無論在精神意志和實力上的打擊，將一敗不可收拾，對我大蒙統治，有長遠利益。」

眾人至此恍然大悟，知道這才是這不世之雄來此的原因，不禁打心底佩服思漢飛的高瞻遠矚。

陷阱布置好了，猛虎在何方呢？

蒙古將領議事完畢時，太陽剛西沉下山，大地逐漸化入黑暗裡，整個留馬平原在太陽的餘暉下，一片荒茫，大地微微颳起一陣陣晚風，天氣轉爲寒涼。雄踞驚雁峰半山上的驚雁宮，君臨整個留馬平原，瑰麗無倫，卻又有一種說不出的祕異。

這時在離蒙軍駐紮處約三里的一處樹林，一個灰衣人正在飛快地縱躍，他手中飛索不斷飛出，搭鉤上樹木，身子「呼」的一聲飛出，利用飛索的攀力，在高大的樹林內像蝙蝠般自由飛翔。他的身法迅如鬼魅，又不斷利用樹形、地勢來掩藏身形，普通人就算睜大雙目，諒也不見他在眼前掠過。

最後他躍上一株粗可合抱的槐樹樹杈上，俯伏不動，了無半點聲息。在樹前約六丈處有一條清澈見底、蜿蜒地在樹林內川流的小溪，溪水有時撞在石上，發出淙淙的流水聲，悅耳動聽。一名大漢背對灰衣人，正蹲伏溪邊，把嘴湊下溪流，就那樣大口大口地喝水，狀極痛快。

大漢背插雙枴，動作間給人豪邁不羈的感覺，正是那種對酒當歌、人生幾何的英雄烈士。喝完水，又用水洗臉，絲毫不理溪水把他的衣襟和前胸的衣服全弄濕了。

俯伏樹上的灰衣人動也不敢動，呼吸調節到若有若無，甚至連毛孔也運功收縮起來，更不敢張眼凝視，因爲他知道眼前這高手實在非同小可，任何對常人毫無意義的訊息，例如體溫的散發、生命的磁場、凝視所產生的眼光力等，都能引起這類特級高手的反應，那就後果難測了。儘管以他烈日炎的自負，身爲當今黑道泰斗畢夜驚的師弟，能否逃得性命，也尚在未知之數，更遑論殺敵取勝。

這大漢的出現，大出烈日炎意料之外，韓公度俠名雖著，但竟能在這樣短的時間內，引出這類屬於江湖神話的高手，儘管烈日炎如此老謀深算，也有點亂了陣腳。如果他知道凌渡虛也曾在附近出現，怕早夾著尾巴逃了。

突然間，烈日炎心中生出警兆，但已遲了一步。那大漢全身向後疾退，迅如閃電間，背脊撞上烈日炎俯伏的大樹幹上，卻全無相撞後應有的聲音，甚至連枝葉也不見晃動，但這一撞，幾乎使在離地兩丈多高處的烈日炎陷入萬劫不復的地步。

烈日炎亦是罕見的高手，反應之快，驚人至極，在全無預兆下，大漢撞上樹身一剎那，他已彈離樹身，但大漢藉撞樹所傳來的那沉雄至極的內力，仍然將他震得幾乎五臟離位。

當烈日炎彈上半空時，大漢暴喝一聲，宛如平地焦雷，把半空中的烈日炎連耳膜也幾乎震穿，烈日炎知道氣功練到這樣境界的高手，無論以物傳力或用聲音，均能傷人，自己雖和敵人未有任何正面接觸，已接二連三受挫，傷上加傷，幸好自己精通「天魔心法」，換了一般的高手早七孔血流，魂遊地府。

大漢大喝的同時，閃電般躍起，迎往在三丈高半空的烈日炎。烈日炎暗呼不妙，當機立斷，運起魔功，突然張口一噴，滿天血霧，向從樹下飛躍而上的大漢噴去。兩隻手同時各揮出一條飛索，疾射向相反方向的兩株大樹。

儘管大漢有驚人的身手，也不敢冒險闖入血霧裡，血霧和敵人的眞力渾爲一體，沾者必傷。對方藉噴出內傷積血來減輕傷勢的魔功心法，確是了得。雖然攻其不備，佔了先機，但敵人依然能掙扎頑抗，亦令他感到駭然。

就在血霧要罩下來之時，大漢把身子硬向橫移，撲附在另一株樹幹上。同一時間，烈日炎「呼」的一聲，藉飛索之力，夜鷹般撲向樹林的深處，其速度超出了人類的極限。

大漢並不追趕，暗讚一聲，因爲如果烈日炎不利用飛索來加速，絕難逃離他的掌心，又假如烈日炎只是拋出一條飛索，他就可估計其落點加以攔截，但烈日炎利用了兩條飛索，使他不能捉摸他的逃路，極盡詭變之能事。敵人先被己傷，仍能做出如此反應，確是一等一的高手。

大漢扳扳背後雙枴，心想如果不是有要事在身，必當追蹤前去，這樣的敵手，也是難得，但如此一耽誤，必然累事，略沉吟便離去。

第二章　青年高手

今晚天氣極佳，留馬平原覆蓋在黑夜的星空底下，宇宙神祕浩瀚，無邊無際。驚雁宮前的蒙古營地，火把通明，照亮了半邊天空，背後巍然聳立的驚雁宮躲進黑夜的陰暗裡，詭異難測，像一個建築出來的謎。

俯視著這壯麗的景色，韓公度心內一邊飛快地盤算計劃著每一個細節，盡量減少失敗的可能性。他站在一個離驚雁宮約七里遠的小山頭，身後半里處是山君廟，亦是約定聚集的地點。

突然一個意念浮上心頭，事情失敗與否，已非由他所操縱，最大的漏洞，就是敵我的勢力，他均一無所知。敵人可以不論，但連己方今晚約來的六個人，有多少會應邀而來，仍是未知之數。

「陰柔手」田過客和「矛宗」直力行，與自己並列道門三大高手，一生過命的交情，同屬憂國憂民之士，接到通知，必能共來赴義。

凌渡虛名震天下，據說水火不侵，先天氣功達到前無古人的領域，如能來助，必使成數大增，不過此人閒雲野鶴，漂泊無定，是否能接到通知，純屬命數。

「雙絕枴」碧空晴一身硬功，天生神力，衝殺於千軍萬馬中，斬敵將首級如探囊取物，更爲絕大助力。

橫刀頭陀數十年來高踞「佛門第一高手」尊稱，據稱爲「無上宗師」令東來之下的第一人，如不能來，勢使實力大幅削弱，其人多年來一直失去蹤跡，來的機會更渺茫。

最後就是神祕莫測的「抗天手」厲靈，傳說此人精研天人合一之道，達鬼神莫測的無上層次，不問世事，幸而師門與他淵源深厚，但能否前來，亦只是五五之數。可是事情卻是勢在必行了。

想到這裡，心神一動，回轉身來，十丈外站著一個身穿夜行衣的胖子，雖然隨便地站在那裡，卻如高山峻嶽，使人生出全無可乘之機的感覺。正是「陰柔手」田過客。

這兩位並列道門三大高手的非凡人物四目交投，如電光相擊，兩人自四十年前相識以來，同由寂寂無名之輩，至躍登一流高手的寶座，多年來出生入死，人與人交往間無可避免的恩怨交織，突然在這一剎那水乳交融，提升到一個更超越的境界，晉入一種超乎語言的了解。

田過客說：「我來了！」

韓公度答：「好！」

一對生死之交，在這關頭立顯出他們過命的交情來。

田過客又道：「直力行也來了。」

韓公度和田過客兩人抵達山君廟時，「矛宗」直力行標槍似的站在廟內的山君像前，乍看有如另一尊神像，背後插著一長一短兩支長矛，他的敵人都知道，這兩支矛合裝起來，可成爲一丈二尺的長矛，變幻已盡鬼神莫測之能事，當者披靡，爲使雙頭矛的古今第一宗匠。

「矛宗」直力行不苟言笑，見到這兩位多年未見的老友，僅只是點首爲禮。

田過客咧嘴一笑道：「老直你來早了。」

直力行不置可否。韓公度突見故人，便要敘舊，欲說話時，一個聲音遠遠傳來道：「我也早了！」

第一個「我」字似乎仍在十丈開外，一句還未說完，這人便跨進廟門，一臉從容，似乎毫無費力，原來是早先向無蹤遇到的凌渡虛。

韓公度大喜迎上，凌渡虛擺手道：「韓兄，我等肝膽相照，客氣話不用再說了。」突然露出傾聽的神態道：「有人正在趕來。」跟著臉色一變道：「好驚人的輕功。」話還未完，來人已至廟門外，又停下來。

廟內四大高手打個招呼，分立四處位置，做好準備，如來者爲敵人，便即撲殺。這些實戰經驗豐富的高手，剎那間各移到最有利的戰鬥位置，在這等高手聯手一擊之下，相信來者若能不立斃當場，應可得天下第一高手之位。

廟外的人還未現身，一股強絕無倫的殺氣從廟門外驚濤駭浪地湧入，廟內四人連忙運功抗拒，形成另一股驚人的氣勢，兩股龐大氣勢交鋒下，古廟內登時勁氣橫流。

廟外來者開聲道：「如此豈是待客之道！」廟內四人齊吃一驚，此君居然在四大高手的壓力下，依然能從容開聲說話，這等實力，確是驚人。

韓公度打過招呼，四大高手齊齊收回功力，這種氣勢的對峙，爲精氣神之交鋒，其凶險處，猶勝兵刃往來，故必須較強的一方才能收勢退開，今日向無蹤在凌渡虛的殺氣下，幾乎當場暴卒，便是一例。

一名大漢走了進來，背插雙枴，正是那以背脊撞樹借物傳勁，和以暴喝傳音傷了烈日炎的高手。大漢環掃眾人一眼，仰天一陣長笑道：「我碧空晴今日能與各位朋友聚首一堂，已是無憾。」神態間慷慨縱橫，不愧當世豪士。

韓公度道：「今日得會碧兄，見面遠勝聞名。」原來兩人還是第一次相見。

碧空晴道：「令師兄曾在我面前多次提起韓兄，始終無緣相遇，不知令師兄近況如何？」

韓公度師兄還丹道人，武功雖稍遜於韓公度，但琴棋詩畫，無所不精，又愛喝酒交友，相識滿天下，備受尊崇。

韓公度面容一黯，答道：「這事不如容後再說。」

眾高手齊皆愕然，知道還丹道人出了問題。

碧空晴向凌渡虛拱手道：「如果我剛才要硬闖入廟，一定不會選凌兄扼守處。」碧空晴光明磊落，對自己的想法不加掩飾，這樣說不啻認為眾人中以凌渡虛最為難惹。

凌渡虛微微一笑道：「碧兄客氣。」

數名高手略一接觸，各人虛實，已有幾分把握。眾人又寒暄了幾句。

韓公度說：「今晚得各位應邀來此，可見我漢室氣數尚未盡絕。現只剩厲靈和橫刀大師未到，但我們不能再等了。」即使以這幾位絕代高人，聽到兩人的名字，也瞿然動容。

田過客道：「厲老不問世事，老韓你怎使得他動？」

韓公度正欲答話，碧空晴一聲斷喝，雙枴在手，一股凜冽至極的殺氣，向廟門狂沖過去。眾人回頭一看，俱大驚失色，只見一個年約三十出頭、身材修長的男子，一對眼睛精芒隱現，當門卓立，衣衫被碧空晴的勁力颳得獵獵作響。

他們這等高手，累年苦修，已擁有近乎第六感的觸覺，若有人接近，必然早生警覺。他們在江湖裡打滾，屢次死裡逃生，皆倚仗這種超乎平常感官的觸覺。可是這年輕男子進入廟門後，他們才有感應，因此碧空晴大駭之下，才會揮動到他已多年不用的雙枴，光是這件事，保證來客足可揚名江湖了。

碧空晴見來人在自己的氣勢壓迫下，不但毫不處於下風，還依然保持了強大的反擊力，更是駭然，不知什麼地方冒出這樣厲害的人物。其他高手見他年紀輕輕，不好意思聯手合擊，況且敵友未明，只略略移動位置，防止他逃走。

年輕人微一皺眉，碧空晴突然強烈地感覺到他要說話，連忙放緩了對他的壓力。事後也覺得奇怪，似乎年輕人透過他的心靈來通知他一樣。

年輕人壓力一輕，道：「小子傳鷹，家舅『抗天手』厲靈。」說罷閉口，惜字如金。

韓公度細心打量，這自稱為厲靈甥兒的傳鷹，天庭廣闊，雙目炯炯有神，精靈深邃，使人難以測度，相貌特出，是那種敢作敢為、膽大包天的人。韓公度閱人千萬，經驗告訴他這類是天生正道又是靈活多變的才智之士。唯一不解的是他似乎有種非常獨特的氣質，即使以韓公度這老到不能再老的老江湖，也感到難以將他分類。

韓公度道：「事關重大，傳小兄有何證物？」

形勢緊張，若傳鷹不能證明自己的身分，碧空晴將會被迫出手。傳鷹能令這幾位出類拔萃的高手這樣緊張，確是非同小可。

傳鷹從容不迫，一面對抗碧空晴的強大氣勢，探手入懷，取出一封信，運勁輕輕一彈，那封信疾如離弦之箭般飛向韓公度。

傳鷹再次露了一手，他能在碧空晴的壓力下，運功將信飄飛過去，在眾高手眼內已是不同凡響。

韓公度不敢掉以輕心，張口吹出一道眞氣，信封一伸一張，封口處的火漆裂了開來，信函跌出；接著刀光驟閃，一把小刀由田過客手上飛出，把函件釘在傳鷹旁的門上，傳鷹一動不動，就像小刀絕不會向他身上招呼似的，鎭定過人。

那函件長長地垂了下來，上面寫道：

字奉公度道兄鈞鑒：

與兄一別，轉瞬二十一載，終日沉迷鬼神之道，不知世事矣。厲靈人生快事，唯與令師兄把酒鬥藝，回味無窮。昔年曾爲令師兄推算祿命，今年入夏當有一劫，頃接大函，知天數有定，徒呼奈何。豈能推託，特命傳鷹此子前來聽命。此子罕世之才，自幼即有奇氣，惜乎天性近道，超乎俗流，不愛世務，此子勝吾親來，是可預見，他日當知吾言非虛。

厲靈頓首

庚寅年五月寅日於無一齋

眾高手看罷，一齊釋然，碧空晴深深打量了傳鷹一眼道：「小兄果然了得。」

傳鷹微微一笑，儘管得這當代高手如此推許，竟是絲毫不以爲意。

韓公度道：「得傳小兄來助，令我們勝算又增，現在除了橫刀大師外所約者均已到齊，厲老又得傳小兄代勞，相信會更理想。在行動前，先讓我將來龍去脈說個清楚。」環顧眾人，雖神色不變，都露出注意的神色，只除了傳鷹。韓公度有一種感覺，傳鷹並沒有細聽，或許根本不曾聽入耳，這時他亦沒有時間深究，收攝心神，續道：「本人與敝師兄數月前因緣巧合下，得知累世相傳的《戰神圖錄》，祕藏於驚雁宮內，並知取寶之法，於是與師兄西來取寶，豈料途中不幸遇伏，敝師兄為魔宗蒙赤行所擒，小弟則倖逃大難。」

韓公度說來輕描淡寫，眾人已猜想出當時戰況之激烈。韓公度和還丹道人均為一流高手，現今一敗逃一遭擒，魔宗蒙赤行的武功，看來除了神祕莫測的「無上宗師」令東來外，再難有可與匹敵之人。

韓公度面容轉為沉重，沉吟一陣後道：「我探知蒙古國師八師巴苦修精神上的奇功，據說其中一種能令任何人吐露深藏內心的祕密，所以敝師兄遭擒，我立知大事不好，連忙運用敝師兄多年來苦心研究的聯絡之法邀約各位。但已被蒙軍早來一步，足見八師巴擅長精神奇功之言，絕非虛構。」

眾人臉上都露出了疑惑的神色，韓公度心中一轉，已明其故，便說：「敝師兄雖知整件事的來龍去脈，不過取寶之法，必須精通易理之人才可明白，所以八師巴雖能從師兄身上得悉事情大概，獨不知取寶細節。」那即是說還丹道人並不懂得易理。

碧空晴道：「《戰神圖錄》雖為世代相傳的無上至寶，據稱可上通天道，超脫生死。但傳言誇大，焉能盡信？豈值我等冒上生命之險，加以搶奪，韓兄有以教我。」語氣間大為不滿。

韓公度欣然道：「碧兄心懷磊落，不貪寶物，不愧當世傑出名士，小弟欽佩之至。今次我們的目標並非《戰神圖錄》，而是與之一起的《岳冊》。」

凌渡虛奇怪道：「《岳冊》爲當年破金名將岳飛集天下巧手，設計各類戰爭器物，由一刀一劍、戰車，以至戰船，將每一樣的詳細製法，分門別類，列成一冊。其中又有藏寶圖一張，指示天下四個地下兵器庫所在之地。後岳飛冤死獄中，這《岳冊》湮沒無聞，如能尋獲，對於光復河山，自然多幾分成數。但《岳冊》歸《岳冊》，與《戰神圖錄》可說風馬牛不相及的兩回事，怎麼又會弄在一起？」

韓公度道：「這就要由驚雁宮的底細說起了。這行宮工程浩大，來歷卻是神祕莫測，似乎亙古以來便存在於天地間。其底下有一龐大迷宮，殆無疑問。當時曾參與《岳冊》內戰器設計的一代土木巧器大師北勝天，窮一生之力，研究進入迷宮之法。」

北勝天爲三十年前被譽爲「天下第一妙手」的土木巧器宗匠，武林中部分著名武器，亦出於他的巧手。

韓公度道：「當時《岳冊》由他密帶在身，三十年前他終於找到開啓之法，命他當時的唯一徒弟在門外守候，自己單身進入。」

眾人聽到這裡，不禁大爲緊張。

韓公度說：「他的徒弟在外苦候了兩個時辰，突然發覺機關發動，整個地下迷宮開始關閉，當門快要關上時，他在入口的間隙處窺見北勝天瘋狂攀繩而上，已是遲了一步。」

眾人幻想著當時那慘烈的情景，不禁搖頭暗嘆。

韓公度續道：「北勝天其時依然清醒，在那一剎那他告訴其徒兩件事，就是迷宮內藏有《戰神圖錄》，另外就是要他三十年後某日某刻再來開啓，始可進入。此後三個月內，他徒弟試盡種種方法，都不能重開迷宮，始知北勝天所言非虛，遂黯然離去。」

這件事之離奇曲折，出人意表，連傳鷹也露出了關注的神情。

韓公度輕吁一口氣道：「數月前我巧遇這北勝天的徒弟，他已是個垂死的老人，知道我欲反攻復國，遂將此祕密盡告於我。」

傳鷹第一次主動插口道：「韓先生，只不知某日某刻，是指何日何刻呢？」

韓公度微微一笑，心想連你也要動心了，答道：「是今夜的寅時，距刻下僅有兩個時辰。」

眾人寂然，似乎連呼吸也閉住了。事情的凶險，遠遠超乎各人的想像，儘管能闖得過蒙軍，可是迷宮連一代土木機關大師也活活困死，實在更爲凶險百倍，超乎人力所能控制的範疇。

田過客吁出一口氣道：「所以今夜是勢在必行了，蒙軍亦知道這個時刻，必定張開虎口，等我們進入，只不知他們是否知道迷宮入口之處？」

韓公度說：「這就是我們手中的至尊了。因爲迷宮的入道，亦需易理推算，故敝師兄並不知曉。」

一直沉默不言的「矛宗」直力行道：「這還有一線生機。」原來眾人都心情沉重，現在見略有轉機，連不愛多言的直力行也忍不住表露心跡。

田過客道：「請讓我問一個問題，既然鷲雁宮下有迷宮，爲什麼不發動人手，向下發掘？」

韓公度說：「我也曾詢問過那北勝天的徒兒，據他師父說，此事絕不可能。原因有三，首先就是那入口筆直深垂，足證迷宮深藏於地下莫測的深度。第二就是鷲雁宮主殿雁翔殿和左、右雁翼二殿，以至整個地基，都是一種看來似雲石但又帶有金精烏母那類鋼質的不知名物料所建，硬逾堅鋼，幾乎不可能開鑿。第三就是最神祕的地方，原來驚雁宮上應天穹的三垣二十八宿，下應地支五行，任何人若要破壞這種規律，必遭橫禍。」說到這裡，眾人只覺愈知道多些有關驚雁宮之事，便愈感神祕驚險。

韓公度見眾人都陷入沉思裡，便道：「現在離開啓時刻還有個把時辰，我們應該起程了，在路上再和各位研究進入迷宮的策略吧！」

凌渡虛道：「也好，只不知敵人勢力如何？」要知一場硬仗必不能免，所以敵方的實力，成爲最急切的資料。

這時一個聲音在廟外響起道：「貧僧橫刀，可保證八師巴不能於明天正午前趕來。」一個僧人走了進來，就是號稱「佛門第一高手」的橫刀頭陀。

橫刀頭陀身材不高，但其氣度卻予人以高山仰止的感覺。這時他面容肅穆，帶有一種異乎尋常的蒼白，使人心悸。

橫刀頭陀走入眾人之間，環掃一遍，把眼光凝注傳鷹，傳鷹毫不退讓，和他對視。橫刀頭陀眼中閃過一絲讚許道：「厲施主從不虛語，傳鷹你果爲人中之龍。」

傳鷹淡然道：「大師，我在你身上嗅到死亡的味道。」語氣生硬，內容卻是驚人。

橫刀頭陀嘴角微現苦笑，將胸前衣襟打開，展示給眾人看，只見在右肩下有一整齊的掌印，略帶暗紅，幾乎連指紋也可看見，非常怕人。眾高手大吃一驚，不知世上尚有何人可以使橫刀頭陀受傷。

碧空晴怒道：「天殺的八師巴。」他從橫刀頭陀的傷勢認出是八師巴名震天下的滅神掌。

橫刀頭陀道：「本人來此途中，路遇蒙古國師八師巴，展開決戰，爲其施展變天擊地精神大法，貧僧禪心未夠堅定，被他乘隙以西域祕傳滅神掌所傷，但在貧僧的佛門天一掌反擊下，他亦受了內傷，雖遠比貧僧爲輕，亦必須覓地潛修最少十二個時辰，始能復元，否則功力大減，所以貧僧才敢保證八師巴非到明日正午，不能來此。」當他說到八師巴時，似乎對這死敵也有尊敬的神色。

橫刀頭陀臉上現出回憶的神情道：「這八師巴的變天擊地精神大法，已遠遠超出一般互爭雄長的武技範疇，老衲坐禪六十年，盡收凡心，已到了古井不波的境地，但尚未動手，卻被他驚天地、泣鬼神的精神奇功帶往前生無數世的生死輪迴，剎那間歷經千百世的喜怒哀樂，萬般景象盡過心頭，致禪心失守，被他乘虛而入，貧僧口服心服。」

眾人到此才恍然爲什麼橫刀頭陀抵達後便這樣說，一則以喜又一則以憂。今晚八師巴不在，自然勝算大增，但橫刀頭陀受傷甚重，大大削弱己方實力，而且這八師巴居然能擊傷此玄門的絕代高手，實有通天徹地之能，他日終爲大患。

橫刀頭陀續道：「我知道事情緊急，急運佛門捨身大法，壓制傷勢俾能趕來此地，希望能支持到各位完成任務。」眾人一齊色變。

碧空晴突然上前向橫刀頭陀恭敬地行了三個禮道：「大師大慈大悲，爲天下黎民，甘捨此身，本人先此敬禮，大師大德，他日當有公論。」

原來這捨身大法乃極其凶猛激發潛力的心法，施法者雖能把傷勢暫時壓制，但當傷勢再發，便回天乏術了。橫刀頭陀這等行爲，正是我不入地獄，誰入地獄的大勇行動。

眾人心內升起一團熱火，鬥志高昂，橫刀大師的義行，已然激起同仇敵愾。

第三章　血戰驚雁

離寅時只有一個時辰。

六月二日丑時初，整個留馬平原開始颳起大風，蒙古軍營燈火較早時稀少，間中傳來馬嘶的聲音。

丑時末，羊角聲起，蒙古軍奉大帥思漢飛之命，撤去所有封鎖，開放了通往驚雁宮的道路，除了留守幾個扼要的重點外，蒙古軍迅速從宮外移入宮內。轉瞬間連直通驚雁宮大門的龐大石橋亦杳無人跡。驚雁宮除了正門燒得獵獵作響的兩枝火把外，全無燈火。整座行宮像一隻猙獰的猛獸，虎伏在黑夜裡。正是山雨欲來風滿樓的形勢。

驚雁宮的主殿雁翔殿高約八丈，巍然聳立於整個建築組群之上，左右兩偏殿左雁翼和右雁翼，雖較雁翔爲低，亦高出其他建築物兩丈有多，各由一、二十丈的長廊走道連接主殿。三座建築物一主二副，自成一個體系，氣象肅森。除主殿有正門和兩道偏門外，左右雁翼都只開兩道偏門，其中一道通向主殿的長廊，與另一道門遙遙相對。大門由精鋼製成厚約一尺的兩扇鐵門組成，中分而開，高兩丈、闊四丈，每扇門須壯漢十人，始能推動。現時除了雁翔主殿的正門外，全部偏門均已打開，杳無一人。正是請君入甕之局。

七大高手一路通行無阻，直抵腹地，正是進來容易退時難。這七人代表了當今武林的精銳，成功失敗，對當前的局勢，有決定性的影響。

眾高手心中暗呼不妙，要知若是蒙人實力薄弱，則必須利用驚雁宮的天險，力阻眾人於石橋之外，再以威震天下的騎射，殺敵於平原之上。現在卻敢讓他們長驅直入，不問可知是心懷不軌，意欲待他們開啓祕道後坐享其成，這麼說來蒙軍必是自信有將他們一網打盡的實力。當然也可能是蒙古人低估了他們，不過光是那上萬的蒙古精銳，已是可怕的力量。

衝入左雁翼殿內，眾人依原先分配，碧空晴、直力行和傳鷹守著通往主殿連接長廊的偏門，橫刀頭陀和凌渡虛守住相對的偏門，韓公度和田過客則往殿心進行開啓祕道的程序。

原來祕道的機關雖在此，祕道開啓後的入口卻遠在右雁翼殿內，這對雙方均有不利。在七大高手來說，他們發動機關後，必須通過左雁翼殿的偏門，進入往主殿的二十丈長廊，通過主殿，穿過偏門，再經過另一道二十丈的長廊，才能進入右雁翼殿，這是相當遠的距離，在蒙軍威震天下的勇力前，可說是九死一生。

但開啓機關和入口並非在同一殿內，亦是大出思漢飛意料之外，使他的布置稍有失算。

左雁翼殿內一片漆黑，卻難不倒這些目能夜視的高手，只要憑藉一點微光，他們便能如同白晝般看視。這時思漢飛在離此不遠的一座建築物內，運起天視地聽大法，默察眾人的行動。

碧空晴正和傳鷹、直力行一起，守著通往長廊的偏門，傳鷹低呼一聲道：「有人監視我們。」

碧空晴心想果然是經驗未豐，敵人當然是在虎視眈眈啦！卻不知傳鷹竟能對思漢飛的天視地聽神功生出感應。

韓公度將心中盤算過千百遍的方法再整理一次，運集全身功力，向地面按下，只見平時全無異樣的地面，突然陷下寸許整整齊齊約方尺大小的一塊。韓公度感到極爲耗力，向田過客打個招呼，兩人數十年生死之交，自然有默契，田過客伸掌按在韓公度背上，內力源源輸送過去，相等於兩人一齊運力一樣。內力輸入韓公度體內，韓公度眼前一亮，黑漆的殿內明如白晝，知道是內力增強後視力亦隨之增強的現象，也不打話，依照特定的序列按下。原來開啓的方法，雖循某一原理，但仍須按當時天上二十八宿的行度來推演，因天空星宿運轉不停，是故在不同的時刻，開啓的序列便不一樣，韓公度的師兄因不懂天星，致不懂開啓之法。

轉眼間，其中八塊先後沉下寸許，形成了一個奇怪的圖案。韓公度向各人打個手勢，低聲喊：「成了！」就在這一刹那，突然轟轟之聲傳來，偏門外點起成千上萬的火把，照亮了半邊天，七大高手立即陷入重重圍困，蒙軍開始以重兵器如長矛、戟、鐵棍、鐵斧等搶門而進，聲勢驚人。

眾高手也不打話，橫刀大師和凌渡虛棄守他們那邊的偏門，飛鳥般橫過闊達十丈的大殿，與殿心的韓公度會合，撤向碧空晴等三人守衛的偏門，一齊殺進通往主殿雁翔殿那條二十丈長的長廊去。

長廊其實是以石柱架起上蓋的長長走道，兩邊是大花園，亭台樓閣，好不雅緻，這刻密布蒙兵，火把通明，整條長廊光如白日。

直力行一馬當先，背上一長一短兩支長矛，連接成長一丈二尺的重型攻擊利器；碧空晴持雙枴居左，傳鷹提厚背長刀居右，成左右護翼；跟著是使劍的韓公度和使鐵棍的田過客在中；持劍的凌渡虛和提刀的橫刀頭陀殿後，七人有如一把利刃，直刺入密布蒙軍的長廊去。

思漢飛失算的地方，在於誤以爲迷宮入口亦在左雁翼殿內，所以蒙軍兵分兩路，全力猛攻入內。現在七大高手衝出，立時把猛攻入內的蒙軍反逼出來，成爲混戰的局面。七大高手反守爲攻，力量集中，蒙軍方面的高手一時間被隔在外圍，急切下難以插手，此消彼長，七大高手形成一條怒龍，衝破重重圍困，迅速越過長廊的中段，殺奔往正殿的偏門入口處。

直力行一馬當先，手中丈二雙頭尖矛，舞得虎虎生風，一時如長江大河，捲起一波又一波的巨浪；一時幻化出千萬條銀蛇，漫天攢動。長矛貫滿眞力，一吞一吐間，必有人應矛飛出，中矛者無論任何部位受傷，五臟必被震碎，「矛宗」直力行的內功路子至剛至猛，無堅不摧。兼且左右兩側有碧空晴和傳鷹護住，使直力行能專心於前方，將矛法發揮盡致。

碧空晴在直力行的左方，每出一楞，必暴喝一聲以寒敵之膽，他的動作簡單迅快，爽脆有效，以剛制剛，敵人的刀劍碰上他的雙楞，立被震飛，當者披靡，被他擊中的敵人都是全身骨骼碎裂倒飛而斃。碧空晴在驚濤駭浪的攻擊裡，仍然不忘留意傳鷹，這年輕人展開手上長刀，氣象森然，迅如雷擊，寒芒閃動下，必有敵人中刀慘死，淒厲至極。

這時一聲長號傳來，長長的羊角聲內，以不同的長短節奏來傳達訊息，蒙古兵受到指示，頓從混亂的局面裡重整軍陣，由起先的各自爲戰，變成有規律、有組織的雄師，開始向七大高手組成的隊伍發動一波又一波的攻勢，矛刀劍戟箭，水銀瀉地般強攻入七大高手的陣內，轉眼間各人或多或少都帶了點傷，雖無一嚴重，但因沒有時間運功療傷，失血的情形，會因時間的延長而產生致敗的因素。

在蒙古兵滔天巨浪式的進攻下，眾高手沉溺於苦戰中，逐寸逐寸向主殿雁翔殿推進。田過客和韓公度居中，壓力較輕，壓尾的凌渡虛和橫刀頭陀，卻已到了生死一線的關頭。凌渡虛和橫刀頭陀，一刀一劍，縱橫馳騁，刀劍刺劈間，生出一股股強烈的勁氣狂飆，若如無形的利器，鋒芒到處，敵人紛紛倒下，餘下一長廊的屍體。蒙人天性凶悍，殺得性起，踏著同伴的屍體攻來，戰情激烈，鮮血濺得地下、柱上一片片的，令人怵目驚心。

凌渡虛施展絕藝，剛劈飛了一個武藝高強的蒙古兵隊長的首級時，一股強大的殺氣，隨著洶湧而至的氣流衝奔而來，當中另有一點尖銳的寒氣，破空疾至。凌渡虛數十年來大小無數次的作戰經驗在這關頭見到成效，時間不容許任何遲疑，或是偏頭觀看，他從那點寒氣的位置和攻擊角度，判斷出敵手利器的來勢速度，忙運聚全身功力，硬將身體迅速由左向右移上六寸，橫劍側劈，位置剛變，一支精鋼打製的鐵矛貼身擦過，鐵矛還欲變化，給凌渡虛長劍劈中，震盪開去。凌渡虛同時右肩一涼，鮮血四濺，爲化解這一擊，他也付出了代價，給另一個敵人乘虛而入。

使鐵矛的人低叱一聲，鐵矛又幻化出滿天矛影，凌渡虛眼前盡是銀芒，一束束勁銳的氣流，在空中互相激撞，帶起一陣陣的狂飆，吹得凌渡虛全身衣衫向後飄飛，獵獵作響。滿天矛影，倏地化作一矛，當空刺來，矛未至，一股驚人的壓力當胸襲來，凌渡虛若只謀求躲避，必然先勢盡失，而長矛受氣機所牽引，追擊而來，豈能僥倖？

凌渡虛別無選擇，停了下來，卓立長廊中，和殺往主殿的其他人迅速拉開了一段距離，轉眼間大家的視線被黑壓壓的蒙軍所隔，在這刀光劍影的戰海內，每一刻面對的都是生與死的掙扎。

凌渡虛收攝心神，累年的苦修使他瞬即晉入寂靜的極致，漫天遍野的矛影，便如魔法幻象，不能使他絲毫動心，天地間現在只有他和這面前的持矛敵人，廝殺的聲音，鮮血的飛濺，他聽而不聞，視而不見，生榮死辱，再無關痛癢。

凌渡虛和持矛人所產生的強大氣流，把其他人都迫在三丈開外，在這一刻，再沒有人可以插手到他們中間。

驚天動地的一擊，像惡龍一般刺來，長矛淩厲的速度，落在凌渡虛的眼中，卻是緩慢至極，他可以看到長矛由慢至快地往他刺來，在空中劃出一道超乎了任何世俗之美的弧線，待長矛推至身前十尺，才長嘯一聲，四尺青鋒，閃電擊出。

劍鋒與矛尖擊在一起，產生出一種絕非金屬相觸那種應有的聲音，而是沉鬱至極的一聲悶雷，全場皆聞。凌渡虛身如觸電，長劍寸寸斷碎。他厲嘯一聲，側身橫衝出長廊，硬生生在重重蒙古兵叢中，殺出一條血路，刀劍招呼到他身上，都給他硬以手腕震開，直向後宮千里崗的方向撲去，蒙軍頓時一片混亂，號角聲此起彼落，顯然有蒙人追去。

持矛者在矛劍交擊後，向後連退了十多步，地上留下一只只的腳印，臉上一片灰白，正是與魔宗蒙赤行、國師八師巴共列蒙古三大高手的思漢飛。他揮手召宿衛統領赤扎力到身邊來道：「他五臟已碎，命不久矣，現我不能移動，必須就地運功療傷，你代我指揮吧！」說完吐出一口鮮血，道：「眞是高手！」今晚敵勢之強，大出他意料之外，不禁暗罵八師巴姍姍來遲。

這時其他六人攻至進入雁翔主殿的偏門前，矛劍相擊的悶雷聲剛好傳來，眾人心中一懍，估計是兩股無堅不摧的驚人眞氣相擊的結果，這類交觸全無花巧，生死立判。跟著凌渡虛厲嘯傳來，由近迅速去遠，聲音啞竭，顯出受了嚴重內傷。這時蒙古軍已重整陣腳，戰況加劇，眾人自顧不暇，哪能分神察看，牙木溫等蒙古高手亦加入攻擊，壓力倍增。

「矛宗」直力行奮起神威，矛起矛落，守在偏門的十來個蒙古大漢，紛被挑飛，無一活命，正欲搶攻入門，一股凌厲的殺氣衝門而出，令人幾不能呼吸，兩支長戟閃電擊出，直力行心中一震，連忙使出仗以成名的瘋魔上天下地一百零七擊，旋風般向敵人捲去，只要敵人稍有不支，雙尖矛便會無孔不入地把敵人當場刺殺。雙戟忽上忽下，刺劈無定，堪堪將他抵擋住，後面的人給他一阻，不能前進，便給此君這樣硬生生將六大高手擋於門外。這使雙戟的人身穿蒙古大將袍服，甲冑鮮明，正是蒙軍名將博爾忽。

傳鷹見勢不對，低喝一聲，厚背長刀帶起一片寒芒，迫開身前蒙兵，向直力行招呼一聲，往博爾忽衝去，迎頭一刀痛擊，直力行何等樣人，硬是將滿天矛影收回，與傳鷹移形換位，塡補了他的空檔。

傳鷹這一刀拿捏的時間大有學問，顯出他不愧厲靈所推崇的罕見奇才，一刀劈落，恰好是博爾忽硬架了直力行一下重擊之後，心浮氣躁、新舊力交替的刹那，博爾忽亦相當了得，不愧蒙古三大高手下聲名顯赫的人物，立時雙戟一變，迎上傳鷹那鬼神退避的一刀。

博爾忽倏地震駭莫名，原來傳鷹雖只是一刀之勢，竟如千軍萬馬、泰山壓頂般劈下，殺氣嚴霜，使他整個人如入冰窖，呼吸困難，心中閃電掠過一個念頭：這青年比名動武林的「矛宗」直力行更爲可怕。

那一刀在空中依循一條奇怪的曲線軌跡劃來，雖是瞬眼之間，刀勢每次轉換方向時都突然加速，而所帶動的氣流更趨強勁，但在外人眼中，不過是刀光一閃而已。

博爾忽發覺自己完全被刀勢所籠罩，即使要退避也屬絕不可能，雷霆萬鈞的一刀終於劈在雙戟交加相架處。

天地忽爾停頓，大將博爾忽前後腳弓字步蹲低，雙戟架起傳鷹的長刀，兩人四目凝視，如電火相擊，逐漸博爾忽眼神轉暗，額上由髮際直至下頷之處現出一條血痕，向後倒跌，手上還緊握雙戟。

傳鷹那長刀的殺氣，深深劈入了他的頭內，呈現在他那痛苦的眼神中。

傳鷹的刀法，實達到了曠古絕今的大家境界。

博爾忽的屍體還未著地，傳鷹一腳將他踢飛，衝入門內。

眾人緊跟撲進。

橫刀頭陀大喝一聲，獨自留守偏門斷後。

傳鷹、碧空晴兩人當先衝入，直力行居中，田過客和韓公度殿後，剛進殿內，眾人齊齊一震，偌大的殿內空無一人，只有隆隆聲響，通往右雁翼殿的偏門那兩扇兩丈高的大鐵門，正在由外而內，被十幾個蒙古軍推得緩緩關閉，這時門扇間只餘下約兩尺的隙縫，殿外火把透進來的紅芒，隨雙扇門的合攏，火光迅速消失。

眾人大呼不妙，雖全速撲去，但眼看已來不及。

驀地碧空晴震天轟的一聲暴喝，關門的蒙古兵像給人當胸痛擊，愣了愣才繼續關門。

就是一剎那的緩衝，決定了將來命運的發展。

碧空晴將身法提到極限，超前而出，這時離正在合攏的偏門尚有三丈的距離，兩扇門間剩下只有三、四寸的空隙，火把光芒變成一條紅線透入，在漆黑的殿內，分外惹人注目。

碧空晴曲膝下撲，當上身離地只有半尺時，屈曲的雙腿全力一撐，整個人由地上斜飆而上，雙枴在前炮彈般撞射向關閉得只剩一絲光芒透入的大門去。

大鐵門高兩丈、闊四丈，鐵枴轟隆聲擊中鐵門，發出了一下驚心動魄的震天價響，在驚雁宮內的每一個人，都震耳欲聾。

外面正調息中的思漢飛，也給驚醒過來。今晚敵方盡爲不世豪雄，自己雖高手如林，兵精將強，戰果仍是勝負難料。

大震的同時，兩扇需十數名壯漢才推得動的大鐵門，轟隆一聲反拍往外，推門的蒙古大漢，無不被震飛開去，血流七孔。

碧空晴亦給反震之力彈得倒飛而回，一個觔斗，就在向外衝出眾高手頭上跌回殿心，眼耳口鼻都溢出了鮮血，形相淒厲。

死守後路的橫刀頭陀手持戒刀，橫門而立，身上滿是鮮血，已不知是自己的還是別人的血給濺在身上。

這位玄門第一高手，展開刀法，森寒的刀氣把偏門封閉起來，一夫當關，硬生生承受起蒙人的瘋狂進攻。

赤扎力和牙木溫亦加入奪門之戰，狀若虎群。

赤扎力手提大槍，突然在一個非常刁鑽的角度閃電刺來，危急下橫刀頭陀不及回刀反擊，施展開佛門無上手法，一抄握著槍頭。赤扎力大驚，全力運勁回拉，這人亦是蒙軍中有數高手，僅次於博爾忽之下，這一拉實在非同小可。橫刀頭陀一手運刀，施展出一套細膩至極的刀法，把牙木溫迫在刀光外，另一手暗運內力，將槍從中震斷，赤扎力一拉拉空，自己的勁力倒撞回來，登時蹬蹬地向後直退，把後面的蒙人撞得東倒西歪，一口鮮血噴了開來，坐倒在地。

橫刀頭陀把震斷開來的半截槍鋒抓在手裡，反手一挺，穿過牙木溫重重刀影，貫穿了這蒙古猛將的前胸，牙木溫大叫一聲，當場斃命。眾蒙軍大駭退開，橫刀頭陀卓立門前，狀若修羅。

橫刀頭陀卻是有苦自己知，剛才運力斷槍，搏殺牙木溫，已是他畢生功力所聚，登時一陣力竭，知道與蒙古國師八師巴一戰的創傷，雖然以捨身大法強壓傷勢，但一夜苦戰，現在已油盡燈枯，隨時倒斃，再無抗敵的能力，決意以身殉義，強提一口眞氣催激起生命的潛能，運聚佛門無上神功，全身泛紅，隨又轉白，白又轉紅，次數愈來愈頻密，形相詭異。

號角吹起，蒙軍再次發動攻勢，當先領前的一個千夫長，勉強提刀搶入，試探的一刀當頭向橫刀頭陀劈落。橫刀頭陀靜如山嶽，瞪大雙目，千夫長一陣心悸，硬著頭皮加速全力劈下，一下斬在橫刀頭陀的禿頭上。

刀切頭上，突然間，橫刀頭陀整個身體爆成一團血霧，覆罩門前三丈見方的區域，數十個在血霧範圍內的蒙兵，都給爆發形成急竄的眞氣活生生震斃，一代高手橫刀頭陀煙消雲散，不留半點痕跡。

思漢飛剛剛趕到，看見這悲壯的一幕，不由臉色發白，喃喃道：「破精自絕大法。」

身旁的其他蒙古將領，無不色變。

原來這破精大法，乃是來自天竺的祕傳絕技，可使人精血爆炸而亡，下乘者，自裂血管自盡；而像橫刀頭陀爆成一團血霧，傷敵於無形，乃最高之境界。

思漢飛暗提眞力，發覺一番調息後，功力回復了六、七成，暗喜又可出手。

這思漢飛不愧蒙人頂尖高手，在擊傷了當代高手凌渡虛後，這麼快立即回力過來。

這時剩下的傳鷹、直力行、田過客和韓公度，已逼至離右雁翼殿的入口約四丈處，碧空晴並沒有跟來，看來是凶多吉少。

蒙古軍的攻勢有增無減，這些起於漠北、性情好鬥、勇猛善戰的塞外民族，已被血腥激起凶性。

他們一生都在戰爭裡長大，實戰經驗舉世無雙，不顧性命地攻來，實在非常可怕。若非眾人均為不世高手，氣脈悠長，換了一般好手，不待被殺，早已力竭氣絕而亡。

韓公度轉作殿後，手上舞出萬道劍氣，掩護眾人的後方。眼前盡是一撥一撥悍如猛虎的蒙古人，鋒利的兵刀劍戟，在火光下耀目生輝。在重圍外約十丈處，一個面目嚴峻的黑衣老叟，躍起半空，迅速在密壓壓的蒙兵頭上越過，凌空向自己撲落，正是白道中人聞之膽喪的畢夜驚。

畢夜驚身在半空，迎著韓公度刺來的一劍，迅快無匹地一掌拍在劍身上，借力又再躍上半空。別小看他這一拍，卻是畢身功力所聚，名為「天魔擊三大散招」，可以藉躍起凌空之勢，把功力分三次提升，一次強似一次，凌厲之至。

韓公度真氣幾乎為他拍散，不由大懍這魔頭的蓋世功力，這時畢夜驚的第二擊又以雷霆萬鈞之勢，一拳直擊下來，剛好打在韓公度刺來的劍身上，借勢再飛上半空，高達六丈，身形在空中一個盤旋，第三次撲下來時，更是雙手齊擊。韓公度這時等於站在一個風暴的中心，又如驚濤駭浪中一葉小舟，隨時有覆舟的危機。

韓公度勉強抵過他第二擊，血氣一再浮動，他吃虧在一面要應付蒙兵的狂攻，同時間亦要抵禦這絕代魔頭。當機立斷，一躍而上，全力向如惡鷹下撲的畢夜驚迎上去，劍聲風雷隱動，一道長虹，直擊畢夜驚。

畢夜驚雙手突然幻化出漫天爪影，剎那間劍、爪互擊了七次。

畢夜驚借力飛開，韓公度提氣縱躍，便想尾隨傳鷹等人而去，身還在半空，一枝長箭不知從什麼地方射來，疾如閃電，絲毫不帶半點風聲。

寒芒一閃，長箭由韓公度背後穿入，由前胸帶出一蓬血雨，飛插在附近一根大柱上，露出的箭尾還在顫動，勁力和時間的拿捏，無懈可擊。

一代高手，在冷箭下被殺身亡。

畢夜驚回頭一望，顏列射卓立十丈開外的一個亭頂之上，專心運氣調息，剛才一箭，看來消耗了他大量眞力和精神。

畢夜驚還在思索，一股殺氣襲身而來，急忙回身反擊。

只見「矛宗」直力行面容肅穆，形如銅鑄，將攔在面前的蒙軍紛紛挑殺，接著一矛接一矛向自己攻來，每一擊都是只求傷敵，這樣的仗，如何能打？畢夜驚腳下節節後退，轉瞬兩人退出長廊，在花園內展開生死決戰。

田過客知道直力行心意，韓公度之死使他下了拚命之心，要爲摯交之死取回代價，況且敵方高手如雲，假若直力行與自己放手大開殺戒，牽制住敵人的主力，傳鷹在壓力減輕下，或可趁機進入祕道。

田過客向傳鷹打個招呼，回身殺返敵方人海之內。

傳鷹則展開身法，撲入右雁翼殿內，一面重溫韓公度所傳授進入祕道的法則。他內心感到前所未有的孤獨，所有並肩作戰的戰友均已離他而去，由這一刻開始，他便要孤軍作戰。

整件事的成敗，變成了他肩上的責任。

傳鷹剛撲入右雁翼殿，只聽得一聲大喝，道：「停住！」

傳鷹停在門前，轟隆轟隆之聲在身後響起，大鐵門開始關上，但傳鷹又勢不可回躍出去。以他的身手，雖可以及時穿門而出，但大門關閉後，便欲進無門，一切的犧牲，完全白費，所以無論留在殿內如何凶險，他也要應付。

身後的鐵門轟然一聲關上，整座大殿頓成密封，超過三十個以上的箭手，分布在最有利的位置，箭頭都指向自己，一個書生打扮的中年漢子，站立在另一道亦已關閉的偏門前，後面一排站著七名蒙古大漢，手上是各種不同類型的兵器，蓄勢以待。

傳鷹施展內視之術，暗察自己的體力狀況，發覺已接近透支的階段，實在不宜浴血苦戰，可是看情形亦由不得自己去選擇，中年書生本身既是個高手，加上身後七名猛將和三十名箭手，這場仗看來有敗無勝。況且要搏殺這批敵人前，還要先在這毫無遮蔽的空殿內，憑單刀應付威震天下的蒙古箭術，想想也令人沮喪萬分。

傳鷹以最快的速度打量右雁翼殿內的形勢，正如韓公度所描述的，通往迷宮的九個入口已經出現，每排三個，整整齊齊地排列在大殿的中心，每個入口約有一丈的距離，裡面黑沉沉的，仿如通往幽冥的無底深潭。

傳鷹知道只有其中一個才是眞正入口，而這祕密，亦是現時唯一可以倚賴的本錢。

殿中形勢壁壘分明，傳鷹孤單地立在近門的一邊，另一邊門前是中年書生和他背後的蒙古高手，箭手以書生爲中心，於兩邊伸出作扇形的分布，彎弓搭箭，瞄準傳鷹，對立的兩邊對手之間，是九個深不可測的地洞，大殿與外間完全隔離在兩邊緊閉的大鐵門外。

中年文士眼中寒芒閃動，傲然道：「本人崔山鏡，受當今皇帝之弟思漢飛之命，全權在此負責。」說到這裡，停了下來，很仔細地觀察傳鷹每一個表情，嘗試找出傳鷹的弱點，加以利用和進擊，不戰而屈人之志。

傳鷹臉上不露半點表情，似乎就這樣站上一日一夜，也不會氣悶。崔山鏡暗忖此子心機深如大海，有異常人，一般人在這樣的情形下，不是惶急不安，就是急謀應變，絕不似此子滿不在乎。

崔山鏡面容一整，提高聲音道：「閣下身陷重圍之內，絕無生理，即使閣下盡殺殿內之人，但我方援軍轉瞬即至，閣下仍是毫無機會，不如來個交易，若閣下坦告進入地下迷宮之法，本人代表皇爺保證閣下在絲毫不損下，離開此地。」

傳鷹大動腦筋，盤算種種應付之法，忽然看到崔山鏡後的蒙古高手，聽到崔山鏡以他的安全離開來做交易，都露出不滿的表情。

傳鷹暗忖這批蒙人必是因爲自己滿手都是他們族人的鮮血，自然欲置己於死地而後快，此時見崔山鏡許諾讓自己離去，當然不快。

其實這也要怪崔山鏡平日心高氣傲，除了思漢飛等有限幾人外，可說目無餘子，與其他蒙人的關係並不和睦，加以蒙人一向看不起漢人，大家之間的歧見與日俱增，在這關鍵時刻，缺乏了解和默契。

傳鷹心中一動，道：「崔兄你有何方法保證你的承諾？」

崔山鏡見傳鷹語氣大有轉機，喜道：「這等事必在事後始能證明，閣下可有提議？」

傳鷹道：「現在此殿大門緊閉，崔兄你如食言反悔，我插翼難飛。崔兄如有誠意，何不馬上命人打開我身後大門，那我立即揭露進入地下迷宮之法，到時就算崔兄出爾反爾，也有一線逃走的機會。」傳鷹這提議非常高明，崔山鏡如果連這點也辦不到，足見毫無誠意了。

崔山鏡略一沉吟，道：「這個使得，閣下請走前五步，免得開門後你立即逃之夭夭。」

傳鷹心下暗喜道：「我便走前五步。」說罷向前大步踏出，走了五步，離最近那一排三個三尺見方的入口，縮短至兩丈許的距離。

崔山鏡眉頭一皺，傳鷹的步伐似乎大了一點，但自忖己方箭手如雲，深信傳鷹如有異動，必能早一步將其射殺。

崔山鏡向身後其中一名武士打了個手號，命令此人利用定下的傳訊方法，藉敲門來通知殿外接應之人，打開傳鷹背後大門，豈知那名負責傳訊的武士一動不動，崔山鏡心知不妙，一直以來他的注意力都集中在傳鷹身上，到這刻才看出身後蒙人不妥。

崔山鏡亦是老謀深算，當初從思漢飛手上接過這項任務時，同時求得軍令虎符，以收指揮之效。這當下見使不動身後蒙人，自然探手入懷，要掏出軍令。

傳鷹見他探手入懷，豈容他有反應之機，就在這微妙的一刻，猛提氣向殿心的九個入口撲去。眾箭手齊齊一愣，不待崔山鏡發令，箭矢齊發，傳鷹名副其實變成眾矢之的。

傳鷹這一手漂亮之至，他利用了蒙人和崔山鏡的矛盾，製造出一種巧妙的形勢，使敵方不能上下一心對付自己，而且藉與崔山鏡的交易，縮短了與入口之間的距離，令他撲進入口的成數倍增。而崔山鏡探手入懷的剎那，正是蒙人這個嚴密陣勢內僅現的一絲空隙，稍縱即逝。若非傳鷹這類非凡人物，定難加以利用。

箭手發動的時間，慢了一線。

傳鷹閃至離最近那一排入口丈許處，勁箭才射到，這批箭手確是一等一的精選，箭矢籠罩的範圍，並不單以傳鷹爲目標，而是根據他推進的路線和速度施放利箭，大部分似乎都是集中在傳鷹身前的空間，但對正要迅速越過這二丈距離的傳鷹來說，每一箭都剛好封住他的進路。

傳鷹身子一曲，整個人蜷作一團，除右手長刀外，左手同時抽出一把長約半尺的小刀，左右手交叉揮舞，化出萬道寒芒，同時蜷曲的身體像圓球一樣，在地上滾向九個入口正中的那一個。

一輪金鐵交鳴聲，勁箭撞上刀幕，都給震得倒飛開去，傳鷹絲毫無損，滾至中間的入口之旁。

這種動作全賴一口眞氣，最是損耗眞元，尤其劇戰之後，這等損耗，更是傳鷹負擔不起，他現在已成強弩之末。

他連喘息機會也沒有，兩道勁氣，一上一下破空而來，傳鷹反滾往後，剛站直身子，崔山鏡一對判官筆，像兩條毒蛇般插來，他身後的七名蒙古高手，亦傾巢而出。

在這要命的一刻，軋軋聲響，九個地道的入口，一同緩緩關閉。

傳鷹提刀欲劈，忽然一陣心悸力竭，知是自己耗費過鉅，接近油盡燈枯的階段。傳鷹當機立斷，左手運力一擲，寒芒一閃，短刀向崔山鏡電射而去。

崔山鏡雙筆一架，「噹」的一聲擋飛傳鷹擲來的小刀，身後高手紛紛圍在中間的入口前，把傳鷹與入口阻隔開來。

這是個很奇怪的現象，蒙方高手包括崔山鏡在內，似乎都認定傳鷹是要進入中間的入口，所以誓要阻止他進入，他們所有的行動，都是針對這假設來施行。

這時九個入口只剩下尺許的空隙，看來大家誰也不能入內。突然傳鷹一陣長笑，崔山鏡心知不妙。

傳鷹迅速移向左後方的入口，趁還有那尺許的隙縫，一溜煙躍了進去，祕道「轟」的一聲，全部關上，餘音響徹全殿。

原來剛才蒙方眾人，在傳鷹發動時，都強烈感覺到傳鷹要進入的是那中間的入口，豈知全給傳鷹愚弄了。傳鷹在這樣的形勢下，仍能翻雲覆雨，爭回主動，確是不世之才。

第四章　勇闖迷宮

傳鷹跳下祕道，上面入口立時關閉，眼中漆黑一片。傳鷹雖有夜視之能，但仍需借助微弱的光線，便好像貓眼一樣，將光線擴大，所以能在黑夜中視物，但這裡深入地底，所有光線全被關閉，所以傳鷹眼力雖遠勝常人，也是睜目如盲。

傳鷹一直下墜，跌了約三十餘丈的距離，他不斷運轉眞氣，提氣輕身，一面運功護體，希望不要就這樣跌斃。他隱隱覺得，如果就這樣摔死，這個設計便太沒道理了。至於能否重返地面，他反而毫不在乎，對他來說，活在外面和裡面，究竟孰優孰劣，也難下定論，甚至生和死，在他亦不外如是。反之，這神祕莫測的地下迷宮，正代表著一個夢想的追求，與其平凡終老，倒不如探索一下這充滿恐懼的「未知」，這正是他毅然跳下來的原因。至於《岳冊》和《戰神圖錄》，只是一個附帶的任務罷了。

突然間，傳鷹跌在一個網上。網的彈性極大，他身體觸網時，先是向下沉落半丈許，接著整個人被反彈力拋上半空，如是拋上拋落了幾次，傳鷹才橫躺在網上。傳鷹寂然不動，閉上雙目，反正睜眼或者閉眼，在這樣漆黑的環境裡，分別不大。他不停運動體內的眞氣，希望能養精蓄銳，應付即將來臨的變化。整個人的精神開始向下沉去，晉入一種似睡非睡、物我兩忘的通泰境界。

不知經過了多少時間，傳鷹功行圓滿，比之進入鷩雁宮前的狀態，更爲優勝。知是經過了先前的浴血苦戰，功力又精進一層，身體的多處刀傷均已結痂，無甚大礙。醒轉過來後，第一件事便是反手觸摸負起他全身重量的這張大網，感覺是由無數縱橫交錯粗如兒臂的繩索所編成，質料似絲非絲，也不知是什麼材料，極具彈性，難怪能令他夷然無損，當然，換了跌下來的是個不懂武功的普通人，必難逃頸斷骨折之禍。

傳鷹取出一個銅錢，向下拋去，銅錢很快與地面相觸，先是一下很低沉的聲響，跟著是銅錢在石板上滾動的聲音，聽來極是平滑。傳鷹爬至網邊，估計一下距離，翻身而下，落下了丈許，雙腳觸踏實地。

傳鷹深深吸了一口氣，空氣尚算清新，不禁大感奇怪，在這密封的地下三十餘丈的地方，竟然有清新空氣，該是絕無可能的事。

跟著他開始向地上搜索，很快找到了一條接近腐朽的粗長麻繩，略一估計，足有十五丈過外的長度，剛才銅錢恰好掉在繩上，難怪會發出那樣低沉的聲響。這定是當年北勝天用以上落這深洞的工具，可惜其時尚差少許，洞門便已關閉，使一代土木大師長留於此，當然，這也極可能就是他傳鷹將來的命運。

傳鷹強忍打亮火摺子的衝動，因爲他身上只有四把火摺，最多僅可支持二至三個時辰的時間，實在不宜浪費；其次，他直覺感到這裡並非毫無生命，若有什麼奇禽異獸，只要他劃亮火摺，立即成爲被攻擊的目標，那就糟了。一緊手中長刀，對四周漆黑的環境加以探察。

傳鷹慢慢以自己爲中心，繞圈緩走，忽又停了下來，他依然看不見什麼，只覺這個方向的空氣更爲清新，這「清新」並不是誇大的形容詞，而是傳鷹確確實實覺得這處的空氣使人精神奕奕起來，環境似乎並不大惡劣。

傳鷹取出火摺，這時他必須照亮當前的環境，才能決定行止。火光照亮了整個空間，即使傳鷹已有心理準備，還是給嚇了一跳。在火光掩映下，他看到自己處身在一個大得嚇人的空間內，驚雁宮的雁翔主殿，已算是壯麗的建築，但比起傳鷹現在所處的環境，卻是小巫見大巫。

傳鷹高舉火摺，向上照耀，離地丈許有個銀灰色的大網，整整有六、七丈見方，透過網照上去，頂部離他所置身處最少有三十丈高，比雁翔殿高出兩倍有多。頂部的中間有一個四方洞，丈許見方，顯然是自己跌下來的入口。

傳鷹縱觀四周的環境，自己正站在一個底部呈方形、龐大無比的大殿內。一邊的牆上有一個巨大的圓形，上面雕刻了很多圖案和花紋，因現時他站在殿心，離任何一邊牆最少有二十丈遠的距離，所以並不能看清楚是什麼內容。另外三邊牆，每一邊牆平均地分布了三道門，每一道門都是深深沉沉的，教人看了頭痛，生出了歧路亡羊的感覺。殿中心的網，四個網角每一個都給一條同一質料的長纜，斜斜四十五度角向上伸展連繫至大殿的四個角落，給人一種很怪異的感覺。

傳鷹自幼苦修禪定，心靈堅如鐵石，並不急於察看那九道門戶，反而先去觀看那沒有門戶卻刻了一個巨大圓形的牆。

在火光照耀下，那圓形的直徑最少有五丈，正正在牆的中間，傳鷹細看之下，竟是一幅星圖。對於天文，傳鷹可以說到了宗師的地位，他除了盡得舅父厲靈的眞傳外，對這無邊宇宙的興趣比之對武道不遑多讓，故曾下了一番苦功去觀察和翻閱典籍，但這一看之下，幾乎汗流浹背。

圓形內星羅棋布，滿是星點，其中有十數粒比例特大，傳鷹認出七粒是日月五星，其他的幾粒，傳鷹簡直聞所未聞。這些較大的星，都刻有粗細不同的線條，顯示它們在天空的運行軌跡，形成一個又一個交疊的圓，煞是好看。

星圖上除了傳鷹熟悉的三垣二十八宿外，還有無數其他的星宿，很多都不見於典籍記載中。星圖圓形的邊上，刻有不同的度數和怪異的名稱，亦是聞所未聞，看在傳鷹這精於天文的專家眼裡，只覺頓時開闊了整個天地，步入了一個全新的領域內。

正是朝聞道，夕死可矣。

大殿突然回復伸手不見五指的漆黑，傳鷹暗罵一聲，想取出第二個火摺點燃，還未拿出來時，忽然停止了動作，經過一番內心的掙扎，放棄了繼續觀看星圖的慾望，轉往探求更多有關這地下迷宮的祕密。

傳鷹憑剛才的觀察，摸黑去查探九道門戶，經過了一番推斷，他終於選定了面對星圖那面牆正中的門戶。原來他站在那門戶前，特別感到有一股其他門戶所無的濕潤之氣，一種勃發的生機在內呼之欲出。

他燃點起第二個火摺子，眼前現出一條長長的廊道，以三十度角不斷向下延伸，在火光的照耀下，漫無盡頭，像是一直通向幽冥的捷徑。

傳鷹一聲長嘯，回聲在整座大殿和面前的走道內激盪，極是驚人，傳鷹大步前行，進入廊道內，向下走去。

巳時初，驚雁宮之役後三個時辰。

右雁翼殿內，思漢飛臉色煞白，凝立殿中，盯視地面，似乎要透視地內的玄虛，在他旁邊，站著一個身穿紅色袈裟的光頭喇嘛，身材比思漢飛還要略高，臉色白裡透紅，看之如三十許人，面貌俊偉，有一種近乎魔怪的男性魅力，雙目開闔間精光若現若隱，直望進人的心裡去，其天庭廣闊，站在那裡自有一種出塵脫俗的味道，風采不讓思漢飛專美。

一旁站的是崔山鏡和畢夜驚，兩人對那喇嘛顯然頗爲忌憚，神色微覺不安。赤扎力和顏列射兩人站在另一邊，前者臉色慘白，內傷未癒。顏列射則臉色紅潤，春風得意，當然是爲能射殺韓公度而躊躇滿志。

這時一個蒙古千夫長來到思漢飛和那喇嘛面前，不先向思漢飛行禮，跪倒在那喇嘛腳下，行了大禮，這才起身向思漢飛敬禮，眾人也不覺有異。

思漢飛揮手示意，千夫長報告說：「清點傷亡的報告已經完成，我方陣亡者一千二百五十二人。」頓了頓，似乎有些猶豫道：「傷亡報告其實在兩個時辰前便完成，但花了很多時間，搜遍全宮，也找不到任何一個敵人的屍體。」

除了那喇嘛外，各人均臉色微變。顏列射更是心急，道：「韓公度爲我親手所殺，屍體怎會逃走？」

畢夜驚眼光射來，顯然是怪顏列射將殺韓公度的功勞，完全歸在自己身上。

思漢飛道：「橫刀頭陀施展與敵偕亡的破精自絕大法，屍體化爲血霧，可以不提。凌渡虛爲我震碎內腑，亦絕無生理，雖能逃離此地，大去之期旦夕間事。田過客爲我所傷，卻爲『矛宗』直力行所救，闖出重圍。那進入祕道的人物，可以不論。韓公度已死，這更是絕無疑問。刻下只剩下一個碧空晴，在震開鐵門後，一直不見影蹤，韓公度屍體失蹤，當與他有關。」

此人不愧智計絕倫，推論一番把整個形勢分析得一清二楚。

這時一個工匠模樣的人物走上前來，見禮後道：「皇爺，我們經過兩個多時辰的探測，肯定此處的地下五丈內均為實地，絕非任何空間地道，況且地下的石質硬逾精鋼，難以開鑿。」

思漢飛轉向崔山鏡道：「崔先生，你對此有何意見？」

崔山鏡臉色陰沉，顯然因被傳鷹溜進祕道而大為沮喪，聞言道：「皇爺，這其實早在本人計算中。要知道這驚雁宮一土一石，無不巧奪天工，當日我們窮七日七夜之力，遍查各處，尤以主殿雁翔和左、右雁翼所花工夫最多，亦一無所得，今日只不過是重複當日的工作。」

畢夜驚道：「難道地下的祕道突然消失？」

思漢飛道：「這驚雁宮處處透出神祕，如果九條祕道突然消失，我毫不驚奇。」說完轉頭望向那靜立一旁的喇嘛，肅然道：「請國師指點。」

原來此喇嘛竟是威震當世的蒙古國師八師巴，已屆宗師身分的橫刀頭陀就是因他而死。現在只是巳時初，八師巴比橫刀頭陀保證的午時早到了一個時辰，橫刀頭陀顯然低估了他。

八師巴道：「我未進入這驚雁宮之前，曾經以密藏無上心法，默察此宮的氣運，感到有一股非常巨大超乎人力的自然力量，與這驚雁宮的一草一木渾成一體，非人力可以破壞，所以這開鑿地底之法，既浪費人力，又必徒勞無功，可以取消。」這八師巴的聲音柔和，非常動聽。

赤扎力道：「國師深諳天人之道，話中自有至理，況且據說這祕道三十年才開啓一次，那進入祕道之人，無疑自殺，所以比對來說，我方雖然痛失博爾忽大帥、牙木溫副統領和千餘近衛，若是漢人武林從此一蹶不振，他們的犧牲仍然有價值。」

這次漢人盡起武林中最精英的分子，假如不能得到《岳冊》，任務當然是失敗了，是故眾人皆點頭稱是。

思漢飛見八師巴沉吟不語，奇道：「國師必是另有高見，懇請賜告。」

八師巴道：「我曾推算該名漢人進入祕道時之天象，以驚雁宮之地平線為經，以當時周天三百六十度的黃道為緯，木星剛臨中天，火星距木星一百二十度，由東方升起，土星於西方落下，距木星亦是一百二十度，三顆行星的角度相加，剛成三百六十度，如果將這三顆星以一條線在天空連起，恰是一個等邊大三角，這是極端吉兆，據我推算，這人進入祕道必有奇遇。」

眾人愕然。

思漢飛深知八師巴精通以天道推算人道之術，語出必中，連忙道：「既然如此，不如我盡起精銳，誓殺此人，以免《岳冊》落入敵手。」

八師巴道：「《岳冊》毫不足懼，宋室氣數已盡，豈是區區兵刃、利器、巧藝可以挽回？反而此子確是非凡，先能搏殺博爾忽，又能於天羅地網中逸入祕道。據崔先生所述，此子當有心靈上修練，如被其取得神祕莫測之《戰神圖錄》，異日必成心腹大患。」

說到這裡，八師巴環顧眾人，目射奇光道：「我將召來座下四大弟子，漢飛你布下籠罩此地方圓三百里的偵察網，運用所有力量，若有發現，當即以最快方法告訴我，我將親率座下弟子，追殺此子。」

思漢飛謝道：「得國師親自出手，此人出困之日，便是他授首之時。」

八師巴探手懷中，握著那把傳鷹進祕道前飛擲崔山鏡的小刀，暗忖憑著這把小刀，便可以與它的物主建立一種心靈上的感應，兩人的鬥爭，亦將開始。

八師巴運集精神，把心靈凝聚在手握的小刀上，靜如止水的面容，忽地閃過難以掩蓋的驚訝。一種非常熟悉的感覺，湧上晶瑩通透的靈智，那便像一個人，到了某個生平首次踏足的異地，卻覺得每樣事物都是那樣熟悉。

八師巴背轉雄偉的身軀，緩緩向殿門走去，不欲旁人察覺到他內心的震動。八十年的精修苦行，使他體悟到與這從未會面的敵手有一種超乎世俗理解的關係。

這將是一場完全超塵脫俗的龍爭虎鬥。

八師巴緊握小刀的同時，傳鷹同時感覺到八巴師，他自然不知這是誰，但卻感到一股強大的精神力量，似乎正在自己的心靈深處加以入侵，傳鷹連忙集中意志，緊守禪心。

這時他手上的第二個火摺子已熄了，長廊似乎仍未有盡頭，看來真是一直通往地底的異域。傳鷹現在失去了方向和距離感，只曉得不斷向前推進。一個火摺接一個火摺，最後一個火摺亦已燒盡，傳鷹仍處身在黑暗世界裡，不由開始懷疑這條長廊是否有盡頭。

現在他唯一的希望，就是空氣中的濕度愈來愈重，可能愈來愈接近一個水源，空氣則變得更清新了。

突感眼前有異，在這漫無邊際的黑暗裡，離他約二十丈許的下方處，現出一點光源，傳鷹大喜，連忙疾步前移，繼續在那長廊作漫無休止的前進。本來愈朝下走，陰寒的感覺便應愈重，可是現在愈往下走，身體反而逐漸暖和起來。

在長廊的遠處，隱約傳來隆隆的聲音，又再轉了幾轉，隆隆之聲愈來愈大，震耳欲聾，祕道漸見明亮，一片暗紅，可清楚視物。向左一轉，遠方有一個紅光閃爍的方格，傳鷹知道光線的來源其實並不強烈，只不過自己久處黑暗，故絲毫光線也覺刺目。

傳鷹雖不知道前面主何吉凶，但既有轉機，總勝長困黑道，連忙提起腳步向前急行，原來這方格是地道的盡頭，外面是一條大瀑布的底部，隆隆的聲音，由這條湍急的瀑布發出。從傳鷹的角度看出去，瀑布蓋天而下，把外面的世界完全隔斷，唯一能透過瀑布而入的，就是那閃耀的紅光。

紅光將瀑布染成血紅，整條祕道也給籠罩在血光之下，或者瀑布之外便是幽冥地府，這瀑布是來自隔開人鬼的地下黃泉，傳鷹幾懷疑自己已不在人世。

傳鷹天性酷愛冒險，只覺這一剎那是最動人的時刻，只待他衝過瀑布，一切自有分曉。在這深不可測的地底，別有洞天，傳鷹已覺怪異，但在這裡居然有一條這樣的瀑布，卻完全在想像之外了。

傳鷹並不魯莽行事，反而面對祕道外的瀑布盤膝坐下，很快晉入物我兩忘的境地，眞氣流轉不停，不須半炷香的時間，功行圓滿。

傳鷹一聲長嘯，有如潛龍低吟，震得整個祕道隆隆作響，把瀑布聲也蓋了過去。再徐徐站起身來，毫不遲疑，疾衝向前，穿越瀑布，跳進一個一無所知的世界去。

六月初七，杭州。

南宋時元軍兵臨城下，恭帝開城迎降，故自宋至元，杭州未經兵燹洗禮，兼且城臨錢塘江左，跨運河，據水陸交通樞紐，地理優越，於當時富甲天下，亦成爲反元活動的重要中心。

此時華燈初上，西湖旁青樓密布，燈火輝煌，哪有半點亡國景象？

向無蹤來到當地三大青樓之一的飄香樓前，毫不遲疑大步進入。一個年約四十歲的盛裝婦人迎了出來，親熱地道：「大爺賞臉，請到樓上雅座用茶。」

向無蹤哈哈一笑道：「不知官捷來了沒有？」

那婦人面容一整道：「原來是官大爺的朋友，貴客遠來，請讓小婢引路。」

這些青樓打滾的人雙眼極利，見向無蹤僕僕風塵，知是遠方來客。官捷乃是當地的大財主，在這裡有長期的包廂，專門招呼當地權貴，可說是無人不識，本身的絲綢和茶葉生意也做得極大，是個非常吃得開的人物。

向無蹤隨那婦人登樓，樓內布置清雅，顯然出於高手的設計。當時青樓中人個個精通書畫音律，非是一般俗子可比，間中看到的書畫題字，也都有來歷可尋。向無蹤心內讚嘆，青樓竟是如此的一個好去處。

樓內的廂房全部客滿，隱隱傳來歡笑之聲，管絃絲竹聲中，透出燕語鶯音，一片熱鬧，卻絲毫不覺喧譁胡鬧，顯得這所著名妓院的客人，質素和文化都相當高。

向無蹤一路行去，不時遇上些換場的姑娘，其中不乏美女，她們眉梢眼角的醉人風情，使向無蹤這奔走四方的江湖客，也興起溫柔鄉處是吾家的慾望。

青樓佔地極廣，拾級登樓後，還要向左經過一條長廊，步過兩邊十多間大廂房，才到達另一端的東廂。樓上的廂房，又較樓下的雅貴。

離廂房尚有一段距離時，隱隱傳來七弦琴的聲音，琴音起伏頓挫，甚有神韻。向無蹤邊行邊聽，認得彈的是〈漁樵問答〉，描述大自然反璞歸眞的生活，美景無限。

向無蹤來至門前，不忍推門而入打斷琴音，揮手示意那婦人離去，自己靜立門前。這時琴音趨急，描寫樵夫深入窮山之中，運刀劈柴，傳神至極，操琴人之琴藝，已臻化境。跟著一連串珠落玉盤的聲音，琴聲急止，音雖盡而意有餘，勾起向無蹤一股對戎馬江湖的厭倦，輕輕一嘆，似若一個長期離鄉的遊子，憶起家鄉的萬般好處。

一個雄壯的聲音在室內響起道：「門外這位朋友請恕小弟官捷怠慢之罪，不如先讓我們猜猜，這位貴客是誰？」接著是男女歡笑聲。

向無蹤聽笑聲知是三男二女，但剛才自己細察房內呼吸之音，裡面應有六人才對，所以該是尙有一人並不隨房內眾人一起發笑，心想不知是否就是那操琴者，尙自迴環在那音樂世界裡，不能自已。

另一個女子的聲音嬌笑道：「官爺呵！門外的大爺未發一語，叫奴家怎樣猜呢？」這些青樓女子最擅逢迎，盡量令這些大男人覺得自己有高高在上的優越感。

另一個女聲輕笑道：「秋韻姊，你不要落入他的圈套，門外的貴客定是官爺約來的朋友，人家早成竹在胸，還叫人家去瞎猜。」

官捷一陣大笑道：「鄭崖兄你詩劍雙絕，名動江南，不如由你先說。」

鄭崖答道：「兄弟先向門外那位朋友告罪，不敬之處必當自罰三杯。」頓了一頓，續道：「這位貴客來時，先是兩人腳步聲，重步聲的必是帶路之人，步聲一路不停，直抵此處，可知必非路過，而是專程而來，此東廂爲官兄長期包訂，來的自然是官兄江湖上的朋友。」

眾人齊聲稱讚。向無蹤見他從腳步輕重分辨出自己身懷絕技，也不禁對這鄭崖留上了心。

鄭崖道：「現在輪到馬臨江兄出馬了。」

那馬臨江聲音粗豪，毫不推讓笑道：「兄弟也來湊興。門外的朋友能靜立聽琴，必非有十萬火急之事，才能有此雅興。且必是遠方來客，否則此東廂爲官兄長期所訂，那是全城皆知，何須引路？由此觀之，當連官兄也不知門外是何人。」這人說話粗豪，但分析透徹入微，是一個粗中有細的人物。

跟著房門大開，官捷迎了出來，見是向無蹤，一聲長笑，充滿了得遇故人的歡娛，一番寒暄後，把向無蹤引進房內。

進門後是一個小廳，酸枝傢俬几椅，廳中一個小几放了一張古琴，琴前安坐一位身材修長的佳麗，面型古典，雙目淒迷，有種難以形容的哀美。

官捷體型健碩，坐在近街的窗戶旁，左右各有一名姑娘，姿色不俗，看來是專程陪他。鄭崖書生模樣，卻英氣勃勃，絕無文弱之態。那馬臨江是個粗豪大漢，生得相貌堂堂，也是一個人物。向無蹤見這兩人的目光大多數時間都停留在那操琴的美女身上，醒悟到二人是這美女的裙下忠臣，剛才官捷要二人猜自己的身分，正是給這兩人機會在心上人面前表現一番。

向無蹤向操琴的美女道：「姑娘天生慧根，琴弦之藝，出神入化，本人一時情難自禁，倒教姑娘見笑。」

官捷道：「高典靜琴動江南，爲當今妙手，向兄實在有緣。」

那鄭崖面容一沉，對官捷語帶雙關的「有緣」，顯然不大高興。馬臨江臉色如常，心胸看來較闊。

高典靜長長的秀眉輕輕向上揚起，一雙妙目朝向無蹤瞧來，道：「得向先生如此讚許，小女子不勝汗顏。」

向無蹤從她的眼中看出感激。知道自己於門外為琴音所感而興嘆，當時還未睹她姿色，實乃眞正知音，而非貪她美貌，所以曉得他是眞心推許她的琴技。向無蹤見她眼內幽思無限，我見猶憐，登時了解到鄭、馬兩人的感受，心內也不由傾倒。

鄭崖輕咳一聲，顯然不滿向無蹤對他心上人表示興趣，道：「我聽向兄輕功不弱，不知是何派好手，讓我看看貴派可有相熟的朋友。」語帶輕視，言外之意正是譏笑向無蹤乃無名小卒。

向無蹤淡淡一笑，也不計較。

官捷道：「向兄家學淵源，其父『魅影』向極，兩位當有所聞。」

高典靜這時站起身子，她一舉一動，都別有一番優美風韻，扣人心弦，鄭、馬兩人注意力急急回到她身上，齊齊挽留，高典靜只是搖頭。

官捷何等老練，打圓場道：「鄭兄、馬兄！請恕小弟說句公道話，剛才高姑娘來此奏琴，約定只是三曲，如今高姑娘格外開恩，多奏一曲，我等感激還來不及，不如再約下次之期，豈非更佳？」

鄭、馬兩人一聽也是道理，忙約後會，高典靜知道推辭不得，說了日期，翩然而去。望著她的優美背影，向無蹤也不禁呆了一陣，突然回過神來，只見官捷向自己神祕一笑，自覺有點不好意思。

眾人又喝了一會兒酒，這時氣氛融洽得多，席間官捷告了一個罪，和向無蹤避往一個僻靜的偏房密議。

進房後，官捷馬上換上一副嚴肅的面容道：「向兄弟辛苦了，你驚雁宮之行的報告，我已詳細審閱，配合其他各方面來的資料，整件事開始有點眉目。」

向無蹤靜聽不語。

官捷續道：「我身爲復尊旗副旗主、杭州的總負責人，對外的身分卻是一個在黑白兩道都吃得開的富商，即使蒙人方面，亦視我爲爭取的對象，所以我從中得到不少方便。蒙人幾個重要的調動，當然逃不過我的耳目。」官捷似乎對自己的成績極爲滿意，又道：「首先是有『色目第一高手』之稱的卓和，已抵此地，主持一個勢力籠罩全杭州的情報和實力網，最外圍的包括一般地痞流氓。中層人物最雜，有一般幫派、黑道好手以至投誠的漢人等。核心是以色目人和蒙族高手爲主，也包括如烈日炎、程載哀等黑道霸主，實力驚人。」忽見向無蹤露出詢問的神情，忙道：「因爲本人亦成爲他們網羅對象之一，故得聞其祕。」他並沒有說他有否加入這件事，如果有的話，他便變成一個雙重身分的人。

向無蹤道：「卓和一代武學巨匠，據說功力與思漢飛相若，一向在漠北一帶爲元人服務，究竟是什麼事能令他親臨此地？」

官捷道：「兄弟還未知龍尊義已發出密函予我旗任旗主，聲稱與大俠韓公度約定於七月十五日，在杭州將《岳冊》移交予他，希望我旗能鼎力助成此事。同樣的密函，同時分發其他各大著名家族，現時杭州已是風起雲湧了。」

向無蹤心中一震，所有無甚關聯的事，全部給串連起來。

官捷壓低聲音道：「龍尊義親率手下大將『紅槍』譚秋雨、『紅粉艷后』祁碧芍等潛入杭州，在一祕密地方落腳，今日這處已成臥虎藏龍之地。」

官捷突然話題一轉，問道：「今番見你氣度迥異，當是功力突飛猛進，不知最近有何奇遇？」

向無蹤心中一懍，暗驚此人觀察入微，但當然不能洩漏出自己得凌渡虛慨贈寶笈之事，連忙答道：「兄弟對家門心法別有領會，近日略有進展。」

這向無蹤雖然服役於復尊旗，卻是客卿身分，地位超然，官捷不便多問。兩人訂下聯絡之法，向無蹤才離開。

向無蹤踏出飄香樓的外院門，沿大街漫無目的地漫步，這時是子時，才離開青樓區，行人逐漸稀少，街上偶有馬車馳過，向無蹤不期然想起凌渡虛給他的冊子，反覆推敲其中的幾句：「膊、腰、腿，天地人外三才，一動無有不動；泥丸、丹田、湧泉，天地人內三才，一動無有不動。內外相乘，初窺堂奧。」

想到這裡忽然湧泉一熱，一股眞氣由腳底沿腿而上，心中一喜，便即消去。跟著丹田一熱，泥丸跳動，渾身舒泰，晉入前所未有的寂靜，靈台清明無比。向無蹤知道眞氣還未能貫串，但已大有進境。

就在此時，遠方的屋頂傳來衣袂飄飛的聲音，極爲微弱，若非向無蹤剛在練功，聽覺比平時大爲靈敏，一定當面錯過，向無蹤心中一動，跟著去了。

第五章　戰神圖錄

剎那間傳鷹穿過瀑布，這一衝盡了全力，越過瀑布後，速度有增無減，斜斜向上衝往瀑布後的空間，看到一個廣闊至極的奇異世界。

傳鷹身在半空，下面是一個地底大湖，包藏在一個龐大至極的地底岩洞內，岩頂離湖面至少有五十至六十丈的高度，地底湖驟然看來就像個無邊無際的大海，只在極遠處才隱約見到岩壁。

四周壁上長滿了奇花異草，五色燦爛，岩壁上時有裂開大洞，地底的清泉沖奔而出，形成四、五十條長長飛濺下來的瀑布，有些長達七十丈外，轟然有聲，蔚爲奇觀，令這龐大的地底空間，充斥了聲音和動感。

傳鷹終於發覺光和熱的來源了，原來岩壁上部分地方滿布裂縫，暴射出熊熊的烈焰，顯然是地火從這些空隙逃逸出來，照耀了整個巨洞。

傳鷹知道這等地火可熔精鋼，全賴冰凍的地底湖水，水火相濟，陰陽交泰，恰恰造成這奇異的條件，產生了這樣一個奇異世界。

傳鷹去勢已盡，開始滑翔而下，就在這一剎那，看到離他五里許的湖心，有一座孤獨的岩石島，整個小島被一座龐大至極的建築物所覆蓋，竟是另一幢雁翔殿。

在震駭莫名中，傳鷹潛進了冰涼徹骨的地底湖水內。

傳鷹刺進水裡，湖水深不見底，充滿各式各樣的生命，例如發光的怪魚群，在掩映紅光的湖水裡，成千上萬地聯群出沒，又或似蛇非蛇的怪物，有無數觸鬚的大圓球形，擦身而過的巨形怪鱉，千奇百怪。如果思漢飛在此，當可認出這些都是刻在驚雁宮雁翔殿內的奇獸異物。

傳鷹一口氣已盡，浮上湖面，也不思索，一心一意向那聳立於孤岩之上的巨型建築物游去。離目標還有半里的距離，傳鷹驟感水流有異，附近湖面一陣翻騰，怪魚紛紛躍出水面，暗叫不妙，又再潛進湖內，只見三丈外一隻奇首魚身的怪魚，張開血盆大口，朝他筆直衝來。

傳鷹本是膽大包天，一見之下，不由也嚇了一跳。怪物頭面猙獰，滿頭綠髮在水中向後飄揚，那對巨眼綠光閃爍，模樣怕人。

傳鷹猛一提氣，躍出湖面，怪物已然噬至，傳鷹閃電探腳重重踏在那怪物張大的口的上唇邊，那一腳最少有千斤之力，足可使堅石粉碎，但那怪物只向下一沉，便在傳鷹身下掠去，傳鷹借那一腳之力，再次彈高，衝上離湖面六丈許的高處。

傳鷹開始回跌，湖面十丈外有一條白色的水線，迅速向自己跌下的方向伸展，知道人魚怪物迴游過來，正專程恭候自己獻出生命。腳下的湖水「嘩啦」一聲分開，怪物迫不及待，整條衝離湖面，直向在半空的自己噬來，傳鷹一聲斷喝，抽出背上長刀，一刀刺入怪物兩團綠焰之間，這等生死關頭，傳鷹畢生功力所聚的一刀，直沒至柄。人魚一聲狂嘶，尖銳刺耳，把頭一揮，將傳鷹揮得跌飛向十丈外的湖面。傳鷹順勢抽出長刀，一股綠醬沖天噴出，腥臭難聞，人魚再一聲慘嘶，沉進湖底，蹤影全無。傳鷹鬆了一口氣，繼續向目標游去。

這湖心的岩石島，似乎只是爲作這巨殿的基石而存在，方圓半里的孤島八成爲這龐大無匹的大殿所遮蓋。巨型建築比驚雁宮的雁翔殿少了重簷飛翹，像極了一個巨大的中空正方石，成爲這地底世界的中心。

通往正門有一道長階，層層上升，怕有千級之多，使這地底巨殿高踞於上。石階最下的幾級，浸在湖水裡，有一隻長丈餘高八尺的大石龜，伏在石階的最低處，似是剛要離水上岸，後腳還浸在水裡，昂首朝向高高在上的正門，造型雄渾有力，巧奪天工。

傳鷹走近細看，石龜背上隱見圖形，連忙躍上。只見龜背上布滿符號圖形，錯綜複雜，傳鷹自幼隨舅父「抗天手」厲靈習易理術數，可以說是個專家，一看之下，也是一頭霧水，知絕非一時三刻可以了解，便放棄不看。

千層石階，在傳鷹這等高手腳下轉瞬即逝，他站在巨殿入口之前，大門洞開，巨殿實在太大，望進去便如管中窺豹，無邊無際。入口處有一石刻題匾，刻著「戰神殿」三個大字，每個字均有丈許大小。

傳鷹步進殿內，連他這樣膽大妄爲的人，腳步也不覺戰戰兢兢，突然間頭皮發麻，幾乎停止了呼吸。他現在置身巨殿之內，同時被巨殿那極廣極高的空間徹底震懾。就像一個小人國的小人，在一時錯失之下，來到了巨人建的大殿內，巨殿前端和左右兩旁的殿壁，離他至少有四十丈的距離，自己便像螻蟻那般渺小。

在對正入口的巨壁上，由上至下鑿刻了一行大篆，從殿頂直排而下，首尾相隔最少有三十丈外，每字丈許見方，書著：「天地不仁以萬物爲芻狗」。

傳鷹心神震動，不自覺地跪了下來，眼睛充溢淚水，他活了這麼多年，還是第一次受到這樣的震撼和感動。

巨殿籠罩在柔和的青光底下，與出口透進的紅光，相映成趣。傳鷹望向殿頂，離地四十丈許的殿頂中心，嵌有一塊圓形的物體，兩丈直徑，散發出青黃的光線，仿若一個室內的太陽，使整個巨殿沐浴在萬道青光底下。

以這光源爲中心，殿頂畫了一個直徑達二十丈的大圓，和祕道入口處的星圖一樣，只不過卻大了幾倍，將巨殿覆蓋在無數的星宿底下，巨殿不見一柱，不見一物，殿心地上有一個兩丈許見方的浮雕，左右兩邊壁上每邊亦有丈許見方的浮雕圖各二十四個，加上殿心的浮雕圖，剛好是四十九幅。

殿心地上那幅浮雕，雕工精美，刻著一個身穿奇怪甲冑、面上覆蓋面具的天神，胯下坐著一條似龍非龍的怪物，從九片裂開了的厚雲由左上角穿飛而下，直撲向右下角一個血紅的大火球，每一片厚雲旁邊，由上而下寫著九重天、八重天，直至最低的一重天。浮雕的上方有五個大字，正是「戰神圖錄一」。

傳鷹恍然大悟，始知《戰神圖錄》從未見諸人世，原來是四十九幅的巨大浮雕圖，《戰神圖錄》據說可通天地玄祕，這第一幅圖果然玄祕之至，傳鷹如猜啞謎，好不難受。

傳鷹向左壁走去，來到最後的一幅處，上面除「戰神圖錄四十九破碎虛空」外，再無一物，不覺更爲失望。轉過一幅，其上寫著「戰神圖錄四十八重返九天」，那天神模樣的戰神，又乘坐那似龍非龍的怪物，由右下角向上飛，穿過了九重雲，飛向左上角，和第一幅恰是相反的方向。

傳鷹略有所悟，又不能證實自己捕捉到什麼，不禁有點煩躁，當下大吃一驚，暗想自己自從上窺刀道，心志堅如崗石，從來沒有這類情緒的困擾，連忙暫且放下，遊目四顧，突然身軀一震，原來他見到遠處的牆邊，就在那「天地不仁以萬物爲芻狗」的幾個大字下，有一人盤膝面牆而坐，背影魁梧，服飾高古，不類近代。

這人旁邊尚有一副骸骨，骸骨旁還有幾樣事物。

傳鷹走近一看，見到此人面相莊嚴，嘴角猶帶著安詳的微笑，頭髮與衣服已化開大半，但臉上肌膚神情卻與生人無異。傳鷹伸手按在他背上，指尖觸處衣服盡化飛灰，無疑已經歷了非常久遠的年代，衣服下的肉體卻至堅至硬，似乎整個人轉化為另一種不知名的堅硬物質。

此人左手垂地，地上有一行小字，寫著「廣成子證破碎金剛於此」，觸地的中指，剛好嵌在「此」字最後一劃去勢盡處，毫無疑問這幾個字是他運功在地上寫劃出來的，能在這樣堅硬的物料寫字，傳鷹確是聞所未聞。

傳鷹心想，此人與上古時代傳為黃帝之師的廣成子同名，若果同是一人，必然包藏重大的祕密，而此人能以指刻堅石，死後身體又能晉入不滅狀態，實有通天徹地之能，這巨殿當與極神祕的事物有關聯。傳鷹突然記起還有別的事物，忙向旁邊望去，只見人骨旁邊有一部書冊和一個摺疊好的大袋，閃閃發光，也不知何物所製。

傳鷹走近一看，這部書冊以絲織成，厚達數寸，書面寫有「岳冊」兩個大字，旁邊一個鐵盒，當然是用來放載《岳冊》的。這部天下逐鹿的奇書、漢人的希望，靜靜躺在他伸手可觸處，傳鷹不禁湧起莫名的滋味。

旁邊的那個大袋，袋邊露出一張紙，密密麻麻地寫道：

「本人北勝天，繼承敝門歷代遺志，窮畢生歲月，勘破其祕，得來此間，雖未能生返人世，亦已無憾。此神殿實藏有天地之祕、鬼神莫測之道。惜本人慧根未結，未能如廣成子仙師般得破至道，超脫凡世。本人嘗以天下第一土木宗師自居，至此始知微不足道。經本人測斷，逃離此處之法，必從東南巽方湖底去水道，順流而出，可抵地面，特以此地無名樹所生堅絲，製成護袋。若是當世高手，能將護袋充氣，再以眞力護身，龜伏於內，隨地下河流沖出，或可重出生天。吾老矣，非不欲也，是不能也。

字留有緣。」

這一代土木大師，自己雖不能離去，卻留下逃生之法，用心良苦。

傳鷹看後，燃起壯志豪情，只覺終不負韓公度所託，若能把這《岳冊》於七月十五交到龍尊義手上，也不枉眾人的犧牲，忍不住一聲長嘯，回音在整個巨殿轟然響起。

向無蹤辭別了官捷後，聽到異聲，展開看家本領，追躡而去，竟發覺夜行人達七個之多，身法輕靈，都是百中選一的高手，迅速望城東而去。

向無蹤的鬼魅潛蹤身法乃江湖一絕，除了那次在淩渡虛前無所施其技外，平時眞是得心應手，這時展開身法，一面利用建築物和樹木遮蔽身形，神不知鬼不覺地緊緊追躡在後。

一邊跟蹤，一邊心下嘀咕，他從身法上認出這七個夜行人中有男有女，包括了各派各門的好手。換言之，這竟是一隊聯合部隊。這就更加奇怪，這些名門幫派，各有自己獨立的活動範圍，除非事不得已，輕易不會共同行動，向無蹤的好奇心被勾了起來。

幾人身法迅速，轉眼抵達一座中等人家的宅第，屋內烏燈黑火，不聞人聲，七個夜行人散開各處，各自扼守戰略位置，眨眼間把整座宅院包圍起來，顯出他們都是身經百戰的老江湖。

他們尚未布好陣勢，宅院一道窗戶「砰」的一聲震飛開來，一組兩個人形飛出，姿態奇怪，原來是一名上身赤裸的大漢，挾著一個全身赤裸的女子，穿窗而出，背牆立在庭院中。

那七名夜行人中的五名，迅速躍落院中，把大漢圍迫在牆邊，大漢卻不慌不忙，把裸女面對面當胸摟抱，讓裸女背向敵人，左手握著一把長達四尺的水刺，在月色下閃爍生光，既刺激又香艷。

向無蹤在遠處的樹上，不由暗讚大漢反應靈敏，兼且狠毒異常，甫出手已爭回主動之勢。

本來那些夜行人準備一見這名大漢，立加搏殺，哪知凶漢用裸女作人質掩護，令他們進退維谷。向無蹤見那裸女身材豐腴，體形優美，散發著少女青春的活力，禁不住猛吞了一口口水，雖然明知不應該，也暗羨那惡漢的艷福。

凶漢嘿嘿一笑，震人耳膜，足見此人內功深厚，難怪這群人要聯手對付他。凶漢對其中一個滿臉于思的中年男子道：「夏侯兄別來無恙，剛才小弟發出訊號，我方高手轉瞬即至，念在一場相識，你還是挾尾巴滾吧！」

這人說話忽軟忽硬，似眞似假，令人頭痛。

夏侯標也是老江湖，打出手號，場中五人迅速分了兩人躍上屋頂，顯然是去幫助埋伏的其他兩人偵察對方是否眞有援兵，必要時也可加強抵擋對方援兵的人手。

場中剩下另一位手執鐵槳的矮小漢子和一位手持長劍、風姿綽約的少婦，與那惡漢成對峙之勢。

矮小漢子輕喝一聲道：「烈日炎，你如能放下手中那無辜女子，本人章鐵山先與你單挑一場。」

原來此人是長江幫四大舵手之一的「快槳」章鐵山。

烈日炎挾著裸女的手一緊，與裸女簡直貼合無間，一陣狂笑道：「爾等自命大幫正派，居然區區一名女子，已令你等束手無策，豈能成大事，可笑啊可笑！」

這烈日炎狂妄至極，竟是要眾人不要理他的威脅而出手。

那美麗的少婦道：「烈日炎你也是一代之雄，這貪生怕死之事，不怕傳了出去令人恥笑？」

向無蹤登時想起，此少婦是以三十六手穿雲劍法著名的女性高手，飛鳳幫副幫主許夫人，她體態動人，面目秀美，另有一種迷人的風韻。

烈日炎轉目狠盯許夫人，雙睛上下轉動，目射奇光，用心路人皆知，只聽他「呸」一聲道：「爾等自號正義，其實還不是一丘之貉，不擇手段，又要自命清高。」又是一連串嘲弄的笑聲。

原來這烈日炎生平好色，犯下淫行無數，激起公憤，但他武功既高，靠山師兄畢夜驚既為不世高手，兼且又後台強硬，使他一直橫行無忌，今次各大幫派應龍尊義之邀，來此助其奪取《岳冊》，順道派出各門高手，組成四隊人馬輪流日夜監察，誓殺此獠，今夜覷得機會，烈日炎出外行淫給其中一隊跟上，致形成這個局面。

突然間左方半里處天空一陣爆響，一朵藍焰在半空散開，煞是好看。夏侯標臉色大變，這是緊急訊號，顯示敵人來勢強勁，於己方不利，應立即退卻。夏侯標為人穩重，不求殺敵，先求自保，打個手號，三人立即向後退開。

在暗處窺視的向無蹤心下駭然，不知烈日炎究竟有何神通，竟能在不知不覺間召來強援，如若不能勘破他的通訊手法，於反蒙大業極為不利，他日將成為致敗因素之一。

局。

烈日炎怪叫一聲，手上裸女向天拋起，直向章鐵山衝去，如果讓她直跌落地，定難逃骨折身亡之

這烈日炎手段狠辣，智計過人，當日在碧空晴絕世神功下，也能負傷逃走，厲害非常，今夜在重重圍困中，仍處處取得主動，節節領先，確是非凡。

章鐵山乃俠義中人，豈能見死不救，連忙停下勢子，那裸女直升上三、四丈高的半空，美妙的身體，不斷翻滾，妙相紛呈。許夫人極是精靈，立即倒閃而回，手中長劍，驟雨狂風向烈日炎捲去。夏侯標似乎心懸己方抵擋不住敵方強援，又或認爲章、許兩人雖不足殺敵，自保必將無礙，迅速退去。

烈日炎哈哈一笑，手中水刺向許夫人刺去，所攻的部位非常不雅，許夫人連聲嬌叱。雖然在拚命之中，許夫人依然身法曼妙，風姿極美。

這時裸女已跌至離地尺許處，章鐵山並不避嫌，一把將裸女整個溫香軟玉抱滿懷，他知道烈日炎必以借物傳力之法，藉拋擲裸女時傳來內力，自己若接得不得其法，會導致裸女受傷。正要放往地上，胸前一涼，一把尖刺透過裸女的背脊，直刺入自己的體內，把兩人串連起來，章鐵山慘叫一聲，與裸女同時死亡。

原來那烈日炎突然捨刺不用，右手展開一套毒辣至極的掌法，劈、插、拍、刺間，硬把許夫人的漫天劍影迫開，左手水刺拿準時間、角度，在章鐵山接得裸女心神稍鬆時，全力擲出手中水刺，一刺兩命。

許夫人見章鐵山當場慘死，厲叱一聲，起了拚命之心，招招與敵偕亡。適値烈日炎剛才一擲，頗耗眞氣，兼之利器離手，又意欲生擒眼前美女，以償大慾，處處牽制，雖然本身功力遠勝許夫人，一

時間竟打了個平分秋色，當然，時間一長，許夫人定是落敗遭擒的命運。

遠處又一聲爆響，另一朵藍焰升上半空，許夫人立知己方處於下風，這個訊號是要各人分散逃遁。這時她意氣已過，幸好自己尚在主攻之勢，連忙虛發一招，轉身逃跑，衣袂飄忽間，已在十丈開外。

烈日炎一陣得意狂笑，啣尾急追，他身法極快，霎時間追近至躍上瓦背的許夫人身後丈許處，許夫人眼看難逃劫數，欲回身死拚，就在這時，寒芒在丈許外的樹上一閃迫來，帶起森森殺氣，直向烈日炎捲去。

事起突然，烈日炎大吃一驚，兼之手無利器，不敢硬碰敵人這蓄勢已久的一招。他也是了得，大喝一聲，硬生生把急衝的速度收回，一個倒翻回跌往庭院，堪堪避過向無蹤刺來的這一劍。

向無蹤不敢追擊，向許夫人揮手示意，一起掠入陰影裡。

烈日炎再躍上瓦背時，敵人已蹤影不見，他對剛才偷襲的人頗有忌憚，不敢貿然追趕。

這時月色下有幾條人影迅速奔至，當先一人身材高大，予人最深刻的印象是他那高勾的鷹鼻，襯得眼眶特別幽深，眼神凌厲，卻絲毫不露心中感情，他落到烈日炎面前，其他人立即散立各處，顯然以他為中心。

烈日炎見到此人，收起狂態，肅容道：「卑職見過卓指揮使。」

原來竟是蒙人在此的首腦，被譽為「色目第一高手」的卓和，他旁邊的幾人都是色目人，當然是他的親信高手。

卓和看了看庭院中被水刺串起的男女屍體，露出滿意的神情，向烈日炎道：「烈大人這次提議的陷阱，極有成果，敵人今次折損甚重，共四人被當場格殺，其餘皆負傷逃去，大挫這等叛逆的氣焰。」

看了裸屍一眼，哈哈一笑，卓和又道：「這些反賊應龍尊義之邀，齊來助陣，正好給我等逐一格殺，對我大元日後統治，有百利而無一害。」

烈日炎道：「龍尊義此舉，不啻暗助我方，令人百思不得其解。」

卓和淡然道：「烈大人這幾句話，正敲到節骨眼上，要知道龍尊義在叛逆中聲望雖然最高，但仍未到統領群雄的階段，眾叛賊一盤散沙，各自爲政，今次龍尊義將接收《岳冊》一事通告天下，目的不外是爲自己製造聲勢，使自己能脫穎而出，儼然成爲萬眾仰望的領袖，增加自己的政治本錢，至於能否將《岳冊》取到手上，反成次要。」

烈日炎恍然大悟，暗驚卓和的識見超人，難怪思漢飛會委以重任，確是不能輕視。

卓和話題一轉道：「嘗聞龍尊義座下高手『紅粉艷后』祁碧芍艷絕當代，烈大人當不會不知。」

烈日炎一陣狂笑，顯然已視祁碧芍爲囊中之物。

忽然間杭州成了天下黑白兩道相爭和政治勢力傾軋的屠場。

第六章　迷宮悟道

傳鷹舉步走出戰神殿，俯視一級一級向下伸延至地底湖裡的石階，遙見石龜在石階底處昂首朝向他站立的位置，雖明知石龜是座石雕，仍然很難把「牠」當作死物看待，可見石龜的雕功確達驚天動地的精妙境界，似乎可以在任何一刻後，開始攀爬而上的行動。

四周遠處的壁隙，地火閃滅，這處雖深藏地下，空氣卻是清新甜美，湖海平靜的水面，不斷翻起水泡浪花，充盈著無限的生機，間中有奇魚怪物躍離水面，發出拍水的異響，在隆隆的瀑布聲中，造成一種充滿動感的節奏，傳鷹心神震撼下，眼角不由濕潤起來。

湖海以地底的戰神殿為中心向四周伸延，傳鷹極目遠望，數里外才隱見地火閃爍的洞壁，使傳鷹想到一個難題：北勝天雖在遺書中點明逃離這處是巽方的去水道，可是在這龐大無邊的地穴內，東西難辨，哪裡才是巽方，教他怎能知曉？心中一陣惘然。

傳鷹信步沿石級走向低低在下的湖海，一切看來是那樣地不可能和不眞實，直如一場大夢，偏偏這又不是一個夢境。

湖水打上石階，發出「噼噼啪啪」的響聲，傳鷹腳步矯健，很快走了六百多級，過了中段，回首望去，戰神殿氣象萬千，高踞在上，使人更生疑幻疑眞之感。誰人可以在地底建造出這樣世上無匹的巨大建築呢？

傳鷹終於抵達石龜座前，這巨大石龜比昂藏六尺的傳鷹還要高上兩、三尺，遠觀已是幾可亂眞，近觀其紋理鱗甲，更是纖毫畢現，傳鷹忍不住伸手觸摸，石質冰涷，感覺玄異。

湖水適才還是浸至石龜的後腳，這時已浸到石龜的半身，石龜更像剛從水中爬上，傳鷹心底驚異，難道這裡也有潮漲潮退？

在這一刻，傳鷹忽感有異。此時他站在最低的石級處，雙腳浸在湖水裡，一股暗湧沖來，幾乎把他帶動。自刀法大成以來，他馬步的平穩，連滔天巨浪當頭沖來，亦難以移動他分毫，這數股暗湧的急沖，卻使他幾乎翻倒，迫得他連移數步，才能保持平衡不失。

傳鷹反應何等敏銳，心意一動，整個人躍往高處的石階，當他身形尚在半空，一條巨大的綠色怪物「嘩啦」一聲，衝離水面，騰空張開利牙閃閃的大口，一逕向他雙腳噬去，滿頭綠髮向後飄飛，模樣猙獰可怖。

事起突然，傳鷹顧不得姿勢難看，運氣一沉，硬生生從半空掉下，跌往離水面約第七級的石階處。怪頭魚體的生物「嘩啦啦」在他頭上撲了一個空，騰空到了數十級石階之上。這怪物一躍之力，竟足有十丈之遠。

傳鷹抽出厚背長刀，全神貫注撲在高處的怪物，牠在數丈外的石級處，身體四邊彈出四隻似掌非掌、似爪非爪、長滿鱗蹼的大腳。怪物一觸實地，旋風般回頭，兩隻綠眼異芒盛射，狠盯下面的死敵。

傳鷹大叫不妙，這怪物原來是水陸雙棲的怪獸，觀其轉身的速度，一點不輸於在水中的靈活，其雙眼處隆起一丘紅肉，正是傳鷹厚背刀造出來的成績，估不到這麼快又回復攻擊的能力。

怪物的整個身體完全暴露在傳鷹的眼前，身體渾圓，長達三丈，全身披滿綠綠紅紅的厚甲，尾部尖長，在身後有力地揮動。牠的頭特別巨大，頂上有兩隻如羚羊的小角，頭上每條綠髮粗若兒臂，在兩邊垂下，綠眼大如燈籠，鼻孔扁平仰起，大口緊閉，口下生滿針刺般的短鬚，與傳說中的龍有七分酷肖。

魔龍一反早先激烈衝動的凶態，靜若山岳，緊盯下面的傳鷹，似乎充滿仇恨的情緒，連傳鷹這等膽大包天的人，也給牠看得心中發毛。

一獸一人，一上一下，就在石階上僵持起來。

潮漲愈來愈急，地底湖內的浪一波一波從遠處沖來，隆隆的聲響和回音震徹整個湖洞，水位上升得很快，半炷香的工夫，湖海的水便浸至傳鷹的腰間，石龜也只剩下昂起的頭部，仍露在水面之外。

傳鷹暗忖，假設這魔龍眞是懂得利用自然的威力，故意把傳鷹迫在這位置，靜待湖水把他收拾，今回他一定凶多吉少，因爲這顯示怪物到了通靈的境地，令傳鷹不得不以另一種眼光看待牠。

魔龍眼中的綠焰凝然不動，身後的大尾停止了擺動，胸腹緊貼由上而下的十多級石階，像黏貼在石階上一樣。

湖水漲至傳鷹的胸腹間，傳鷹已別無選擇，一聲長嘯，奮起精神，手提厚背大刀，大步走離水面，挾著一股強大的殺氣朝魔龍仰頭衝去。

魔龍眼內綠芒大盛，綠髮無風自動，身後的大尾開始「霍霍」擺動，掃得石階「沙沙」作響，威武萬分。

傳鷹利用強大的刀氣，迫得魔龍一時間不敢立即發動攻勢，眼看再有一級就可離開水面，倏地魔龍貼住石階向他攻來。牠的尾部和下腹仍然貼緊階面，但前身卻騰起半空，一對前爪分左右向傳鷹抓來。

傳鷹暴喝一聲，厚背刀化作一道寒芒，在攫來的雙爪間閃電劈入。他這一擊純粹追求速度，估計在劈中魔龍之後，倏然後退，仍夠時間避開攫來的巨爪。

若非傳鷹此等出類拔萃的高手，又有驚人的膽氣和信心，沒有人敢把性命作如斯賭博。

魔龍似乎對傳鷹的厚背大刀極爲忌憚，驟見刀光，雙爪立時縮回，向後急退。傳鷹見到如此良機，豈肯放過，一聲低哼，離水而出，把刀勢加強，如影隨形，長刀繼續劈去。眼看要劈中魔龍的右眼，魔龍一聲怪叫，大頭一搖，滿頭綠髮隨牠擺首的動作，變作一束旋風般揚起半空，鞭子似的抽打在傳鷹的刀身上。

刀身傳來無可抵擋的巨力，傳鷹悶哼一聲，虎口震裂，厚背長刀被魔龍的綠髮抽得投往十多丈的石階高處，「噹啷」一聲，墜在石階上，又滾下了幾級，便似敲響了傳鷹的喪鐘。

傳鷹自二十歲以來，棄劍習刀，還是第一次在對敵時大刀離手。

魔龍昂首一聲狂嘶，似乎得意萬分，傳鷹趁牠昂首之時，右腳閃電踢出，正中牠的下顎。這一腳全力踢出，乃傳鷹一身功力所聚，最少有千斤之力，魔龍中擊，一聲狂嘶，迅速退後，又回到早先靜伏的地方。

傳鷹一語不發，側衝而上，希望趁魔龍陣腳未穩，搶上高處，起碼也要把厚背刀拾回來。他才趕上幾級，狂風壓體，傳鷹無奈嘆了一口氣，轉身應付。

魔龍從右上側衝撲而下，速度驚人，這次牠雙爪在前，護好面門，再不給傳鷹乘虛而入的機會。牠的利爪閃閃發亮，鋒利猶勝刀刃，給牠抓上一下，哪還有命？

魔龍衝至離傳鷹丈許處，忽地垂下頭來，以一對短角對正傳鷹，才開始衝來，傳鷹心中一動，這魔龍有很大的可能只可在某一距離看物，故進入丈許的距離後，會對近處的物體睜目如盲，所以傳鷹數次都是在貼身處傷牠。

不過在目前的情形下，縱使知道也是分別不大。

傳鷹大喝一聲，躍往半空，舉腳向巨龍頭頂兩隻角中間踏去，這一記既避開了魔龍前攫的利爪，又揀選了巨龍脆弱的頭部攻去。

眼看腳要踏實，連傳鷹這樣不計成敗的人物也忍不住心中狂喜，身側忽起勁風。

傳鷹腳已踏在魔龍頭上，還未及用力，右臂肩處已被牠的大尾抽中。

傳鷹的反應也是一等一，立時放軟全身，任由魔龍揮起大尾把他抽往空中，直向二十多丈外的湖面墜去。

傳鷹心中大感窩囊，既估不到魔龍的大尾如此厲害靈活，又是出其不意，使牠佔盡上風。在陸地，自己已不是對手，水裡的勝敗自是不言可知。

傳鷹「咚」一聲掉進水裡，濺起半天水花，他耳中傳來一聲沉悶的水響，知道魔龍同一時間矯健地潛入水裡，當然是來侍奉自己這個大仇家。

一般人在這樣的情形下掉進水內，一定拚命向岸上游去，傳鷹卻全無這樣的打算，一方面因爲適才給魔龍的尾巴掃個正著，雖未被震散護體眞氣，但已是半身麻木，絕不宜劇烈的划水動作。另一方面，他心中有個置之死地而後生的計劃，要冒險一試。

他雙手緊抱膝頭，蜷曲如環，運氣迅速向湖底沉去，愈往下沉，湖水愈趨冰冷，壓力愈是沉重，傳鷹閉起眼目，任由一口眞氣在體內流竄，把注意力集中在肌膚的感應上，湖底每一道水流的變異，也不能逃過他的感觸。

他精通龜息之法，肌膚可如魚兒般吸收水中空氣。

湖面上傳來急劇的水聲，魔龍正在湖面來回巡弋，搜索敵人的蹤影，一待牠找不到敵人，便會潛入湖內，那將是人龍爭雄的決勝時刻了。

湖面上水聲消去，魔龍潛入湖內。

傳鷹全神貫注，默察周圍的動靜，他輕緩舒暢地調節體內的眞氣，把自己保持在最輕鬆、最敏銳的反應狀態下。

周圍湖水暗流洶湧，魔龍正在附近快速梭巡。終於一股強大的暗浪從右下側急沖過來，傳鷹知道最決定性的時刻已經來臨，不徐不疾地張開眼睛，望向右下側處，兩點綠光在深黑的湖水中閃爍，迅速向自己擴大，他重溫自己要採取的行動，要是估計錯誤，今日此刻，就是他的忌辰。

綠光不斷加強，開始時只是兩點綠芒，瞬眼後已是雞蛋般大，周遭的湖水暗流激盪，傳鷹放開手腳，撥打湖水，保持平衡。魔龍的頭部隱約可見，四丈、三丈、兩丈、一丈……

魔龍頭向下垂，準備衝至傳鷹的位置，才張口噬咬。傳鷹估計得沒錯，即使來到水裡，魔龍仍是看不見一丈內的事物，在這距離內，牠只能憑水流的感應來判斷目標的行動，這是傳鷹唯一可以利用的優勢了。

傳鷹聚精會神。魔龍迫近七尺的距離，巨口開始張開，露出白牙，這裡雖然是湖底的深處，但仍有些微光線透入湖中這深度，足以令傳鷹這類特級高手隱約見物。

六尺、五尺、四尺……

巨口大張。

傳鷹覷準時機，整個人向前疾飆，一下翻在魔龍的頭上，兩手閃電抓出，一把緊握魔龍頭上的短角，整個人騎在龍頭，兩腳挾緊龍頸。

魔龍吃驚下向前亂竄，在湖水內瘋狂地來回翻騰，有時又飛躍湖面之上，弄得整個地底湖海地覆天翻，魚獸四處竄逃。但傳鷹手握雙角，緊附牠身上，任牠亂竄亂動，絲毫不為所動。

魔龍擁有無限的精力，躥高伏低，又不時翻來覆去，也不知過了多少時刻，連傳鷹這等氣脈悠長的高手也開始感到吃不消，手足麻木痠痛，全身僵硬，若非多年來艱苦鍛鍊出來的堅強意志，純以身體的狀態來說，早要放手。但如果魔龍再這樣持續下去，鬆手只是早晚間事。

失敗的情緒湧上心頭，傳鷹除了要對抗身體的疲倦，還要對抗心靈的疲倦。

魔龍又一次竄上湖面近三丈的高處，巨大的戰神殿在前方俯伏不動。

一道靈光射進傳鷹心頭，使他記起《戰神圖錄》的第三十六幅圖。

那幅圖錄正中畫了一個人，盤足安坐在一個大圓中心，但那個人的心胸部位，也畫了一個細小的圓。圖錄下方寫道：

「天地一太極，人身一太極，太極本為一，因心成大小，因意成內外，若能去此心意，豈有內外之分、你我之別，天地既無盡，人身豈有盡，盡去諸般相。」

傳鷹當時看得百思不得其解，但在眼前的劣境下，忽地豁然大悟。他現在萬般疲勞，全因執著內外之別、你我之分，因有身軀，始有疲累；因有心意，始有苦痛。多年來禪悟的功夫，驀地變成具體的經驗。

傳鷹父母只得他一子，少有奇氣，不好與童同群，每獨入深山，數日始回。十六歲已遍讀五經四史，沉默寡言。

舅父厲靈一日雲遊到家姊居處，見傳鷹先是大驚，繼而大喜，也不理傳鷹父母的高興或不高興，在傳鷹家中住下來，老少兩人終日遊山玩水。

厲靈將胸中易學理數、地理天文、仙道祕法，一股腦兒盡傳給這外甥。傳鷹一學便曉，一懂便精，到二十一歲已能另出機杼，自成一格，厲靈長嘆三聲，大笑下飄然而去。

傳鷹則獨自遠遊，十多年來遍歷天下名山大川，以至乎西北苦寒之地，尋求天道之極致。年前心念一動往訪厲靈，在厲靈要求下，來赴韓公度驚雁宮之約，致有目下奇遇。

傳鷹一向以來，對道家奉爲無上聖旨的「物極必反，道窮則變」一知半解，雖能明白字面的意思，但卻從來沒有方法在實際上加以應用。

在目下的處境，加上《戰神圖錄》的啓示，他忽然領悟到當肉身至疲至倦時，唯一的方法，就是由有身變無身，而達至這境界的法門，就是把「心」這堵定內外的圍牆拿走，讓人這「太極」重歸於宇宙的「太極」，既無人身，何來困境？

要把心拿開，先要守心，當守至心的盡極，物窮則變，始能進軍無心的境界。

傳鷹剎那間拋開一切凡念，將精神貫注靈台之間，任得魔龍遁地飛天，總之不存一念，不作一想。渾渾噩噩，無外無內，無人無我，沒有空間，沒有時間。

盡去諸般相。

靈神不斷提升，眾念化作一念，一念化作無念，虛虛靈靈，空而不空。

肉身的苦痛雖然還存在，但似乎與他沒有半點關係。

這亦是魔教中苦行的法門，修功者自殘體肢，直至意志完全駕馭肉體之上，以精神戰勝物質。

不過傳鷹受《戰神圖錄》的啓發，純以守心的功夫達至無心的境界，精神超越肉體的苦痛，又不知比之高上了多少籌。

時間似若停頓，沒有前一剎那，也沒有後一剎那，對傳鷹來說，再沒有逝者如斯，不舍晝夜的時間流動。

也不知魔龍竄游了多久，傳鷹整個靈神化作無數上升的小點，向上不斷提騰，凝聚在一個更高的層次和空間處。

他睜開心靈的慧眼，看到一個奇異美妙的景象。

他發現停在地穴的半空上，湖面上一陣陣水花沖天灑噴，有人雙手緊抓龍角，伏在魔龍身上，飛躍半空，人獸橫越水面上七、八丈的空間，再投入水裡。

傳鷹醒悟到騎在龍背的人是自己的時候，大吃一驚，眾念紛至，一聲呻吟，整個靈神又給扯回騎在龍背的肉身內，千般痛楚，由全身的經脈湧往心頭，幾乎跌離龍背。

傳鷹急守禪心，立時又重新晉入靈肉分離的精神狀態。

過了不知多久，魔龍忽地停止了一切動作。

傳鷹緩緩回過神來，張開雙目。

魔龍正伏在戰神殿的大門前，像是專程把他載來此地的坐駕。口中發出嘶嘶哀鳴，龍首低垂，一副垂頭喪氣的樣子。

傳鷹心想難道魔龍承認輸了此一役，甘心投降？又或只是牠的詭計？這時他開始感到渾身痠麻，暗忖假設離開龍體，受到牠攻擊時，不要說抗拒，恐怕連提起雙手也有困難，一時猶豫起來。

正沉吟時，一股低沉溫和的嘯聲，如泣如訴，從魔龍口內發出，聲音抑揚頓挫，悅耳非常。

傳鷹心中一動，豪情大發，心想我就賭他一鋪，由龍背翻下地去，應該說是滾下龍背才妥當一點，一翻到地，他便大字般攤直，動也不能動。臉上冰冰涼涼，原來魔龍吐出長長分叉的血紅龍舌來舐他的臉，狀極親熱。

傳鷹全身舒暢，心靈靜如深海，便那樣睡了起來。在戰神殿的大前門，甜甜地深入夢鄉。

八師巴卓立地面上驚雁宮的入口處，俯視千里崗下的留馬平原。

朝日東昇，大地充滿生機。

八師巴雙目閉上，手中緊握傳鷹的小刀，刀鋒按貼眉心印堂處，運聚奇功，默察對手的心靈。

他雖然連傳鷹姓甚名誰、出身來歷一概不知，但他對傳鷹靈神的了解，可能還遠超傳鷹的父母。他不單感觸到傳鷹目下的元神，甚至感觸到傳鷹元神中前生千百世的記憶烙印。

他和傳鷹並非初遇。千百年來，他們早糾纏一起，到了這一世，應該是個分解的時刻了。

傳鷹坐在戰神殿的梯階上。

湖面上魔龍翻騰飛舞，向他展示牠的活力和歡欣，不時潛入湖底，探摘湖內植物的果實，銜來獻上予傳鷹。果實鮮美清甜，齒頰留香。

傳鷹來者不拒，一邊大嚼魔龍銜來的鮮果，一邊思索戰神殿內一幅一幅的圖錄。

這時他正苦思第十三幅。圖中畫了一個人蜷伏而眠，眼耳口鼻完全緊閉，胸中又畫了個人，也是蜷伏而睡，眼耳口鼻亦是緊閉，姿態相同。

圖錄上方只寫著：「胎從伏氣中結，氣從有胎中息。」

傳鷹這時心中所想的，卻不是這幅圖該作何解釋，而是這句話正是道家修仙整個哲學所在。

道書常言人出生前，透過連繫母親的臍帶，隨母體一呼一吸，爭取養分；生出後臍帶剪斷，始由先天內息呼吸，進入後天口鼻的呼吸。

所以修仙第一要訣，首要重歸先天的呼吸，但母體已不存在，唯有發動體內自身的先天呼吸，以脊椎直上頭上泥丸的督脈，再經印堂下胸前至肚臍之任脈呼吸，所謂打通任督生死玄關，結下能吸天地之氣的仙胎。

這種神仙之術，自古相傳，是否來自這《戰神圖錄》？殿內肉體化爲精鋼的廣成子，是中國道家醫學寶典《黃帝內經》中教中國的始祖黃帝養身成仙之道的至聖先師。

廣成子定在古時某一時間來到這戰神殿中，悟通了天地宇宙的奧祕，重返地面後，把這知識經黃帝傳與世人，後再潛返此處，晉入破碎金剛的超凡境界。

傳鷹不禁想起北勝天遺書所言：「惜本人慧根未結，未能如廣成子仙師般得破至道，超脫凡世。」

「得破至道，超脫凡世」，傳鷹心內沉吟不已。

他十七歲時，在一個明月照夜的晚上，登上家居附近一座高山之巔，苦思人生成敗得失、生老病死，悟到生命的無常、人的局限。

自那刻開始，他便爲自己定下一個目標，就是要勘破宇宙的奧祕。

可惜十數年來，武功雖上窮天道，但禪修卻止於明心見性的境地，難以逾越肉身的局限。眼耳口鼻身，雖比常人靈銳百倍，以之爭雄鬥勝，綽有裕如，但說到打破天人的限隔，卻像痴人說夢，夏蟲語冰，今天忽有此遇，廣成子正是一個實在的例子，不禁重新燃起對追求天道的雄心壯志。

右側遠方驀地傳來水流響動的聲音，把傳鷹從深思中驚醒過來。

湖水開始迅速退卻，本浸在水中的大石龜，露出了栩栩如生的上半截。

傳鷹心中一動，發出尖嘯，水中遨遊的魔龍，立時從湖水中爬了出來，攀上石階。傳鷹躍上龍背，拍了拍龍頭，通靈的魔龍立時會意，載他傲然向水響傳來處游去。

愈近水響的地方，水流愈急，有如一條急瀑，直向地底沖去，連魔龍也不敢游近。

傳鷹歡嘯一聲，充滿暢美之情。他終於發現了北勝天所指示唯一逃生路徑——巽方的去水道。

魔龍仿似感到他離去的意念，不斷發出悲鳴，露出依依不捨的情意。

第七章　四大弟子

六月十五日亥時，離《岳冊》約定於杭州交予龍尊義之期，尚有一個月。

千里崗鷲雁宮雁翔主殿內，蒙古三大高手之一國師八師巴肅立殿心，面前站著形相衣著打扮完全不同的一女三男。

八師巴目光炯炯，利刃般巡視眼前所召來四個最傑出的弟子。

最左的是個赤腳的苦行僧赫天魔。提起赫天魔，在西域可說是無人不知，他本為天竺人，因慕八師巴大名，遠赴西藏跟八師巴習藝。此人在拜於八師巴座下之前，已為天竺有數高手，近年更糅合西藏、天竺兩系祕技，別開蹊徑，成為開宗立派的大匠，已達水火不侵、埋地不死的境界。

赫天魔旁邊是一個身穿皮革的女真人，肩上有隻形態威猛的禿鷹，並沒有戴上眼掩，眼光銳利，就像地獄來的魔鳥。這女真人鐵顏，是西域最可怕的殺手，擅長追蹤暗殺之術，身型瘦削，臉上疤痕滿布，雙目如炬，整個人便像一把利刃，他自創的旋風十八矛，縱橫大漠，二十年來未逢敵手，是八師巴座下最著名的弟子之一。

他身旁的女子美豔絕倫，一雙妙目轉動間勾魂攝魄，身穿藏族服飾，是以豔名稱著的「無想菩薩」白蓮玨。此姝隨八師巴精研西藏密宗歡喜大法，擅長男女採補之道，殺人於銷魂之際。

最後是個英挺俊拔的白衣文士，貌似中年，乃八師巴唯一的漢人弟子宋天南。此人精於天文地理、五行術數，亦是奇才，因心慕藏密文化，拜於八師巴旗下，二十年精修，是獨當一面的不世高手。

八師巴不惜在千里之外召來這四大高手，可見他非常重視傳鷹，亦可看出他對於追殺傳鷹，是志在必得。

八師巴道：「本師召爾等前來，實存有必殺此人之意，萬望爾等勿存輕視之心，致招敗績。適才坐禪，本師靈台忽生感應，知道我們的目標已重返地面，故須立即起程。本師默察天象，此行凶險重重，吉中有凶，凶中藏吉。」

四大高手均知八師巴有通天徹地之能，說話每每深奧難解，故不多問。

八師巴面容不變，繼續道：「見到此人，爾等各施絕技，立加格殺，我只要他的首級，那《岳冊》能否得到手，無甚關係。」

四大高手不由驚奇，原來八師巴要針對的，是人而不是物。

只是這四大高手，如果要不擇手段去殺一個人，這個人儘管受庇於鬼神，恐怕也在劫難逃，何況還有這宇內無敵的蒙古國師八師巴呢！

六月十五日戌時末。

傳鷹從龜息大法中逐漸回復過來，緊閉起的口鼻重新開始呼吸。這時他躺在一條溪流的旁邊，全身疲倦萬分，心胸壓抑，皆因從地下河道沖出時，不住碰撞，受了內傷。

此刻他腦海內慢慢地重演過去發生的事，當他發現了地穴去水道後，把北勝天的寶袋充氣，躲進從去水道沖入地下的河道，經歷了不知多遠的沖奔，最後寶袋被毀，傳鷹不得已運起龜息大法，隨水而流，抵達此處。

傳鷹剛要睜開雙目時，腦海中出現一個非常鮮明的形象：一位身穿紅衣、形相尊貴的喇嘛，目射奇光，正凝視自己，手上握著自己的匕首。

轉眼間，這形象消失了。

傳鷹並不驚異，暗嘆自己現在內傷甚重，幾乎不能移動，莫說殺敵取勝，簡直連走路也有困難，此喇嘛既精通心靈大法，必能追蹤前來，不禁大爲頭痛。

傳鷹睜開一對虎目，一夜星空立時映入眼簾。時值夏末，天上青龍七宿角、亢、氐、房、心、尾、箕，在偏南處的夜空，形成一條橫跨天際的大龍，其中尤以心宿黃芒大盛。

傳鷹通曉天文，一時看得呆了，深感宇宙無邊無際，壯麗感人。

腦海中不由浮現《戰神圖錄》第三十八幅，浮雕內刻有一人赤裸而立，畫面上星宿密布，左下角有一段說明寫道：

「天地間一氣流行，皆因形相不同，致生千變萬用，然若源溯其流，蓋歸一也。故能守一於中，我與木石何異，星辰與我何異，貫之一之，天地精華，盡爲我奪。」

想著想著，心領神會，直入「致虛極，守靜篤」的精神領域，但覺與天上星宿共同在這無邊的宇宙一齊運轉，天地之精神，實乃我之精神，天地之能量，乃我之能量。

八師巴和四大高手在蜿蜒千里的山脈疾馳，披星戴月，連夜趕路，天上東方蒼龍七宿，恰是橫跨天際。

八師巴忽然停下，臉色凝重，四大高手愕然，八師巴行事雖然高深莫測，這樣的行藏，仍是大不尋常。

八師巴閉上雙目，緩緩道：「奇怪，我忽然和他失去了感應，難道他已經消失在這世上，卻又不是，似乎他與一股無比龐大的力量結合，使我再也不能辨認他。」跟著張開雙眼，奇光暴射。

這時師徒五人站立在山峰高處，遙望眼下綿延無限的重山疊嶺，在星夜之下，活像一條條變幻莫測的巨龍。五人各具形相，迎風而立，狀若天神。

宋天南瀟灑一笑道：「師尊，天南剛起了一課六壬，午火發用，乃三重剋涉害課，三傳寅卯辰，若我等向正東而去，必能於明午得遇此人。」

八師巴淡淡道：「涉害課得三重剋，暗喻危難重重，想我自十六歲見成吉思汗，獲封西藏之王，被奉為蒙古國師，縱橫天下。在武功上，除了蒙赤行與漢人所傳的『無上宗師』令東來之外，餘子碌碌，即使是思漢飛、橫刀頭陀之輩，也不放在本師眼內，嘗慨嘆天下敵手難尋，可是今夜追蹤此人，每感若有所失。要知心志如蒙赤行者，堅剛如岩石，難以移動其分毫。但此子之精神靈活變化，有若天馬行空，難以測度，乃是平生僅見，得對手如此，亦人生一快事。」說時露出一臉歡欣的神色。

赫天魔平時完全不露喜怒哀樂的臉上，光芒四射，極為振奮。

白蓮玨目射艷光，向八師巴道：「不如就讓蓮玨去打第一陣吧！」

鐵顏一揚手中羽毛黑得發亮的異種惡鷲，惡鷲猛拍雙翼，閃電似的沖奔上天，在星夜中，一顆黑點在夜空中稍作盤旋，望東飛去。

鐵顏道：「靈鷲必能找到此子，到時採陽補陰，悉從尊便了。」

傳鷹醒來時，是翌日的清晨，遍體陽和，功力不但沒有衰退，反而更見精進，昨夜的內傷不翼而飛。環顧四周，目下置身一個深谷之中，樹木繁茂，四邊高山聳立，狀若屏障，好一個世外桃源之地。

遠處山壁高處沖下一條長瀑，水聲隱約可聞，形成一條蜿蜒而來的溪流，正是這條飛瀑，把他從地底的深處帶了出來。此人極爲奇怪，劫後餘生，並不覺有何歡喜。

傳鷹施展內視之術，靈台一片清明，對整個環境，竟似能體會於心，心念一動，曉得沿溪而行，將會遇到極美好的事物，便站起身來，這才發覺自己幾乎全身赤裸，除了下面緊身短褲外，只剩下幾條樹藤，把厚背刀和載有《岳冊》的鐵盒縛在背上。

這天下人人爭奪的瑰寶，在他背上安然無恙。

傳鷹不拘俗禮，現在雖然赤身裸體，怪模怪樣，心下全無不安，順著溪流向前進發，不久走出深谷，四周崇山峻嶺，也不知身在何處。

不知不覺，走了兩個多時辰，突然心中一動，升起了一種給人監視的感覺，連忙向四周細察，除了萬里晴空上有一黑點在盤旋外，再無其他蹤跡，這處深山窮谷，行人絕跡。

又走了一段路，已是午時，太陽照射下來，一片火熱，傳鷹卻是身心舒暢，不徐不疾地漫步而行，遠處傳來水聲淙淙。轉過了幾個樹叢，眼前一亮，樹木環繞間露出了一個淺潭，水清見底，一位身段極美的姑娘正在水中出浴，淺潭旁的大石上，放著一套瑤族姑娘的衣服。

出浴的美女背對傳鷹，在飛濺的水花中，展露出性感優美的線條，青春在美麗而堅實的肉體散發著，溪水使少女細嫩的肌膚更爲嬌滑。

在這美麗的香背上，傳鷹似乎捕捉到某一種難言的眞理，就如他昨夜面對那壯麗的星夜，他現在也以一種超然的心態，在這絕艷的背上尋找另一種眞理。

傳鷹在十五歲時，以飛燕練劍，他費了相當長的日子，觀察燕子飛翔的軌跡，發覺那種弧度的飛行暗合天地至理，乃融會於刀法，十七歲便能從任何角度斬殺閃電掠過的飛燕，甚至舅父「抗天手」厲靈也甘拜下風。二十歲起，遠赴塞外冰寒之地，千里追蹤，搏殺了肆虐一時的幾股馬賊，南北轉戰，二十七歲刀法大成。今日驟見這出浴姑娘的背部，感受於心，沉思起來。

那沐浴清泉的姑娘驀然回首，泛紅的臉上若喜若嗔，似乎羞不可抑，又若情深似海，連傳鷹心志這樣堅定的人也不禁心神一震，幾乎要向那姑娘奔去。

白蓮玨的震驚，其實並不亞於傳鷹，不過她精擅無想姹女心法，表面仍是不露痕跡。她今日在此沐浴，展露肉體，無一不是巧妙安排，尤其她以背向傳鷹，一般人都會生出強烈的好奇心，想一睹芳容，就是那種渴望，會使人露出心靈的空隙，白蓮玨便趁回頭的剎那，施展出姹女心法，在不同人眼中，幻化出他最理想的美麗形象，乘勢入侵他的心靈，俾可以爲所欲爲。

這是密宗無上祕法，白蓮玨運用之妙，當世不作第二人想，豈知傳鷹心靈稍微一震，便不爲所動，怎不教白蓮玨驚駭欲絕，幾乎想拔腳逃跑。她不知傳鷹並不是那麼有定力，只不過他忽然勾起刀道的思索，反而助他逃過一劫。

在傳鷹眼中，在這清潭沐浴的瑤族姑娘，驟見自己這幾乎赤裸的男子，大驚之下，雙手自然地交叉護在身前，把胸前重要的部位遮掩，可是在有意無意間露出了堅挺的胸肌，雙肘抬高，更把纖細的蠻腰襯托得不堪一握，又充滿跳彈的活力。

她自腹部以下，都浸在潭水裡，陣陣的漣漪中，一雙修長的美腿，若隱若現，白蓮玨輕輕擺動，整個身體散發原始和野性的魅力，更誘人的是她臉上那欲拒還迎的表情，似乎是一個純潔未經人道的少女，突然給這半裸男子激發起青春、大膽而奔放的熱情。

白蓮玨配合整個大自然環境，把媚功發揮到最高境界，一待對方激發起原始情慾，自己便可藉其至亢奮時，盜其眞元，這不啻比殺了對方還更殘忍。

傳鷹心神完全被白蓮玨所吸引，一點也不覺得這少女異乎尋常，只覺整個宇宙天地間，只剩下自己和這誘人的美女，可以暢所欲爲，他已感到有股強烈的慾望，要把這少女壓在身下，恣意輕薄和佔有。

傳鷹在追殺馬賊於千里大漠時，也曾逢場作戲，和不少美女有肌膚之親，可是每一次高潮過後，總有一種無奈的寂寞和孤獨，只想一人獨眠，這種快樂背後所帶來的感受，令傳鷹放棄了性慾上的追求，認爲那只是剎那歡娛，缺乏一種永恆的價值，不值一哂。近年他轉而修習煉精化氣之法，收起凡心，但在白蓮玨的姹女妙相下，突然把持不住。

轉眼間，一個赤裸的女子肉體和另一個幾乎赤裸的男性肉體已緊貼在一起，未幾，傳鷹深深進入了白蓮玨的玉體內。白蓮玨心內大喜，急運無上姹女心法，自己便如無邊大地，把天上降下的雨露，無窮無盡地容納。

傳鷹突覺不妥，整個人的精氣神，有如一隻脫韁的野馬，似欲隨著自己的宣洩，要離體而去。其實傳鷹有這點靈明，遠勝白蓮玨以往大多數的裙下之臣，那些人在慾海中欲仙欲死，哪還記得元陽洩出呢？

傳鷹現在仍是處於非常危險、隨時會陷入萬劫不復的境地，此刻欲罷不能，在白蓮玨的全力榨取下，他連推開她也力有不逮。

在這千鈞一髮之際，他記起《戰神圖錄》第一至第三幅圖，在第一幅中，戰神穿越九天，向一個火球撲下去；第二幅是戰神從火球中穿沖而出，化爲一陰一陽兩股氣旋，衍生出大地的樹木花果、魚蟲人獸；第三幅畫中有一個大圓，一男一女交體相纏，循環不息，下方寫著：

「一闔一開，至陽赫赫，至陰肅肅，生機在息機之中，生氣在息氣之內。動者固不可自封，不動者亦不可自棄，彌久彌芳，大凡行功到無味時，滋味必從此出，天之爲天，非陰極則陽不生，物窮則反，道窮則變，無路可入處，方有入。」

傳鷹在此危急存亡的刹那，忽然將這個第三幅圖，從自己的切身處境裡，了然明白，晉入大歡喜的境界。

白蓮玨只覺刹那間，傳鷹整個人的精氣神，隨著他的宣洩，徹底如狂流入海般，貫注入自己的體內，心下狂喜，忙運起以陰化陽大法，希望能盡爲己用。但她很快便震駭莫名，原來傳鷹元陽洩盡之後，突然間他身體生出至陰之氣，至陰之氣盡洩，又回復至陽之氣，生生不息，自己只是他胯下的健馬，專供他策騎之用，尤有甚者，她心下不能升起半點恨意，還充滿了無限的愛，陷溺在愛的大海裡，身體內眞氣無增無減。

久久，傳鷹才發出一聲長嘯，離開了白蓮玨的嬌軀，知道自己身體內陰陽二氣，已達循環不息之境地，無邊廣闊，再也分不開是陰是陽，天地不外一太極而已。

傳鷹道心禪境，又精進一層。

白蓮玨躺在清潭邊，白皙的嬌軀無限誘人，她閉起雙目，長長的睫毛在陽光下閃爍發亮，她知道自己已永遠失去作爲傳鷹對手的資格，而她的失敗，亦會讓她一生飽受單思之苦，使她淪爲被征服者。

傳鷹並不多言，他和這美女，建立起一種超越語言的深入了解，他盡心地看著這眼前動人的肉體，希望能在腦海印下深刻的印象，變成自己精神上的財產。

八師巴和宋天南、赫天魔及鐵顏等三人，在離他們十里的一個小山崗上默然肅立。

八師巴神色不變地道：「蓮玨失敗了。」

其他三弟子一齊動容，心想以白蓮玨的無上姹女妙法，也無所施其技，此人心志之堅，實有重新估計的必要。

卻不知傳鷹雖勝，卻是置之死地而後生，利用物極必反的原理，不是擊敗，而是化解了白蓮玨的姹女魔功，從而達到體內陰陽互生的領域，功力更上一層樓。八師巴預言傳鷹得睹《戰神圖錄》必成心腹大患，確有先見之明，而他召來四大弟子，也令他穩操勝券。

八師巴道：「天南、阿顏，你兩人聯手威力，舉世無雙，可在東頭渡橋上擊殺此子，天魔你在側監視，他若能僥倖逃出，即追蹤加以搏殺。」

八師巴決定速戰速決，以雷霆萬鈞之力，一舉斃敵。他自重身分，絕不肯與他們聯手合擊，大見宗匠之風。

東頭渡橋是千里崗八大奇景之一，位於千里崗的東端，渡橋長二十五丈，橫跨踞虎嶺和望月峰兩座崇山之腰，下臨滾滾沖下的千里崗急流，形勢險要，過得此橋，沿山路下行東二十里，可抵達千里崗另一著名奇景「空山靈剎」，也是千里崗急流必經之地，再東行六十餘里，便踏入陝西省，杭州在五日馬程之內，若由陸路往武昌，沿長江而下，可望縮短兩日路程。

六月十六日酉時，日正西沉。

傳鷹來到索橋前，心靈間警兆紛現。他感到前後有兩股至強至大的力量，正深沉地等待自己踏上索橋，這兩股殺氣，森嚴峻險，必爲當代高手，推算以自己現時的功力，雖能穩殺其中一人，可是在兩大高手夾擊之下，自身必然不保，況且敵人選擇這樣別無退路的險境，自有其理，自己貿然踏入對方布成之局，凶險可知。

傳鷹身穿緊身短褲，裸露出雄壯的上身和大腿，背上縛著厚背刀和載有《岳冊》的鐵盒。他身後遠處伏著西陲聞名色變的殺手鐵顏，前面靜待的是漢人高手宋天南，只要他踏上索橋，即加格殺，誰知傳鷹心靈已生感應。

傳鷹大喝一聲，抽出背上厚背刀，一刀劈在索橋的扶手上，這一刀何等威猛，粗索應聲而斷，整條索橋卻不見任何晃動。首先是因爲這一刀速度鋒快，斷索時不發震力，其次這扶手的粗索，只是數十條粗索的其中一條，並不能影響整條索橋的安全。

閃電間傳鷹第二刀猛又劈落。

索橋另一端一條人形電疾飛來，手中帶起一道劍氣長虹，踏著索橋上的木板，驚天動地一劍擊來。另一邊的山嶺中，也飛身撲下一人，手持鐵矛，一步一步向傳鷹走來，看來似乎很慢，轉眼已迫入三丈範圍，一股殺氣疾湧而至。他們當然不可能讓傳鷹劈斷索橋，形成不能聯擊的局面。

傳鷹夷然不懼，一聲長嘯，激起強大絕倫的鬥志，手中刀光暴射，幾乎不分先後地同時擊在宋天南刺來的長劍和鐵顏的長矛上，硬生生將兩人震開。

宋天南被迫退回索橋的另一端，可是傳鷹刀氣依然如潮水一陣陣洶湧而來，不得已再往後連退十餘步，站在索橋的中心，劍光遙指傳鷹，抵抗他驚人的刀氣。

鐵顏鐵矛刺出，矛未至，殺氣破空而來，只覺敵人的護身眞氣強大驚人，鐵顏大吃一驚，他本以爲宋天南能化去傳鷹部分功力，怎知事實卻不然，敵人正在全力對付自己，一聲大震，連人帶矛給傳鷹劈飛至三丈開外處。這鐵顏一生決戰無數，甚是了得，反而激起凶厲之心，持矛擺開架式，準備發動驚天動地的第二擊。

傳鷹蹲身坐馬，長刀高舉過頂，在斜陽下閃爍生輝，暗慶能引出敵人，爭回主動，否則以此二人適才顯示的實力，在橋上夾擊自己，必無倖免。他施展體內陰陽互易之法，先以至陰之力，擋了宋天南一劍，跟著至陰轉爲至陽，化解了鐵顏的矛，陰陽自然流轉，一點也沒有因眞力耗費而出現不繼的現象，這全是拜那清潭沐浴的美女所賜，立時派上用場，否則只能落個兩敗俱傷之局。

就在此時，傳鷹忽然發現了一個令人震駭的現象，靈敏的聽覺告訴他，左右兩個敵人正用同樣的速度和節奏在呼吸。傳鷹心念電轉，猜到敵人有一種非常奇怪的合擊術，除非能迅速殺死其中一人，否則以剛才兩人所顯示的絕世功力，最後頂多是落得與敵偕亡的結局。目下已勢成騎虎，只要稍有避讓，敵人會因氣機牽引自然出擊，加速自己敗亡之勢。

宋天南和鐵顏開始移動，他兩人踏著不同的步伐，宋天南踏下的是索橋木板的聲響，鐵顏踏下的卻是石聲，每一步踏下剛好是夥伴腳步聲的間隙處，形成一種奇異的節奏，配合籠罩傳鷹的漫天殺氣，像漁翁收緊魚網般，一步一步向傳鷹迫來，換了是一般的高手，在這兩人的壓力下，早已發起瘋來。

傳鷹岩石般堅定，強壯的肌肉顯示出無限的力量，在太陽餘暉下閃耀生光，長刀高舉過頭，強大的殺氣橫亙在橋頭。

當迫近傳鷹一丈內時，兩人絕無先後地同時暴喝，聲音便如一人所發。鐵顏鐵矛由下刺上，直取傳鷹咽喉；宋天南劍化青光，飛身躍起，向傳鷹頭頂插下。

傳鷹大喝一聲，矛、劍及身時，躍上半空，背向鐵顏，鐵顏長矛閃電擊中他背上鐵盒，傳鷹在空中噴出一口鮮血，借那一矛之力，一刀向宋天南擊去，刀劍相交，長劍寸寸碎斷。

宋天南知道傳鷹以絕世奇功，將鐵顏畢生功力所聚的一擊，轉嫁到他身上，加上傳鷹本人的蓋世神功，自己不啻同時受兩大高手的聯攻，大駭之下，運起八師巴所傳逃命之法，整個人蜷伏如龜，肩上血光一現下，宋天南有如一個大球向後滾去，一路口中鮮血狂噴，勉強藉這龜縮大法，化去那必殺一刀，拾回性命，不過說到要再動手克敵，卻是休提。

鐵顏一矛刺在傳鷹背上的鐵盒，心中狂喜，滿以爲自己這疾比迅雷的一擊，無論敵人有何種功力護體，也將立斃當場，豈知一矛刺上鐵盒，驚覺矛尖所觸處不但沒有絲毫鐵質的感覺，反而軟如棉花，自己全力的一擊，被傳鷹以陰柔之力化去，仿如泥牛入海，鐵顏大喝一聲，第二矛緊接刺出。

傳鷹以至陰至柔之力，吸取了鐵顏無堅不摧的一矛，再將其一矛之力，轉化爲至剛至陽之力，運刀將宋天南殺得重傷落荒而逃。但他雖能轉化了鐵顏一矛，卻仍未能化去鐵顏那一矛的殺意，即時受了內傷，幸好當時噴出了一口鮮血，化去了瘀滯，內傷大為減輕，不過對生死決戰，卻有決定性的影響。這時鐵顏的第二矛攻至。

鐵顏只見敵人的刀勢在自己矛尖前極小的空間內迅速移動，一下子刀背撞上自己的矛尖，強大的力量把自己向前一帶，幾乎要衝落索橋下的急流，大驚之下，硬是抽矛後退，同一時間，傳鷹長笑一聲，躍出索橋，快箭似的投向索橋下的急流。

傳鷹下墜了十餘丈，突然一條長達二十丈的長索從宋天南那邊岸上凌空飛來，直往傳鷹腳上捲去。這時傳鷹頭下腳上，仰頭一望，對岸一個苦行僧模樣的天竺人，正揮舞這條長索，急忙縮腳，打了個觔斗，變成頭上腳下。

長索靈蛇般一收一放，整條長索貫滿眞力，箭也似的向急墜的傳鷹刺來，這時傳鷹又下墜了丈餘，那索橋已顯得很遙遠，傳鷹大喝一聲，長刀閃電劈在長索尖上，全身一震，鮮血狂噴而出，直朝橋下急流墜去，沒頂不見。

赫天魔在傳鷹一刀擊在索尖時，胸前如受雷擊，霍然向後疾退五步，也張口噴了一口鮮血，他仗著自己在實地運功蓄力而發的優勢，佔了點便宜。他身為天竺的武學宗匠，不屑與人聯手對付傳鷹，所以待傳鷹跳落深澗時，才以運索祕技，務求一舉在半空斃敵，豈知敵人功力高絕，雖身在半空難以借力，仍能擊索傷敵，心中駭然，不過他心志堅強，絲毫不感氣餒。

赫天魔長嘯一聲，躍出高崖，也投往那五十丈下的急流，啣尾追去。

第八章　靈山古剎

傳鷹跌下深澗的急流中，隨水流向下游沖奔，勉強提起一口眞氣護身，以免撞上石頭時受傷。這處比之地底急流，便如小巫見大巫，但今次傳鷹跌下急流之前，接二連三受傷，一口眞氣運轉困難，不要說遇上剛才那些高手，只要來十數個普通蒙古兵，自己便難免受辱被擒。

幸好天色漸暗下來，這可能是唯一有利的條件，若能運氣調息，默運從《戰神圖錄》領悟而來的方法，捱到天明，到時將再有可拚之力，問題只是追殺自己的人，是再也不會給自己這個機會了。這人心志堅毅，反而因此激起死裡求生的意念，決意與敵人周旋到底。

夜幕四合，傳鷹給沖到草叢處，被橫伸出來的矮樹一阻，速度登時緩了下來，傳鷹乘機抓緊樹杈，往岸上移去。待爬得上岸，渾身疼痛，不能動彈，就在此時，天際一陣悶雷，電光交閃，傾盆大雨轟轟地灑下來，竟是一場大豪雨，傳鷹大叫不好，連忙向高地爬去，要知這等豪雨，必使溪流急漲，洪水沖下，受傷的傳鷹不待敵人動手，便已一命嗚呼了。

赫天魔從後隨急流沖來，他渾身銅皮鐵骨，不怕湍流尖石，可是流水轉急，眨眼間把他沖過了傳鷹上岸處，赫天魔在禪定上的功夫極是高深，立即醒覺，可是大自然的力量豈能輕侮，一瞬間赫天魔被急流帶下了五、六里，好不容易才找到機會，攀上了一棵大樹伸出來的橫枝，始爬上岸去。

赫天魔功力深厚，才爬上岸，調息了半炷香的工夫，回復功力，連忙展開身法，逆流沿岸奔上。

走了里許，前面現出一座大剎，隱約露出火光，這時雷雨交加，天地黑漆一片，電光交映下，才能瞥見高山峻嶺、樹搖草動。

赫天魔心中一動，暗忖如此豪雨之夜，要在這等深山找一個人，無疑大海撈針，不如躲在這古剎之內，來個守株待兔，碰巧敵人受傷之後，不知自己跟蹤，說不定也因避雨療傷，進入此寺，至不濟也可等雨停之後，才出外追蹤，何愁敵人逃出羅網？遂轉身向古剎走去。

電光閃現中，古剎氣象肅森，門上有塊橫匾，寫著「空山靈剎」四字，知是這千里崗八大奇景之一，不過現在野草蔓生，久已荒廢。

殿門虛掩，裡面透出火光，赫天魔推門而入，門內是個天井，過了天井，是大雄寶殿，火光便是由殿中射出。赫天魔毫不猶豫，直向大雄寶殿走去。

雷雨交加下，古剎入口的天井幾成澤國，赫天魔赤腳涉水而過，大步走入大雄寶殿內，看到了一個極爲詭異的情景，在這年久失修的大雄寶殿寬大的空間內，殿心處放有一張長案，案上放了個高約二尺的神主牌，前面供奉了一排正熊熊燒著的香燭，燭光把整個大殿掩映在閃跳的火光下。赫天魔運功一看，見到神牌上寫著「先夫祝名榭」幾個金漆字。

七個身穿白衣的人，團團圍著長案，另外一位身材較嬌小的，卻席地而坐，戴著斗篷低垂著頭，照身型看來該是個女子。其他七個白衣人，年齡參差，最老的有五十來歲，最年輕的約二十，幾個面向赫天魔進來的方向的白衣人，都用眼緊盯赫天魔，看來有點緊張。

在大殿的四周散立著三個人，一個是身型頎長的文士，背插長劍；另一個是商賈模樣的胖子，手中長刀已經出鞘；還有一位是頗具氣度的大漢，腰上纏著一條黑黝黝的長鞭。

五十來歲長鬍子的白衣人道：「朋友看來是過路人，今晚這處乃江湖人生死約會之地，朋友請立刻上路。」

此人似是白衣人之首，語氣間很客氣，可能是因對頭難纏，不想節外生枝。

赫天魔面無表情地道：「荒山暴雨，只求方尺避雨之地，閣下的事，本人絕不過問。」

另一個年約二十的白衣男子，年少氣盛，忍不住暴喝道：「朋友如果愛惜生命，須立即離去。」

殿內眾人除了那低垂螓首的白衣女子外，都表露出不友善的神色，只有那腰纏長鞭的大漢皺了一下眉頭，赫天魔看在眼內，知道這裡以此人眼力最高。

赫天魔豈會吃這一套，大模大樣走向一無人的角落。

勁風霍然從後撲來，赫天魔向後迅速移動數尺，身體奇怪地高速左右擺動了幾下，脅下已挾著背後偷襲的兩支長劍，兩個偷襲的白衣人，更給他以背撞得倒飛出去。接著一陣兵器出鞘之聲，除了那坐在地上的女子外，剩下的五個白衣人已把赫天魔圍了起來，而文士、商賈和大漢卻仍是袖手於遠處觀看。

一個柔美的聲音在這時響起：「先生執意留此，我們不能勉強，還望今夜之事，所見所聞，代爲守密，我們便感激不盡。」

赫天魔見那女子抬頭說話，露出了一張極端秀美的俏臉，白皙的肌膚，在火光電閃下，有種不屬於這世間的美態，赫天魔一時呆了，忘了答話。

女子見赫天魔凝視自己的雙眼精芒暴射，眼中有一種難以言喻的坦誠，所以雖然被盯視，心中卻沒法升起一絲怒氣。

那老者乾咳一聲，赫天魔驀然驚醒，遊目四顧，只見殿內大部分人的目光都集中在那女子身上，彷彿她身上有攝取眼光的磁力。

赫天魔道：「守密一事，定當遵從。」說完也不打話，將雙劍交回白衣老者，走到一角，盤膝坐下，運起天視地聽神功，方圓十丈內每一下雨點聲、每一下身體移動的聲音，甚至蛇蟲爬行、空中飛鳥振翼，全在他聽覺的監視下，唯一的困擾，就是腦海中不時重現那女子說話的情形。

七個白衣人回復先前的位置和姿態，剛才的短兵相接，彷似從沒有發生過一樣。

在雷雨交擊的聲音下，赫天魔聽到一陣輕微步聲以驚人的高速由遠而近，到了大雄寶殿神像後的入口，停了下來。這人輕功之高，赫天魔也覺心下駭然，暗忖自己也不外如是。這人停下來後便一無聲息，只見廳內各人還是似在夢中，不由為那女子擔心。

赫天魔暗中伸指一彈，一縷指風，擊在佛像後的木柱，發出「噗」的一聲。

眾人一齊驚覺，老者大喝一聲：「誰？」

長笑響起，一個面目深沉的老人，鬼魅似的疾衝而來，七名白衣人，七把長劍，構成一個聯合的劍網，向他捲去，這七人顯然練就了聯擊之術。黑衣老者嘿嘿一笑，空手迎上。

兩支劍當空刺來，老者兩手閃電間分別拍在刺來的劍背上，持劍的兩人全身一震，身形一滯，幸好這時另外四把長劍從另四個不同的角度刺來，老者急忙應付，雙手幻出滿天掌形，同時雙腳連環踢出，刺來的幾劍，幾乎在同一時間內給他震開。

赫天魔一看便叫糟，因為這幾人構成的劍陣雖然精妙絕倫，暗合五行生剋之理，可惜功力和老者相差太遠，老者利用他們的長劍，不斷傳出他驚人的內力，把他們震得血氣浮動，看來落敗是遲早的事，其他那三人各提兵器在手，在旁虎視眈眈，也是看出形勢不妙。

赫天魔心想若親自出手，亦沒有必勝把握。女子則仍是安靜垂著頭，斗篷翻下，露出白皙動人的粉頸，似乎眾人的成敗與她完全沒有相干。

老者一陣長笑，戰局大變，廟內爪影滿空，白衣人長劍紛紛脫手，老者有心賣弄立威，將奪來的長劍紛紛向上擲去，轉眼間大雄寶殿上的正樑處，一排整整齊齊地插了七柄長劍，白衣人倒了一地，都被點中穴道。

那胖子和那中年文士同時出手，別看那胖子身型肥胖，行動起來卻是靈活如貓，一把刀毒蛇似的從左側攻向黑衣老者；中年文士閃到黑衣老者的背後偏右處，剛好是如果黑衣老者望往胖子時，眼角的餘光就不能顧及他的死角位置。

兩人雖然以前從未試過聯手，不過同屬高手，故打開始便能配合。

一劍一刀，同時發動，黑衣老者被籠罩在刀光劍影下，刀劍捲起的勁氣，在大殿內形成無數氣旋，即使遠處一角的赫天魔，一頭長髮亦隨風而舞，案上的燭火，受不住勁風的吹襲，頓然熄滅，大殿頓成黑暗世界。

在漆黑裡，只聽到一連串清脆的響聲，赫天魔猜是老者以手指彈在刀劍上的聲音，此人在如此黑暗的雨夜裡，居然能準確地彈中四面八方擊來的利器，確是絕藝驚人。中年文士和胖子嘿嘿痛呼，處在下風。

突然間一聲暴喝，大殿的空間生起強烈的呼嘯聲，這時電光忽閃，赫天魔霎時間看到一直未出手的大漢，腰上纏著的長鞭在手上展開，把黑衣老者迫在一角。中年文士和胖子分別躺在牆邊，臉色灰白，都受了嚴重的內傷。

那白衣女子依然坐在案前，在電光下俏臉更是秀美絕倫，態度安詳，赫天魔從中感覺到那是一種下了必死決心後的安靜，帶著一種難言的淒美，其他七個白衣人橫七豎八、東倒西歪躺了一地，沒有絲毫動靜。

閃電後一下暴響，整個大殿回復黑暗。鞭風呼呼，惡鬥的兩人都是悶聲不響，這中年大漢的功力比適才的中年文士和胖子顯然高出甚多。突然間兩聲輕喝，鞭聲完全靜止，只有鋪天蓋地的雨聲和山風的呼叫混雜在一起。

這時電光連閃，在被照得煞白的大殿內，中年大漢和黑衣老者相距剛好是那條兩丈許長鞭的距離，中年大漢依然手執長鞭，但鞭尖已到了黑衣老者手中。中年大漢臉色忽紅忽白，處於下風。

一陣雷響後，大殿又回復黑暗，大漢的呼吸愈來愈重，突然間大漢悶哼一聲，然後是背脊撞在牆上的聲音和倒地聲。

一個低沉乾澀的聲音響起道：「『逆風鞭』陸蘭亭！」

另一個沙啞的聲音道：「畢夜驚名震黑白兩道，果是名不虛傳。」

赫天魔一聽「逆風鞭」陸蘭亭的聲音，知道他受了重傷，再也不能動手。這畢夜驚武功絕世，在短時間內殿內眾人不是受傷便是穴道被制，也不知他下一步的行動，是否要對付那白衣麗人。

大殿燭火再起，那白衣美人站在案前，手中拿著火摺，眼光一瞬不瞬地瞪視黑衣老者，使人禁不住奇怪外表這樣柔弱的一個俏佳人，眼神中竟可透出如此堅決的意志，予人一種非常強烈的對比。

畢夜驚面無表情地道：「拿來！」

女子道：「信函在案上的神牌內，我方既一敗塗地，自然遵守諾言。」她嬌美的聲音娓娓動聽，像在閒話家常，一點也不似面對生死強仇大敵。

畢夜驚嘿嘿一聲道：「長案雕工精巧，必非此荒棄了的廢廟之物，既然從別處移放在此，定是包藏禍心，別怪老夫手下無情，盡送爾等歸天。」說到這裡，眼神掃過赫天魔臉上。

赫天魔如給電光掃過，心下一懍，暗忖這老傢伙眼神好凌厲，不知他要如何處置自己這局外人。

畢夜驚其實心下亦暗自嘀咕，他眼力高超，甫進殿便知赫天魔是個難惹的高手。見他一直毫無動靜，心想只要他不阻礙自己取得函件，實毋須節外生枝。

那白衣女子道：「畢夜驚你既然以小人之心度君子之腹，不如我們來個賭約，假設這長案毫無陰謀，你再給我們三年時間，以決雌雄。」

畢夜驚一陣狂笑道：「老夫何人，豈會受你所脅？區區長案，焉能阻我？」

說完直向案前迫去，他故意一步一步走，到女子身前三尺才停止，冷厲的眼神緊盯在女子的俏臉上。他全身功力提起，只要女子有任何異動，即加以撲殺。他縱橫江湖多年，深知陰謀伎倆，層出不窮，所以凡事絕不掉以輕心，這亦是他雖然仇家遍布天下，依然屹立不倒的原因。

女子在畢夜驚的殺氣迫壓下，如入冰窖，全身發冷，意志和精神接近崩潰的邊緣，其實假若不是畢夜驚收斂起了大部分的功力，光是他身上所發出的殺氣，全力施為下，白衣女子早倒地七孔流血而亡。

這時廳內各人均受重傷，無力理會，只有赫天魔有能力可以出手。

畢夜驚道：「祝夫人你青春少艾，尚有大好光陰，那函件不過身外之物，我即使得到，亦未必能有多大作爲，一個不好，反招殺身之禍。況且你今次約我前來的信中，言明若貴方敗北，須交出信件，爾等言而無信，豈能立足江湖？我看快劍門不如從此除名吧！」

這畢夜驚老謀深算，心中暗忌赫天魔，所以句句話都合情合理，軟硬兼施，硬使躍躍欲試的赫天魔感到難以「仗義」出手。

這時，殿外風雨交加，強風捲進大殿，燭火跳動不停，大雄寶殿忽暗忽明，一個面目陰沉的老者，緊迫在一位絕色佳人面前，紅顏白髮，形成一個極盡詭異的場面。

第九章　雷電之威

畢夜驚收起了部分功力，祝夫人壓力頓減，輕輕吁出一口氣，突然間檀口張開，一道白光閃電向畢夜驚面門射去，那白光迅快至極，畢夜驚只在三尺之外，這等距離，眼看不能躲過。

畢夜驚不愧是黑道宗匠，見那祝夫人張口時的姿態，立覺不妥，要知道一直以來那祝夫人說話時，都只是櫻唇微動，突然這樣大幅度地張口，實無道理。

畢夜驚已知糟糕，他的反應亦迅疾無倫，整個人向後彈去，硬把頭往後仰，白光剛在鼻尖幾分上掠過，只差毫釐。

畢夜驚疾退下到了兩丈開外，當他的背脊離地尚有半尺時，突然回彈而起，隔空一拳向女子擊去，周圍的空氣受眞氣震盪，大殿如進嚴冬。

他這一拳是下了必殺的決心，白衣女子雙眼現出絕望的神色，並不閃避這兩丈外擊來的一拳。

眼看祝夫人要當場身亡，一條人影迅若蝙蝠般從一邊牆角滑翔般飛過來，就像腳不沾地似的，竟以背脊擋在祝夫人身前，迎上畢夜驚無堅不摧的內家拳勁。「砰」的一聲，以背硬接了這黑道魔王的全力一擊。

祝夫人見這人全身劇震，身子向自己傾來，眼、鼻、口同時溢出血絲，正是剛才進廟那形狀古怪的西域人。祝夫人自然伸手去扶，觸手處剛好是那人的雙肩，感覺到那寬闊強壯的身體，不知怎地竟會心中稍安。

那人忙站直身體。

祝夫人知道此人是天生硬漢，不欲接受女流的扶持，連忙縮回雙手，那人眼中露出感激的神色，祝夫人的直覺告訴她，此乃堅毅卓絕的英雄好漢。

畢夜驚一拳擊中赫天魔的背脊，心中大喜，心想這也是你恃強出手的報應。然後是心中一驚，原來赫天魔擋在祝夫人的身前時背脊奇異地弓起，拳勁襲體即輕微地左右擺動，畢夜驚的拳勁竟被卸去了大半，跟著「砰」的一聲，赫天魔本身眞氣遇襲反震，兩丈外的畢夜驚也不禁退了半步。

畢夜驚乃武學大家，知是遇上勁敵，不過現在敵人雖未立斃當場，亦應已嚴重受創，他又焉會予敵手喘息機會。身形一閃，右手伸出似爪非爪，另一隻手半握爲拳，騰躍而前，猛虎攫羊般向正以背對著他的赫天魔撲去。

這下子極爲毒辣，因這時祝夫人剛在赫天魔的前面尺許處，如果赫天魔躲開的話，祝夫人絕不能倖免。畢夜驚一代魔頭，處處制敵機先。

畢夜驚在離赫天魔七、八尺處，拳爪齊出，他這一擊大有學問，左手擊出那一拳，若有若無，勁力陰柔，右手一爪，則發出剛勁的五縷指風，假若赫天魔重施故技，要以怪異的動作卸去自己左右手這樣不同性質的幾種力量，必然吃虧。

赫天魔倏然退後，對祝夫人露出了一個微笑，配合他眼、口、鼻的血絲，形狀怪異無倫。

祝夫人感覺這微笑含著深厚的眞誠，是壯士一去不復還那種決心。她對這個毫不認識的陌生人，不由升起一種倚賴的心情。

赫天魔疾退，背脊迅速迎向畢夜驚的一拳一爪，畢夜驚更是大喜，暗忖你自恃護體神功，今回必吃大虧，更全力出擊。

眼看畢夜驚一拳一爪要擊在赫天魔背上，驀地赫天魔雙手竟沒有可能地反扭向後，分別擊在畢夜驚的左拳右爪上。畢夜驚猝不及防，只覺敵人擊來的兩手，拳中帶掌，掌中帶指，勁力變化微妙，吃驚之下，連忙使出看家本領，轉眼間赫天魔背著身子和畢夜驚交手超過了十招。兩人招招搶攻，生死存亡決定在剎那之間，極度驚險。

祝夫人在旁看著，首次露出關心的神色。只見赫天魔身法怪異莫測，有時像一塊僵硬的木板，硬是移左移右；有時卻像條八爪魚，手腳每從不可思議的角度出擊，以畢夜驚這等驚人的身手，也有點應接不暇。

赫天魔突然仰身躍上半空，雙手施展一套怪異的手法，凌空向畢夜驚狂風驟雨地攻下。

畢夜驚一面應付，一面啼笑皆非，自己擅長的天魔擊三大散招，正是凌空下擊的招數，昔日驚雁宮之役，便使當代高手韓公度窮於應付，因此被顏列射趁機以絕世箭技所殺，今日這形象怪異的西域人，以己之道還施己身，眞是有點諷刺。

赫天魔卻暗中叫苦，剛才受了畢夜驚一拳，雖以天竺祕技化去大部分勁力，可是畢夜驚超過六十年的魔功，豈同小可，當時已受了嚴重的內傷，全仗自己的怪異祕招，在敵人猝不及防和出乎意料外，佔了先機，招招搶攻，堪堪戰了一個平手，這還是因自己博通西藏和天竺兩大系統的絕技，奇功祕藝層出不窮。

但敵人氣脈悠長，技藝精湛，鬥了下來，敵人已站穩陣腳，沉著反攻，赫天魔迫不得已下才施展這凌空下擊的祕技，可是剛才壓下的內傷，現在隱隱作痛，很多精妙的手法難以施展，正是外強中乾。畢夜驚「嘿嘿」冷笑，顯然洞悉了自己的底細。

祝夫人也看出戰況不利，剛才赫天魔硬捱畢夜驚那劈空拳，口鼻滲出血絲的情況，仍是形象鮮明，當時他面向自己，所以對他的受傷比誰都清楚，一看情勢危急，心下有了計較。

畢夜驚忽然怒喝連聲，原來祝夫人一手攫取了案上的神主牌，閃身隱沒在神像後，不問可知是要從後門逸去，畢夜驚如何能不大發雷霆？連忙全力擊去數拳，硬把赫天魔震得飛向一角，疾向神像後追去，當離轉入神像後的通道還有半丈距離時，腦後生風，畢夜驚估計來勢，知道如果自己對後面的攻擊置之不理，難逃受創之禍，心下勃然大怒，殺機大起。

這畢夜驚是提得起、放得下的人，這時完全放下祝夫人逃走之事不理，將心神專注在快速殺死這個糾纏不休的對手身上。他急速轉身，見到赫天魔揮舞一條長索，靈蛇似的把自己圈在漫天索影裡。畢夜驚仰天長嘯，全力攻去。

赫天魔知道祝夫人是想犧牲自己，引走畢夜驚，使他可以逃過大難，心下大爲感激。暗忖這畢夜驚武功驚人，兼且老謀深算，縱使自己未受傷前也沒有必勝的把握，更何況身負內傷，現在他遷怒於自己，以他遠勝祝夫人的輕功，殺了自己之後，仍將有充裕的時間追上祝夫人，不如自己逃出，趕在他之前與祝夫人會合，憑自己博通天下祕術，也可多幾分生機，腦海裡不禁盤旋著逃生之法。

畢夜驚一改戰術，施展一套大開大闔的拳術，每一拳擊出，都帶起一個氣旋，氣旋和氣旋互相衝擊。

赫天魔心知若讓氣旋把自己完全包圍起來，壓力會愈來愈大，那時不要說逃走，便是呼吸也有所不能，暗忖現在該是逃走的最後機會了。

祝夫人纖美的身形衝出了靈山古剎的後門，手上捧著那神主牌，走進了漫天的風雨裡，展開身法。她別的武功不行，輕功卻是不弱，這一發足逃命，速度很快。慌不擇路下，只知向荒野處奔走，每當電光爆閃，周遭驀地一片發白，剎那間雙眼被電光照射，什麼也看不見，跟著是一下轟天震地的雷響，使人什麼都聽不到。

在風雨交加下，她拚命往前走，全身濕透，露出美好的成熟線條，天氣愈來愈寒冷，強忍著才不致牙齒打顫。就在這時，淙淙水流湍奔的聲音，鑽進她的耳內，電光再閃，就在大地被照得再次煞白的那一刻，她看到了一生中最奇異和驚人的壯麗景象。

赫天魔逐步向牆角退去，畢夜驚慢慢提聚功力，準備一舉斃敵，心下亦暗駭敵手的驚人韌力。就在這時，赫天魔朝自己露出一個奇怪的笑容，心下大懍時，一道綠光從赫天魔衣襟內疾射而出，竟能穿過自己所布下的拳勁，迎面向自己飆來。

畢夜驚何等眼力，看出是條全身透綠的小蛇，顯然是奇毒之物，大喝一聲，真氣吹出，那蛇「嘶」的一聲，全條爆開。一陣毒霧迅速擴散，畢夜驚不敢犯險，連忙躍後，同時間「轟」的一聲，只見綠霧後漫天塵土，牆上出現一個大洞，赫天魔竟然硬生生以背脊撞破了廟牆，逃之夭夭。

畢夜驚「嘿嘿」一笑，不理赫天魔，反向祝夫人逃走的方向追去。

雷電風雨中，電光閃耀的剎那，在急流旁一塊空地上，一個只穿短褲的雄偉男子，在豪雨下隨電光舞刀，雖然祝夫人離那男子有十丈之遠，竟然隱隱聽到他長刀劃空而過所生的風聲。刀勢帶起的氣流，冰寒徹骨，更令她不禁渾身顫抖，整個人接近崩潰的邊緣。這人的刀氣竟可籠罩方圓十丈，已到了驚世駭俗的地步。

祝夫人瞧著那人手下刀勢縱橫開闔，心內泛起一片慘烈的感覺，便如千軍萬馬對壘沙場，血流成河，屍橫遍野，莫非這人是戰神的化身？

突然間這人飛身而起，一躍至六丈高下，長刀向頭上虛空一刺，剛好一道電火劈在他手中長刀上，高壓的電流，將整把長刀擊得電光四射，再而整個人給包裹在電光裡，於黑漆的夜空上，望之如雷神下降。祝夫人嚇得目瞪口呆，芳心一陣亂跳，似欲脫口躍出。

那男子依然保持兩手高舉長刀的姿勢，電光從他的身體倒流而集中到長刀上，當他從高空下降回地上時，大喝一聲，雙手持刀閃電劈下，驚天動地的「轟隆」一聲，祝夫人只覺大地震動，倒摔在地。

那男子面前的土地筆直地裂開了一條長三丈、寬兩尺的長坑，坑上還有些電光的餘波，「嚦嚦」作響，赫然是他一刀威力所造成的後果。

男子左手持刀，右手輕輕撫摸刀身，在雷電交加的黑夜裡，有一種超然獨立的風采。祝夫人得睹異象，心神波動難平，已不知是否在噩夢之中，又沒有法子醒過來。

男子長嘯一聲，宛若龍吟深谷，久久不歇，轉過頭來，望向祝夫人的方向。這時雷聲開始逐漸疏落，傾盆大雨，轉爲絲絲細雨，夜月若隱若現的掛在天空上，像是水的倒影，男子在夜色中雙目電閃，似乎已洞悉了宇宙一切的奧祕。

男子筆直走至坐在地上的祝夫人面前，伸手做出一個要扶持的姿態，祝夫人連忙起身，卻感到尷尬萬分，原來她濕透的衣服都緊貼身上，美麗的胴體若隱若現，在這男子似有透視能力的目光下，這身濕衣簡直完全沒有蔽體的作用，眞的不知如何是好，俏臉紅霞滿布。

那男子雖然半裸身子，仍是那麼瀟灑自然地道：「在下傳鷹，姑娘你夜闖深山，未知有何急事？」說完目光大膽地在她身上巡遊，完全是一副登徒浪子的樣子。

祝夫人見他膽大無禮，心中震怒，剎那間忽又直覺感到傳鷹巡視自己美妙的線條時，眼中絲毫不露些微色情的成分，反而澄澈如湖，有一種超然的風度，她發覺自己再也不能生他的氣，同時亦看到這傳鷹天庭廣闊，眼正鼻直，實鍾天地靈氣而生，如此人才，世所罕見。

祝夫人道：「荒山野地，禮數不周，還望傳先生莫要見怪！」

傳鷹灑然一笑道：「姑娘請別怪在下無禮，我對那些所謂世俗之禮，一向不大遵從，姑娘麗質天生，具天地至美之態，使我有悟於心，就此謝過！」

祝夫人心想，這人佔了便宜還在賣乖，但聽他說話溫文爾雅，隱含至理，又稱讚自己，不由開心起來。剛想說話，傳鷹舉手阻止，祝夫人一下錯愕，傳鷹向著數十丈外一個樹林道：「朋友既已到來，請出來一敘。」

這時雨勢已歇，月色重新灑遍大地，映起地上的積水，使人懷疑身在夢中。

月色下一個面目陰沉的黑衣老者大步踏出，原來是畢夜驚。

祝夫人大驚失色，下意識往後退去，不自覺地躲在傳鷹寬闊的虎背之後。

畢夜驚心下嘀咕，當日驚雁宮一役，已知此子功力高絕，現在對方的功力，似乎更見精進，觀乎其眼神、氣度，在平生所遇的人當中，只有魔宗蒙赤行和蒙古國師八師巴可堪比擬，這實在驚人至極，當日八師巴預言此子在祕道內必有奇遇，看來已成爲事實，這敵手高深莫測，不宜力取。

畢夜驚道：「朋友別來無恙，今日來此，只是希望取回應得之物。」不待傳鷹答應，轉頭向祝夫人道：「你我以比武爲賭約，勝者得物，今我大獲全勝，應得之物，請交出來。」

傳鷹見他說得冠冕堂皇，惟有待在一旁。

祝夫人道：「那西域人怎樣了？」她故意在這關頭問上一句。

畢夜驚自顧身分，不能編造謊言，答道：「那漢子確已爲你竭盡所能，難怪你心中記掛，他已經落荒逃了。」

這畢夜驚確是老江湖，特別指出祝夫人這個時候還提起赫天魔，顯有男女之私，他巧妙地利用男女間微妙的妒忌心理，製造傳鷹和祝夫人間的矛盾，望能奏效。

祝夫人吁了口氣，放下心來，同時又偷看傳鷹一眼，似乎生怕他不高興，這種心情，連自己也難以理解，想起自夫君逝世，至今向自己追求的雖大不乏人，自己仍是心如止水，但不知爲何，今晚這兩個陌生人，都使自己舉止失措，大異平常。

「請賜還密函！」畢夜驚顯得非常有禮。

她的思緒，突然被畢夜驚的話聲打斷。祝夫人蘭心蕙質，道：「這密函我已依約要交付予你，但你當時誣衊我布下陷阱，不但不肯取密函，還圖謀加害於我，所以你我之約已然取消，取函之事，再也休提。」

這番話眞假混雜，畢夜驚有口難言，心下盛怒，暗運功力。

傳鷹即時產生感應，喝道：「畢夜驚你取函也如未取，我豈肯放你生離此地？多說無益，讓我取下你頸上人頭，以祭韓先生在天之靈。」

畢夜驚這一生中，只有人見他避之則吉，豈有如此被當面喝罵？他生性陰沉，並不鬥口，淡淡道：「小子報上名來。」

傳鷹見他盛怒之下，居然仍能氣度沉凝，全身不露絲毫破綻，不禁心下佩服，道：「在下傳……」

他的名字還未說完，畢夜驚一頭大鳥般凌空撲來，一出手即用上了天魔擊三大散招，昔日韓公度便是在這三大散招下吃了大虧，致被冷箭所殺。

傳鷹一聲長笑，鎮定如常，左手一刀，迎著當空躍來的畢夜驚劈去，右手摟起祝夫人的蠻腰，輕輕一送，祝夫人有若飄羽般飛越三丈之外，落在一個軟草坪上。他這幾下動作行雲流水，便似曾經操作了千百次那樣。

畢夜驚頭下腳上地朝傳鷹撲來，雙手幻出漫天爪影，傳鷹劈來的一刀，看似簡單平實，哪知留心之下，既不知刀勢是從何處來，也不知刀勢要作何種變化，他甚至不知道刀勢是快是慢，只覺這一刀包含了宇宙生生不息的變化，無窮無盡，無始無終，畢夜驚大駭之下，不理刀勢，竟然一掌向傳鷹劈去，另一手卻抓向刀鋒，正是兩敗俱傷的打法。

傳鷹心下暗讚，暗忖自己適才藉雷電練劍，領悟出刀道的至極，精氣神臻至最佳狀態，這一刀蓄勢待發，實蘊天地之威，除非是「無上宗師」令東來或「魔宗」蒙赤行等武學大師，才可以出手化解，這畢夜驚捨身殺敵，自己勢不能與其同歸於盡，只好被迫收刀，此可說是化解此刀之危的另一個方法。

長笑一聲，說退便退，連人帶刀，已站在祝夫人旁邊，好像從未出過手一樣。

畢夜驚倖逃大難，心膽俱寒，暗萌退意，但傅鷹長刀遙指，仍把他罩在刀氣之內。

傅鷹大喝一聲，長刀再度劈出，刀光迅速越過三丈的距離，劃向畢夜驚，劈散了漫天爪影，跟著鮮血飛濺，畢夜驚掠空退走，轉瞬不見。

祝夫人目瞪口呆，這個似乎永不會被擊敗的惡魔，現在竟負傷落敗逃走，這傅鷹的刀法肯定到了君臨天下的地步。

傅鷹回頭望來，苦笑一下，道：「此人武功之高，實我平生僅見，竟能在我刀法巔峰狀態之下，仍能帶傷而逃，他日必是心腹大患。」

祝夫人「噗嗤」一笑道：「他最多是你的心腹小患吧？」

傅鷹一呆道：「還未請教姑娘芳名。」

祝夫人道：「先夫姓祝，我本家姓蕭，小字楚楚。」

傅鷹道：「果然好名字，不如我叫你楚楚好了。」

傅鷹不拘俗禮，興之所至，任意行事。

祝夫人道：「那麼我叫你傅大哥吧！」神態甚是歡喜。

傅鷹道：「我現在受強仇大敵追殺，雖然武功較前精進，但敵人亦非好惹。」語聲一頓，似乎陷入思索中，祝夫人望著這男子，極盼望能分擔他的憂慮。

傅鷹皺皺眉頭，緩緩道：「其實已出現的敵人，勢力強大得足以將我殺死，但對陣之時還須配合天時、地利和人爲的戰術，未至最後，難定勝敗，所以我夷然不懼。但我心中卻知道有一至強至大的敵人，這人如附骨之蛆，暗伏在我心靈內，找尋我的破綻，偶不小心，便要遭殺身之禍，這才是我眞正的心腹大患。」又看了祝夫人一眼，見她一臉關切，不禁加了一句：「不是心腹小患。」

祝夫人忍不住笑了出來，望了他一眼，心想此人不知何時才會正經做人，居然在這個時刻，還要跟她開玩笑，轉念一想，又愁腸百結。

傳鷹道：「楚楚，請告訴我附近哪裡有安全的地點，待我將你送抵該處，才繼續趕往杭州。」

祝夫人聽到要分手，心下黯然，她善解人意，況且此乃無可避免之事，也不想加重傳鷹心理負擔，緩緩點頭，但眼眶先已紅了。這剛認識的男子，忽然成了自己最親近的人。

傳鷹不是不知她的心意，可是自己身負重任，必須於七月十五日，將《岳冊》帶至杭州交予龍尊義，如果把這樣一個千嬌百媚的美女帶著上路，不要說在動手時變成負累，最怕自己把持不住，男歡女愛，那才誤事。

祝夫人心內離愁別緒，哪知傳鷹想的，卻是這等念頭？抬頭道：「傳大哥，先夫的同門和來助拳的朋友均在廟中，我們可否先和他們會合？」

傳鷹一聲「使得」，也不徵求她同意，一把摟起她的小蠻腰，展開身法，在月下迅速掠向古廟。

祝夫人心中暗想，這人的確直截了當，不顧忌自己衣衫盡濕，他亦赤體半露，眞是浪子異行，但她心下了無半點反對和他親熱的意念。兩耳風聲呼呼，樹林急速倒退，鼻孔嗅著強烈的男性氣息，不禁陶醉在這浪漫的月色裡，只希望這路程永遠走不完，永遠繼續下去。

春夢苦短，傳鷹停了下來，祝夫人抬頭一望，原來到了靈山古剎前。

傳鷹凝視古廟的大門，臉色凝重。忽然一雙纖手纏上了他的頸項，祝夫人低聲呼叫道：「傳郎，這是最後機會，求求你佔有了我。」

這句話實具有高度的刺激和誘惑力，尤其是出於這樣一個成熟的美女口中。

傳鷹暗叫一聲可惜，低頭只見這美女在月色下，秀色可餐，明艷不可方物。

傳鷹遲疑了片刻，沉聲道：「楚楚，形勢大爲不妙，古廟中了無生氣，充滿死亡的氣味，看來你的同夥已盡遭毒手。」

祝夫人全身一震，從無邊的慾海中驚醒過來，雙手雖仍緊纏傳鷹，已再沒有半分綺念。

第十章　變天擊地

大廟內各人依然保持祝夫人離去時的各種姿態，唯一不同的是這些人均失去了生命，傳鷹非常小心地去研究他們每一個人致死的原因。

祝夫人站在那使鞭的大漢面前。這位深愛自己的大師兄，嘴角溢血，頭骨被人抓裂，死狀可怖，手中還緊緊抓著鞭把。

祝夫人心內思潮起伏，回想起當時自己雲英未嫁之時，快劍門名震四川，大師兄「逆風鞭」陸蘭亭、二師兄「雙快劍」梁耳、三師兄「胖殺手」柳原與自己逝世的夫君祝名榭，合稱「快劍四傑」，不幸四人同時愛上自己，最後祝名榭獨得美人，其他三傑黯然離開，流浪江湖。後來因密函一事，祝名榭慘遭橫死，她心下悲悽莫名，只覺人生便像一場永不會醒過來的噩夢。

傳鷹走到她身邊，看了陸蘭亭的屍體一會兒，發現他屍體下露出一個包袱，心想他與自己身材相若，不如借他衣服穿上，否則走出這千里崗後自己還赤身裸體，有失體統還是小事，目標明顯卻相當不妙，恐怕未到長江，已給敵人剜割了來吃。遂不遲疑，把陸蘭亭的屍體輕輕抬起，以便解去他身後的包袱。

祝夫人被傳鷹的奇怪動作，吸引得把注意力放回他的身上，她正在極度悲傷中，腦筋麻木非常，雖然眼睜睜看著傳鷹的一舉一動，卻完全不明白傳鷹的舉動。

傳鷹取出一套灰色的布衣，正欲穿上，衣服中跌下了一封信，傳鷹拿起來看，封套上寫著「高典靜小姐妝鑒」，旁邊附有地址。傳鷹心想這當是私人信件，便把信放在屍體上，「窸窸窣窣」穿起衣來。

祝夫人看到傳鷹強健的肌肉，漸漸被衣服覆蓋，不禁留戀地瞧著傳鷹，暗忖他那赤身裸體的威武形象，不拘俗禮的風流瀟灑，自己日後午夜夢迴時，那相思的味道，實令人生不如死。

理夢天涯憑角枕，卸頭時候覆深樽，正添香處憶溫存。

傳鷹穿起衣服，另有一番風采。祝夫人深感這人氣質獨特，異乎常人。傳鷹又拿起陸蘭亭屍體上的私函，對屍體道：「我借了你一件衣服，好該為你做一件事。」說完把函件納入懷裡放好。

祝夫人腦海逐漸平復，想起這些自幼朝夕相對的同門，已天人遠隔，對面這冤家，轉眼又要分離，人生實在沒有味道之至。一時悲從中來，忍不住失聲痛哭。

傳鷹大步上前，將她緊緊摟進懷裡，讓這個青春豐滿的肉體，在自己的懷內不斷顫抖，胸前衣襟盡濕。

這傳鷹很奇怪，對生生死死，從不在意，當年父母相繼逝世，也毫無悲戚之意。這並不表示他冷血無情，而是他覺得生也如夢，死也如夢，每一個人都正如一個提燈的盲人，整天以為燈火可以照明他的歸途，其實燈籠早給風吹熄了，只可憐他無能知道吧！所以又怎知死者不正在嘲笑生者為他們悲傷的無知？

廟內一片死寂，密布死亡的氣息，懷內的美女儘管悲慟欲絕，卻正發散出生命的光輝，這生與死之間，原本就只隔一線，就這生與死的玄妙裡，傳鷹似乎捕捉到某種超乎物質的真理，一種超越語言的直覺和啟示。

良久，祝夫人從傳鷹懷中抬起頭來，只見這冤家滿面光輝，雙目閃動智慧的光芒，沉醉在深思的海洋裡。突然他眉頭一皺，露出痛苦的神態，祝夫人心神大震，輕輕搖撼傳鷹。傳鷹逐漸平復，緩緩低下頭來，懷內俏臉梨花帶雨，忍不住俯首吻在她櫻唇上，祝夫人呻吟一聲，未及表示抗議，已迷失在靈慾交接的世界裡。

傳鷹離開了祝夫人的櫻唇，緩緩巡視周遭死亡景象，嘆道：「我剛才苦思生死的問題，正要邁向一個解答這千古之謎的答案，忽然覺得這已到了我思想的極限，我正要試圖超越，卻驀然頭痛欲絕，難道上天一定要我們局限在這生與死的遊戲內，任祂擺布？」

祝夫人心想這等問題，不要說去找尋答案，光是說出來就教人頭痛。

傳鷹望向廟牆那赫天魔逃命時撞穿的破洞，天色漸白，日光從破洞透進來，傳鷹輕輕推一推祝夫人道：「楚楚，外面有人。」

祝夫人心下一懍，隨傳鷹從破洞中走出去，觸目一片荒野，數里內杳無人跡。

傳鷹把耳朵貼在地上道：「人在地內。」

略作估計，往一處泥土挖去，該處泥土鬆軟，很快現出一個人來，面目黝黑，不是赫天魔是誰？他臉如金紙，雙目緊閉，鼻孔和耳朵緊緊貼合，正是龜息的現象。

傳鷹「嘿嘿」一笑，心想你這小子當日在崖上乘人之危，以長索偷襲，令我身受重傷，幸好我從《戰神圖錄》獲得啓示，利用雷電宇宙能量，迅速復元，現在勢易時移，此人反落得如此地步，眞應了「風水輪流轉」之語。耳邊聽到祝夫人道：「傳大哥，請你救他一救。」

傳鷹側頭一看，見身邊的祝夫人滿臉關切，大不是滋味，但轉念一想，便又釋然。此人既有恩於她，她求自己出手救人，始是正理，霎時間把所有仇恨恩怨，拋諸腦後，手掌按到赫天魔的天靈蓋上，內力源源輸入。

眞氣輸入赫天魔體內，迅速向他四肢散去，這西域人體內眞力流轉的路線，大異中土的內家心法，傳鷹爲武學的大師，一時間沉醉在推敲赫天魔的內功心法上。

赫天魔霍然醒轉，他只是把眼張開一線，見那美麗的祝夫人站在一旁，正俯首瞧他，眼中露出焦慮的神色，顯然還不知道他已回醒，跟著見到自己今次要追殺的目標，穿上了一身灰衣，左手按在自己的天靈蓋，內力源源輸入自己的體內，替自己療傷。

赫天魔閃過幾個念頭，他精通一種可以在別人把內力輸入自己體內時，將敵人內力吸爲己用的奇功，就現在這種情形，如果他要吸取傳鷹功力，幾乎百分之一百可以成功，他甚至可以利用自己的傷勢，令傳鷹輸入更多內力。

這樣做對他實在有百利而無一害，一方面可以助師尊去此強敵，自己又可以增長功力。而且若傳鷹精盡力竭而亡，假設自己想得到這身邊的美女，自然是少了一個勁敵。不過又恐祝夫人發覺，一時間天人交戰。

祝夫人見赫天魔一聲呻吟，霍然睜開雙目，露出非常複雜和困惑的神色。

原來赫天魔掙扎了一輪之後，得出的結論是：假設自己竟然恩將仇報，第一個不能原諒自己的就是自己的良知，所以放棄了這個想法。他張開眼睛，接觸到的不是祝夫人的美目，而是傳鷹透視人心的眼神，赫天魔心中大懍，震驚得無以復加，他突然明悟到剛才傳鷹藉著和自己的眞力接觸，竟可完全將自己心內的思想交戰了然於胸，這個原本是敵的人，竟已成爲最知心的人。

傳鷹微微一笑，所有錯綜複雜盡在不言中，道：「在下傳鷹，未知兄台高姓大名？」

赫天魔欠身坐起，舒展了一下筋骨，答道：「小弟赫天魔，爲蒙古國師八師巴座下四大護法弟子之一，大恩不言謝。」

傳鷹一揮手，不待他說完便道：「赫兄功力已復，我有一事求你。」

赫天魔道：「傳兄之事，無論是什麼，我都答應。」

傳鷹眼中露出感激的神色，赫天魔這樣說，無疑認定傳鷹絕不會要求他做任何不利於八師巴的事，這種信任，才最寶貴。

傳鷹道：「我想請赫兄護送祝夫人到一個安全的地方，並且在那處地方待上一個月的時間，希望赫兄能慷慨相助。」

赫天魔反而猶豫了一下，心想如果和這動人心弦的美女朝夕相對，他日情根深種，不能自拔，又勢不能奪去傳鷹之好，那時如何是好？

轉念一想，這個任務，實再難找適當的人選，試問江湖上有多少人能擋畢夜驚一擊之威？況且此人如今動了眞怒，適才潛返盡斃廟內之人，若不是自己施展入土藏身之法，必難逃敵手。加上自己等四大弟子全軍盡沒，八師巴即將親自出手，傳鷹自顧不暇，實是再無他法。

於是他了解到，傳鷹這樣做，也是迫不得已的辦法，當下答應了傳鷹。

祝夫人拉了傳鷹到一邊，道：「傳大哥，你一定要來見我。我身上的密函，先交給你。」跟著講出這密函的來歷。

原來她先夫祝名榭竟是「無上宗師」令東來的姪孫，三年前接到令東來派人輾轉送來的一份密函，其中有幅指示圖，說明令東來自困於一個名叫「十絕關」的神祕地方，潛修天道，並囑祝名榭於明年乙卯年春，依指示尋來，屆時另有指示，豈知此信被畢夜驚所知，故千方百計意欲奪取，祝名榭亦因而送上一命，當非令東來始料所及。

傳鷹道：「此函勿要交我，待我完成任務，他日自來找你，到時再作計較。此行生死未卜，這等函件，焉能隨身攜帶？」

祝夫人道：「傳大哥千萬珍重。」

傳鷹仰天一陣大笑，道：「這句話你應當向那八師巴說。」

這幾日被人如獵物一般追逐搜捕，早受夠了氣，現在應到主動出擊的時候了。

八師巴站在一個突出的孤崖上，雄視初陽照射下的千里崗山脈，極目左方，山巒起伏，急流穿奔其間。「靈山古剎」在急流的一旁，在這個高度看下去，只像一個小錦盒，右邊是平原之地，千里崗山脈至此已盡，再去六十里便是人煙稠密的蘭陵鎮。

八師巴站在這裡足有一個時辰，他感到傳鷹正朝他奔來，兩人終於到了一決雌雄的時刻，他多年來雖地位尊崇，勝於帝皇，且絕世天姿，高出眾生，使他縱橫宇內，未逢敵手，除了有限一、兩人外，餘子盡不在眼內。兼且多年潛修藏密精神大法，其成就已遠超一般人的夢想，遺憾的是仍未能到勘破生死的地步，所以縱使遠超常人，亦只是五十步笑百步之別，便像在一個盲人的世界內，他雖只是一個獨眼龍，已可稱王稱霸。

他對傳鷹有一種非常奇怪的預感，似乎他們之間有一種非常神祕而超乎理解的連繫，所以打開始他就從思漢飛手上把追殺傳鷹的事接過來。

他之所以召來四大弟子，其實並不是寄望他們真能殺死傳鷹，而是希望透過他們，使他有更多的時間從傳鷹的反應來思索，構思下一步的行動。對八師巴來說，這個世界上並沒有成功和失敗，有的只是「經驗」，正如聰明和愚蠢、生和死，都只是不同的「經驗」。他最終的目的，就是要透過傳鷹這個「經驗」，達到對大藏法輪的超悟。

這時傳鷹出現於二十丈下的山路，迅速接近。

八師巴深情地鳥瞰千里崗山巒全景，山河秀麗，天地悠悠。轉過頭來，傳鷹已在十丈之內。

八師巴精神大法全力展開，他並不能預測這將在傳鷹身上引發出什麼後果，但他倆必將在精神上緊緊連結在一起，再也不是敵人，也不是朋友，而是攜手共同晉入一個超越現世精神旅程的夥伴，在另一個層面裡，既是朋友，也是敵人，既是夫妻，也是父子……

傳鷹離八師巴只有十丈的距離，他從背上抽出厚背刀，感到自己正處於精氣神的巔峰狀態，自信有把握把這世界上任何人劈得飛離懸崖。他不斷加速，直朝八師巴筆直掠去，長刀開始劈出，八師巴只在六尺開外，全身袍服被自己的刀氣迫得向後飛揚。

八師巴寶相莊嚴，雙目神光暴閃，似乎在引頸待割，傳鷹一刀如箭在弦，不可不發。

傳鷹大喝一聲，驚天動地的一刀，在氣勢積聚得最強勁時，閃電向八師巴劈去，天地驀生變化。

傳鷹發現手中沒有了刀，他還在向前衝刺，卻不是在千里崗的孤崖上，而是在一個布滿了人的市集裡。他繼續走著，發覺自己變回了一個十二、三歲的小孩，忽然一種令人撕心裂肺的苦痛填滿了胸間，使他失聲大叫道：「阿傑！」旁人則紛紛喝罵這小乞兒又發瘋了。

傳鷹去到了另一個生命裡。他記起了自父母死後相依為命的弟弟阿傑，忽地神祕失蹤了，他每日都在找他，親弟脆弱的心靈，是那樣需要自己照顧，在這茫茫天地間，找尋弟弟成為他唯一的目的。

他繼續往前衝去，環境又變，眼前盡是一望無際的沙漠，他策騎一匹健馬，迅速地奔馳。他記起了自己乃戈壁烈拿族的戰士剎蘭俄，三日前自己外出時，整個家族的營地被雄霸戈壁的野狼卡沙力的馬賊搶掠，所有女人都被強姦了，包括自己年輕的妻子蘭玲在內，他的淚哭成了血，他的睡眠成了噩夢，現在踏遍沙漠，就是誓要殺盡野狼卡沙力的馬賊。

前面遠方呈現一片綠色，他一拍健馬，放蹄疾奔過去，綠色逐漸擴大，變成一個大湖和旁邊滿布的植物，方圓十里內滿是營帳。草原上擺了一個市集，不同族的人在那裡進行各式各樣的交易，以物換物。

剎蘭俄甩蹬下馬，緩緩走到湖邊，低頭喝水，忽聞水響，一個姑娘正在湖中游泳，笑臉如花，青春可人，向他送來動人的微笑。剎蘭俄有種似曾相識的感覺，好像在不久以前，曾經歷過這段遭遇，可是明明這從未在自己生命裡發生過。他的思想逐漸超越時空，另一個的「他」似乎呼之欲出，令他頭痛欲裂。

忽又天旋地轉，發現自己的身體完全赤裸，竟是一個豐滿成熟、散發青春魅力的女體，一陣羞澀湧上「她」的心頭，記起這是她新婚之夜，檯上燃點的龍鳳寶燭，照亮了自己心愛的丈夫那張興奮發光的臉，她把動人的胴體驕傲地挺直，讓他恣意輕薄，生命達到最濃烈的境界。

外邊雖仍傳來賓客喧鬧的聲音，這裡卻是另一個溫暖和封閉的世界。一切看來是那麼不眞實，在高漲的情慾底下，她獻上了自己，在丈夫破體的剎那，她痛極而叫。

霎時間，整個靈魂又扯回傳鷹的腦海上，傳鷹緊閉雙目，全身顫抖，感覺八師巴和自己緊緊連結在一起，他似乎聽到八師巴在自己內心的至深處呼叫，召喚他去接受這超越時空的經驗，探求千古之祕，攜手並進。

他又坐在長街的一角，發現自己變成一個肥大的婦人，在「她」懷中抱緊一個才八個月大的女嬰，身旁還有三個由三歲至八歲的兒子，一種偉大的母愛充塞在她的心房內，想起自丈夫去世，自己在三個月後誕下女嬰，便四處流浪，帶著幾個兒女，乞食爲生，一股傷悲從中而來，三個兒子不知何事，見母親痛哭，也齊聲痛哭，一時哭聲震天。

他又再次看到八師巴，不是這現在的八師巴，而是前生某一世的八師巴。雖然樣子一點也不像，但他心中很清楚知道，眼前這白髮白鬚、滿面皺紋、風霜悽苦的高齡老者，正是今世容光煥發、顧盼豪雄的八師巴。

自己正跪在這前生某一世的八師巴面前，那悽容老者嗟聲喝道：「你走！我沒有你這樣的徒兒，念在一場情分，我只斷你一手。」淚水從眼角溢出，前生某一世的傳鷹眼前人影一閃，手腕給老者硬生生拗斷，傳鷹一聲慘叫，痛昏過去。

跟著，他和八師巴前生千百世的糾纏，逐一在他心靈中展現，他們既曾爲仇敵，也曾爲兄弟，既是恩怨交織的夫妻，也曾是繾綣多情的男女。不同的生命裡，發生了截然不同的事物，每一個經驗加起上來，令他經歷了生命中每一種不同形式，貧賤富貴，生老病死。

一種明悟佔據心頭，他忽然知道《戰神圖錄》是他和八師巴這兩個飽經輪迴的人千百世追求的目標，且會在這一世完成。《戰神圖錄》一幅一幅呈現眼前，倏地變成一股無匹的力量，剎那間將傳鷹提升上無限的高處，整個人離體而去。

傳鷹大喝一聲，想從噩夢中掙扎醒來，雙目卻不能睜開。他驚駭大叫，聲音轉化爲一條大龍，而自己正跨龍而行，向著一團大火球衝去，他竟已變成了戰神。

思想的領域是那樣無邊無際，在剎那間可超越億萬里外，感應到不同的時空、不同層次的奇異事物，轉瞬間戰神乘大龍衝抵火球，高度的熱能將他化成無數的微點，分解爲另一股存在的能量，和火球每一點都緊緊結合起來。

以前那廣闊無邊的思想，現在收縮爲只限於某一層次內的活動，從無限轉變爲有限，沒有了戰神，沒有了大龍。「轟」一聲大響，整個火球爆炸開來，全速向各方面噴發，傳鷹也隨之爆炸開來，變成千千萬萬股的力量的其中一股，化爲其中的一個小火球，向外衝射出去。

也不知經歷了多少年代，傳鷹渾渾噩噩，又是一聲巨響，小火球再次爆炸，彈出無數大大小小的圓球，在虛空內環繞最大火球行走，傳鷹再次解體，隨小火球和分解出來的球體的運行，形成種種不同的力量，只覺最小的一點，藏有最大的一點，每一點也是一個極，一個獨立的宇宙。

就在那時間，他感覺到八師巴，也感覺到自己，自己便是八師巴，八師巴便是自己，是最小的一點，也是最大的一點。

傳鷹緩緩睜開雙目，三尺外八師巴盤膝坐地，臉上淚痕斑斑，目射奇光，正凝視自己。同時發覺自己身體出奇地虛弱，臉上濕漉漉的，也是一臉淚痕。

月亮高掛在八師巴身後，月色灑遍孤崖。整個天地沉寂無聲，只有在百丈下的急流，傳來流水的聲響。

八師巴道：「謝謝！」

傳鷹道：「何去何從？」

八師巴道：「我們雖有福緣以窺天地之祕，日後將有路徑可尋，返本歸原，但還需無數的艱苦力行。中國古籍每言『天地之始，在於無極而太極，太極生兩儀，兩儀生四象，四象生八卦』之連鎖效應，又曰：『物物一太極』，你我均有一太極在心中。這一太極，包含了無極之智慧在內，故我佛有言：『人皆有佛性』，便是指此。我倆今日機緣巧合，將深存在太極內的智慧和記憶引發，重歷宇宙之始，可是這只如看戲，看戲時無論怎樣顛倒投入，出來時還不是本來的那個人，不過腦海多了一個經驗。當然我們這個經驗非同小可，他日有成，必根基於此。」八師巴臉上放光，站起身來，在月色下直如神人，寶相莊嚴，續道：「傳小弟你我此敘，乃千百世之福緣，今晚我即趕返西藏，覓地修行，他日有成，自當見告。」

傳鷹也站直身子，仿如再世為人，原來全身已被冷汗濕透，本來以他這等武功通靈之士，縱使大熱天時，也不致流汗，剛才的經歷，實耗用了他大宗的能量。

八師巴走了幾步，見傳鷹不作一語，回轉頭來道：「若非你得見《戰神圖錄》，我們必無此奇遇，但一利一弊，今次也將惹來世俗煩惱，尤其你擊傷畢夜驚，此人回報思漢飛，思漢飛必將不擇手段置你於死地，也是相當頭痛。況且如果惹出了蒙赤行，以你目前的成就，雖可一拚，卻勝算不高。」

傳鷹道：「生亦何歡？死亦何懼？」

八師巴大笑而去，聲音遠遠傳來道：「成又如何？敗又如何？」回音在空山來回激盪。

目送八師巴遠去的背影，傳鷹嘴角露出一抹苦笑，八師巴要收就收，要放就放，世情於他沒半分牽掛，自己肩上的包袱便沉重得多，眼前最少有三件事等待他去完成。

首先是要把《岳冊》送到杭州交予龍尊義，其次是祝夫人楚楚的約會，還有要送給高典靜的信。

什麼時候才可以像八師巴那樣飄然引退呢？

無論如何，生命的步伐，到此踏上一個全新的階段。

第十一章　紅粉艷后

一隊接一隊的蒙古兵馬隊操入杭州城。

這批蒙古兵最少有三千人以上，人強馬壯，都是百中選一的精銳，兵馬隊護著幾輛馬車，簾幕低垂，透出幾分神祕。

兵馬隊行動迅速，轉眼間進入了東城一所高牆圍繞的大宅，宅前站了迎候的一群人，當先一人神采飛揚，正是號稱「色目第一高手」、現爲蒙人駐此最高指揮的卓和，他身後立著一眾色目親信高手和烈日炎，另外還有幾位漢人。

馬車停在正門前，當下有人上前打開車門，一人大步踏出，風采照人，且有一股帝王的威嚴，雙目神光如電，竟是當今蒙古大汗之弟思漢飛。其餘幾輛馬車內的人相繼出來，除了顏列射、赤扎力、崔山鏡外，畢夜驚赫然也在其中，另外還有一個身材高大、面目俊美的年輕漢子，未語先笑，洋洋自得。

這些人特別乘車而來，當然是想行蹤保密。

卓和連忙迎上，一番致意後，齊齊進入大廳內。

大廳排了兩行酸枝椅桌，正中是一張鋪了虎皮的太師椅，思漢飛當中坐定，其他人紛紛分左右坐下，立即有侍女來獻上洗臉的毛巾和香茗。

一番擾攘後，閒雜或身分低微的人，都自動退於廳外。

思漢飛微微一笑，有種說不出的威風和信心，環視眾人一眼，道：「各位辛苦了，本王特別要感謝座中兩位，第一位是卓和指揮使，他使我們對現今的情勢瞭如指掌，掌握了致勝的契機。」

說到這裡，頓了一頓，眾人連忙趁機歌功頌德一番。

思漢飛續道：「第二位是畢老師，他孤身犯險，與我們的頭號通緝犯傳鷹相遇，讓我們知道此子功力更見精進，得以從容安排，應記一功。」

那隨思漢飛而來的高大年輕漢子道：「白刃天向皇爺請命，願往取傳鷹首級。」

一人嘿然冷笑，另一人則冷哼連聲。

第一個自然是烈日炎，白刃天此舉不啻暗指自己比他師兄畢夜驚更有本領。

另一冷哼連聲的，是崔山鏡。

原來這白刃天為少林棄徒，後隨東海派的「邪王」歷沖習藝，身兼正邪兩派之長，近年聲名鵲起，名震黑白兩道，加入思漢飛旗下只是近月之事，故未能參與驚雁宮之役，為人心高氣傲，與崔山鏡最是不和。

思漢飛暗中不悅，看了畢夜驚一眼，發覺此公面無表情，絲毫不露喜樂，暗驚此人深沉莫測，由此更推測出傳鷹的可怕。

思漢飛道：「傳鷹冒犯了畢老師，刃天你急於出手，乃人之常情。但這傳鷹的武功，已到了宗匠的境界，我敢說在座各人，單打獨鬥，都是負方居多。」

眾人均曾看過畢夜驚的報告，又深悉畢夜驚的蓋世武功，都覺得這是合理的結論，只有白刃天連連搖頭，顯然仍是不服。

卓和不發一言，完全沒有邀功自誇，頗有修養。

卓和的漢人高手中，其中一個身型適中，鼻如鷹勾的人道：「未知可有發現傳鷹的行蹤？現在離七月十五，只有十五日，他應該在來此途中。」

眾人都對他相當注意，連烈日炎這樣狂傲的人，也專心細聽，可見這人的地位非常特別。

思漢飛道：「程載哀老師問得好，國師和他的四大護法弟子，自從追蹤傳鷹之後，便似在空氣裡消失了。這事非常奇怪，因為他們都衣著怪異，追查起來應相當容易，除非他們蓄意隱瞞行藏，否則定難逃過我們耳目。」

思漢飛接著道：「之後本座曾經發動千人搜遍千里崗，除了發現有一座索橋被斬斷了一條繩索，和在靈山古剎發現了十具男屍外，再找不到任何蛛絲馬跡。畢老師提及古廟所遇之西域人，必是赫天魔無疑，可知事情發展的複雜，到了非常離奇的地步。」

突然間大門打開，一名小將走了入來，道：「大汗有急使求見。」

思漢飛大感愕然。

一個蒙古壯兵，大步踏入，一臉風塵，呈上一封以火漆密封的書函。

思漢飛親手拆開，轉眼間看完，將信納入懷中，淡淡道：「有了國師的消息。」

眾人均精神一振。

思漢飛離座起身，在大廳中間負手來回踱步，眾人心急知道蒙古大汗密函的內容，目光集中在他的身上。

思漢飛道：「國師弟子鐵顏，於昨日把國師身穿的紅袍，送回大汗。」

眾人錯愕至極，對八師巴這一舉動，百思不得其解。思漢飛續道：「鐵顏帶來了幾句口訊給大汗，就是國師等待了六十年的日子，已經來臨，所有俗世之事，一刀斬斷。」

眾人默然無語。事情變化之離奇，超乎常理，這八師巴行事一向出人意表，卻處處露出智慧的機鋒，雖然今次在不明不白下，拂袖而去，眾人估計必有深意。

畢夜驚首次出聲道：「國師可能是因戰果不利，致有此舉。」

眾蒙人及色目人紛紛反對，要知國師八師巴在他們心目中便如天神，豈有失敗的可能？

思漢飛道：「鐵顏告訴大汗國師親自出戰傳鷹，他和宋天南兩人在二十里外的一個小山頭遵照國師的指令等候，直至七日後的一個晚上，才見他出現，神采飛揚，露出了從未有過的歡欣，把紅袍交給他們後，囑咐了幾句，便飄然而去，一點也沒有透露勝敗的情況。」

卓和道：「這就奇怪，據我們所得資料，傳鷹三日前在長江出現過一次，瞬即失去影蹤，顯然並沒有被殺，國師與他的一戰，誰勝誰負，耐人尋味。」

思漢飛道：「箇中玄虛，現在不必追究，最緊要的是搏殺傳鷹此子。卓指揮由你指派人手，組成一隊最強勁的隊伍，掌握到他的行蹤後，便需不擇手段，務求將他格殺當場。另一方面，我們亦要進行籌備已久的『雷霆行動』，給予眾叛逆嚴重打擊，務使他們潰不成軍。」

這思漢飛不愧大將之風，幾句話再次把眾手下的士氣提高了不少。

思漢飛續道：「各位養精蓄銳，務求一擊成功，將來論功行賞，絕不食言。」

眾人散去。這時廳內剩下思漢飛和卓和，目下蒙古在杭州的最高決策階層。思漢飛陷入沉思裡，卓和在旁耐心等候。

思漢飛道：「蒙赤行將在本月十五日趕來此地。」

卓和全身一震，目瞪口呆，蒙赤行在他們心目中，不啻天上魔神，兼且一向獨來獨往，即使蒙古大汗，也不敢對他有絲毫約束。

思漢飛道：「大汗使人把國師的紅袍送到他處，他問明一切後，仰天狂笑起來，同時又流出眼淚，跟著告訴來使，說他將會在七月十五日搏殺傳鷹於長街之上。」

卓和心神皆震，那一戰必將在江湖上千古流傳。

思漢飛道：「所以我們定要在蒙赤行之前取得傳鷹首級，否則我們在大汗前，焉還有容身之地？」

杭州城南的一所小房子裡。

向無蹤不安地來回踱步，神態有點兒不耐煩，一副等待的神情。

屋外傳來彈甲的聲音，三長一短。向無蹤立時精神奕奕，滿臉歡喜。

一個風姿綽約的少婦，從窗戶穿了進來，毫不等待，乳燕投懷般撲進了向無蹤的懷裡。

兩人緊緊地擁抱在一起，熱吻起來。

良久，那美麗的少婦抬起俏臉，竟然是當日向無蹤仗義出手從烈日炎的魔爪下救出的許夫人。

許夫人道：「無蹤，你清減了。」

向無蹤道：「衣帶漸寬終不悔。」

這一句接著是「爲伊消得人憔悴」，向無蹤精通文學，借此以喻自己此心不二。

許夫人俏臉發光，在愛情的滋潤下，散發驚人的艷態，這許夫人身為飛鳳幫的副幫主，芳齡雖已二十五，還是未嫁之身，原名許傲菊，卻自稱為許夫人。

許夫人道：「無蹤，我很擔心，形勢對我方甚為不利。」

向無蹤道：「難道我們又折損了很多人手嗎？」

許夫人道：「不是，所以我們才覺得大為不利。因為蒙人掌握實權的一班人，除了幾個有限的漢人外，清一色是蒙人、色目人和其他西域人，我們的情報網幾乎完全不能打入這內圍的圈子。反觀我們，各家各派的人都有，品流複雜，誰也不敢保證誰不會因要保障龐大的親族財產，甘作鷹犬。就這樣比較敵我形勢，我們實處於有敗無勝的局面。」

聽了許夫人所說的這番話，向無蹤腦海中幾乎立刻升起官捷的面容，此人正符合許夫人所說的，有龐大的親族和財產需他保護，而且此人之所以能積功至升為復尊旗的副幫主，全仗消息靈通，屢屢立功，既然漢人這樣難打入蒙人的權力中心，消息又是從什麼渠道而來？不問而知內中定有原委，向無蹤決定要仔細調查。

許夫人見向無蹤陷入沉思裡，續道：「就是因為那次我們除了遇伏外，再沒有其他事故發生，這才顯得事情有點不妥，蒙人必是待最有利的時間，才一舉攻破我們。」

其實她還懵然不知，卓和指揮的「雷霆行動」，已於當夜的子時開始，情況萬分緊張。

向無蹤雙手一緊，把許夫人豐滿的肉體緊摟向自己，鼻子同時貪婪地嗅吸許夫人身體發出來的女性幽香，似乎生怕這使自己刻骨銘心的可人兒，一不小心便會隨時失去，眞想和她立即遠走高飛，哪管他國仇家恨，可是他深悉自己絕不會這樣幹，無奈地嘆了一口氣。

許夫人俏臉緋紅，呼吸急促，不堪肉體接觸的刺激，激發起原始的春情，在這漆黑的平房裡，一時間春色無邊。

像他們這等久歷人事的男女，思想都傾向實質的收穫，所以幾乎除非沒有動情，否則都必是肉慾的關係，尤其是在這朝不保夕的亂世，情況尤甚。

許夫人離開了向無蹤，已是次日的清晨，她不敢展開身法，以平常的腳步，走回自己隱跡的平房。

當她走進大門，一人閃出，原來是武當派夏侯標。

許夫人臉上一紅，作賊心虛，覺得自己的事給他看破似的。

夏侯標笑道：「許夫人，我有位老朋友要給你引見。」

許夫人見他不問自己整夜在外的原因，心中稍定，欣然道：「究竟是誰？」

夏侯標望望她的後面，她自然地轉頭向後，豈知腰下一麻，一股內力迅速侵入，封閉了自己所有穴道，嬌軀一軟，向後便倒，給一隻粗壯而有力的手從後緊摟自己的腰部，自己軟綿綿地倒在他懷裡，背臀都給他緊貼無間，跟著是男人熱烘烘的呼吸噴到臉上。

夏侯標的面孔湊了上來道：「這樣的尤物，真捨不得送出去。」

許夫人方自盤算這句話的意思，一陣馬蹄聲自耳際響起。

夏侯標把許夫人攔腰抱起，向門外走去，許夫人見到一輛灰色的馬車停在門外，一個馬伕坐在車前馭馬的位子，正在等待。

馬車的門窗都以布簾遮蓋，絲毫看不見內中的玄虛。

夏侯標把許夫人抱至車前，車門打開，一個人伸出手來接。

許夫人登時整個腦海轟然一震，有如墜入了萬丈深淵、痛苦不復的十八層地獄。

這人竟是烈日炎。

許夫人心中狂叫！

這夏侯標是內奸，怪不得那次圍攻烈日炎，幾乎全軍覆沒，他卻能安然無恙，今次烈日炎大模大樣來接自己，與自己同匿於此的其他八個各派好手，必然凶多吉少，而自己即將遭遇的命運，可能比死還要可怕一百倍。

烈日炎一把抱住許夫人，放了她在車廂的座椅上，把車門關上後，與這美麗的許夫人相處在這六尺見方的世界，馬蹄「嘚嘚嗒嗒」，又開始起行了。

許夫人閉上雙目，只知烈日炎拍打了自己身上的幾個地方，封閉了自己的幾個穴道，現在就算她欲嚼舌自盡，也是不能辦到。

烈日炎一隻手迫不及待地游進了許夫人的衣服內，恣意活動起來。

許夫人暗嘆一聲，感到這採花老手熟練地挑逗自己，兩行熱淚直流出來，心中喊道：「無蹤，我不能爲你保持貞潔了。」

向無蹤繼許夫人離開之後，也離開駐腳之所往赴官捷之約。

透過官捷所留下的暗記，他知道復尊旗第一把交椅的任天文，親率旗中的精銳，抵達此間的一處神祕處所，現時他就是趕往相會，共襄大事。

他朝目的地趕去，心裡有點焦急，因爲與許夫人纏綿，一再延誤，使他遲了兩個多時辰，剛轉過一條街，突然一驚抬頭。

前方有一股黑煙散在天空上，還有少許白煙冒升，正是自己和官捷約好之處。

向無蹤心中一懍，舉步趕去。

前面圍滿了人，他擠入人群之中，駭然見到任天文和全幫精銳駐紮的大宅，變成了大火之後的災場。

一群群的蒙古精兵，不斷從火場拖出焦黑了的屍體，排滿地上。

向無蹤略略估計，最少有七十人之多，旁邊有一堆兵器，任天文著名的七尺龍枴，赫然在內。

向無蹤手腳冰冷，腦中霎時一片混亂，他不斷向自己呼叫，必須冷靜，看來復尊旗已全軍覆沒。

突然間，他感覺到有一道銳利的眼光罩在自己身上，他是老江湖，不敢即時回望，怕敵人見自己反應迅速而起懷疑。

向無蹤知道自己身在險地，若不立即遠離，定會成爲犧牲品。

他扮成好奇的路人，緩緩轉身，不徐不疾地走向轉角處的一條橫街，幸好大街看熱鬧的人極多，敵人目下不會隨便出手，轉入橫街，就要各展神通了。

橫街在兩丈外。

向無蹤已聽到幾個人的腳步聲，從後面不同的角度追上來，只從其步伐的穩定節奏，便知來者都是受過訓練武功高強的硬手。

向無蹤身形一展，箭也似的衝入橫巷，全力逃亡。

背後衣袂飄飄，敵人啣尾追來。

甫進橫巷，向無蹤心下一寬，估計以自己的輕功，除非追來的是蒙古的一級好手，否則自己逃出的機會很大。

他展開身法，躥上牆頭，躍入了一戶人家的後院，又再從另一邊院牆躍出，掠高伏低，迅速離去。走了約半盞茶的時間，向無蹤竄入了一條窄巷，誰知不單沒有將敵人甩下，反被敵人愈迫愈近，向無蹤心下大駭，知道遇上勁敵。

勁風從後迫來。

向無蹤猛一咬牙，拔出長劍，反手刺去，只見滿天矛影，蓋頭壓來，向無蹤施展從凌渡虛學來的手法，拖劍卸去對方一矛。

敵人「咦」的一聲，鐵矛再次攻上，每一擊均力逾千斤。向無蹤苦苦抵擋，暗幸若非近日功力大進，早已落敗身亡，不過還是處於捱打的局面。

敵人追來的只有一人，是個身型短小、面目精悍的色目人。

向無蹤認得他是卓和座下號稱「四大金剛」的「悍矛」斜常，不由暗暗叫苦。這個斜常矛矛殺著，存心置向無蹤於死地。

斜常矛勢忽變，不斷施展精妙的手法，挑往向無蹤持劍的右手。

在這樣的窄巷之內，長矛善於長距離的攻堅，自然佔了莫大的便宜，斜常到了這處地方才施展殺手，確是深悉戰術的厲害能手。

「噹」的一聲，向無蹤長劍被挑飛。斜常臉上不露喜色，一矛當胸搠至。

向無蹤死中求勝，施展凌渡虛的手法，猛地探手把矛尖抄在手中。

如果這一下是凌渡虛親力施為，必能拗斷矛頭，將矛桿反扳刺入敵手的胸膛，向無蹤卻是力有未逮，只能借敵矛之力，向後急退。

斜常見他手法精妙，居然能空手化去他這必殺的一矛，臉上初現驚容，不過他仍是穩佔上風。第二矛幻出七重矛影，如影附形，緊緊迫上。

向無蹤面對無數矛影，實難再重施故技，激起凶厲之心，立意拚死與敵偕亡。

滿天化出十四條矛影，封鎖了向無蹤可以出手的每一個角度。

這一戰到了生死立決的地步。

向無蹤一聲悲嘯，正要施展全力的一擊，就在此刻，一道紅影，帶著漫天寒芒，閃電般從向無蹤左後方的高牆，撲進了漫天矛影裡去，連串金鐵交鳴的聲音不住響起，待矛影散去，斜常肩頭血光暴現，急速倒退。

紅影乍定，現出了一個紅衣女子，長髮垂肩，雙手各持精芒閃射的一長一短兩把利劍，有如仙女下凡。

向無蹤的角度只能看到她驕傲美麗的側面，肌膚勝雪，綽約動人，向無蹤心中閃過一個人，暗忖難道竟是龍尊義手下左右護法之一的左護法「紅粉艷后」祁碧芍？

祁碧芍頭也不轉，沉聲道：「走！後面有人接應。」

陽光從厚厚的窗簾透了進來。

車廂內烈日炎急速地呼吸，他並不想立即佔有許夫人這動人的尤物，盡量在滿足自己的手足大慾。

許夫人橫躺在他懷裡，滿布淚痕的俏臉一片緋紅，一頭秀髮散跌下來，肉體半露。

烈日炎不斷挑逗著這成熟的美女，使她羞愧交集。

這烈日炎確是摧殘女性的魔鬼。

突然間全車一震，停了下來。

烈日炎一生經歷過無數風浪，霎時間從熊熊慾火中驚醒過來，低聲喝道：「陳成，什麼事？」

車外聲息全無。

烈日炎心下嘀咕，將車窗前的通氣口打開一線向外窺視，駕車的陳成已不知去向。烈日炎大感不安，一手抽出仗以橫行的水刺，不捨地看了許夫人一眼，「轟」的一聲大震，車廂後碎木橫飛，烈日炎硬生生撞破車尾而出。

一股驚人的殺氣迫來。

烈日炎提著水刺，只見馬車左側一名大漢卓然而立，左右手各握一枴，氣勢沉凝，如川渟嶽峙。

那大漢長笑一聲，氣態豪邁道：「烈兄別來無恙？」

烈日炎立時魂飛魄散，竟是自驚雁宮一役後失蹤已久的碧空晴。

烈日炎怒叱一聲，不退反進，手中水刺向碧空晴迅速直刺。

他這一著非常高明，如果他立即竄逃，氣勢盡失，不出百步，便要血濺當場，他這樣以攻為守，反能爭取苟延殘喘的機會。要知目下杭州盡是蒙人勢力，若有援手，哪還怕他碧空晴？

碧空晴暴喝一聲，他的氣功到了以音傷人的地步，可以把聲音凝聚成一股氣流，有如鐵錘般猛擊敵人，攻入敵人的感官內。

烈日炎果然滯了一滯，攻勢停頓了半刻。

碧空晴身子電疾衝前，右手鋼柺重擊在烈日炎的水刺上。

烈日炎怪叫一聲，驚鳥般飛退開去。

他的水刺以詭奇狠辣為主，絕不適合與以神力驚人著稱的碧空晴那專走剛猛路子的重鋼柺以硬碰硬。

碧空晴先以暴喝擾其心神，速度和角度又都拿捏得無懈可擊，甫出手便重擊他的水刺，以己之長，攻敵之短，故打開始，烈日炎便落在下風。

他不是想倒退，而是他血氣翻騰，水刺幾乎脫手墜地，以攻為守的美夢，被碧空晴一柺擊散。

碧空晴長嘯一聲，遠近皆聞。

這是杭州熱鬧大街，仇殺在街心公然進行，路人都避在一旁。

烈日炎迅速與碧空晴的距離拉遠至兩丈、三丈……他心中狂喜，不明白碧空晴為什麼不乘勝追擊，緊迫而來。只要距離拉遠至四丈，他便可以轉入橫街逃命。

四丈！遠方的碧空晴這才動作。

只觀其勢，烈日炎便知道自己完了。

四丈是碧空晴最佳的攻擊距離。

碧空晴身子俯前，雙腳一撐，整個人射上半空，炮彈般向烈日炎凌空撲來，一下子便飛臨烈日炎的上空。

烈日炎尖叫一聲，手中水刺全力迎上。碧空晴雙枴發出龐大的殺氣，籠罩著方圓數丈的地方，使他欲逃不得。

碧空晴再一聲暴喝，雙枴重擊水刺，跟著運力猛絞，水刺給捲上半空，似乎毫無重量像根羽毛般在高空中翻滾不休。

人影乍合又分。

碧空晴雙枴一先一後，遙指丈許外的烈日炎，笑道：「烈兄上次你我未竟之戰，今日完成，亦屬有緣。」

烈日炎眼中凶光閃射，狠毒地道：「我們有緣至極，今日小弟先行一步，靜待碧兄來聚。」

碧空晴嗟道：「烈兄與我道路不同，烈兄作惡多端，歸宿定是那十八層下勾舌剁鼻的地獄，恕小弟不便奉陪。」

烈日炎忽地大口喘氣，眼中射出恐懼的神色，道：「我師兄一定爲我將你碎屍萬段。」

碧空晴長笑道：「畢夜驚雖爲當代高手，還不放在我碧空晴眼中，看來烈兄要死不瞑目了。」

烈日炎狂笑起來，眼、耳、口、鼻不斷滲出鮮血，胸前那灘血跡不斷擴大，全身搖晃起來，沙啞聲音笑道：「哈！我是說大師兄厲工，你卻以爲是畢師兄，可笑呵可笑……」

「砰」一聲向後仰跌。一代凶魔，終血灑長街。

碧空晴喃喃道：「『血手』厲工，難道他還未死？」臉上閃過一片陰雲，什麼人物能令他也感到驚懼呢？

第十二章　杭州名妓

「篤！篤！篤！」三下輕響，把傳鷹從龜息大法中驚醒過來，這種祕技能把人帶進一種似睡非睡的狀態，口鼻呼吸之氣停止，改以皮膚吸氣，所以當日赫天魔自埋土內、傳鷹在地底的河流內，都因土壤內和水裡的空氣而生存。

當然，要施展這等祕技，除了氣功精湛，還要有堅定的意志和禪心，就像冬眠的動物，將生機調節到似有若無間。

傳鷹是宇內有數的高手，些微異響，也能使他驚醒過來。

傳鷹緩緩運轉體內眞氣，張開雙眼。

四周一片漆黑，耳中聽到水底內各種奇怪的聲音，登時記起自己依韓公度當日的安排，找到大江幫幫主「飛魚」恭慶，在他的祕密安排下，藏身在船底這一個密倉，現在傳來的訊號，表示船抵杭州。

傳鷹推開關閉密倉的開關，微弱的燭光映照下來。

傳鷹略一提氣，整個人彈起，站在一個艙底模樣的地方。一個留了八字鬍子，年約五十的瘦削男子，正恭候著他。

傳鷹認得他是恭慶的親信梁湖，這人既精明又仔細，今趟的事就是他一手安排。

梁湖道：「傳大俠，這是杭州西北二十里的一個小碼頭，根據我們的資料，蒙人的搜索在這裡並不嚴密，是下船的好地方。幫主發動了所有人手，調查杭州現時的局面。根據最新得來的消息，於我漢方大為不利，復尊旗、存漢會、鐵騎幫和各派眾多精兵高手，超過五百人已於過去十日遭蒙人格殺，首級都被掛在當眼處示眾。」

頓了一頓，梁湖現出興奮的神色，聲音也因而提高了一點道：「但人人痛恨的惡魔烈日炎，不知被誰所殺，首級也是高掛於城門之上，實在大快人心。」

傳鷹沉吟不語。

梁湖又道：「據說大俠直力行曾現身於西湖湖畔，之後便影蹤全無，已教蒙人大為頭痛。」

傳鷹思索起來。

梁湖肅立一旁，不敢打擾，他能為這當世的蓋代高手出力，大感榮幸。

傳鷹問道：「現在是什麼時候？」

梁湖答道：「清晨丑時末，離天亮還有個半時辰，船泊在貨倉旁邊，對祕密上岸極為有利。」

傳鷹點了點頭，表示滿意，說了幾句多謝的話，上岸而去。

岸上這時仍是靜悄悄的，一片漆黑，傳鷹展開身法，向著杭州的方向馳去。

七月八日晚，杭州著名妓院飄香樓。

華燈初上，熱鬧更勝平時。

傳鷹來到飄香樓院前，摸了摸懷中陸蘭亭寫給高典靜的私函，大步踏入門中。

一個中年美婦迎了出來，見傳鷹長得一表人才，氣度不凡，恭敬地道：「大爺請上雅座奉茶。」

傳鷹道：「這裡是否有位高典靜姑娘？」

婦人道：「高小姐的確長駐在此奏琴，卻非本樓姑娘。」

傳鷹「哦」了一聲，原來是賣藝不賣身的操琴女子，便道：「在下久聞高姑娘琴藝出眾，不知可否請她來為我奏琴？」

婦人面現難色道：「公子，對不起，高小姐除非是熟人代約，已沒有再應邀而操琴，況且就算能透過熟人代約，也須排期，不如讓我介紹一位彈箏的姑娘與你，她也是技藝精湛的能手。」

傳鷹心想這高典靜可算是紅極一時了，正自盤算應否把這函件要此婦轉交了事。

一個雄壯的聲音響起道：「原來這位兄台亦是知音人士。」

傳鷹轉頭一看，說話者神態飛揚，身旁站了幾個人，一看便知是好手，目光都盯在自己身上。

中間那高大商賈打扮的漢子向自己抱拳道：「小弟官捷，我左邊這兩位，一位是以詩劍雙絕名動江南的鄭崖公子，另一位是以俠義著稱的馬臨江大俠，右邊這位是當今江湖上的新星白刃天。」

鄭、馬兩人都向傳鷹拱手為禮，他們見傳鷹如人中之龍，氣質尊貴中暗蘊無限瀟灑，都起了結交之心。

白刃天狂傲無比，兩眼一翻，一副完全不把傳鷹放在眼內的神態。

傳鷹當然更不把白刃天放在心上，他乃武學宗匠，只一眼就看出白刃天可進入一級高手之列，而且他身上散發殺氣，顯然精通先天真氣那一類奇功，連忙暗自收束本身的真氣，以免白刃天察覺到自己的虛實。

傳鷹答道：「小弟楚行雨，今日得遇眾位江湖上赫赫名士，至感榮幸。」

傳鷹說話溫文儒雅，令人生出好感。

官捷道：「相請不如偶遇，我等今日特地來此聆聽高小姐天下無雙之琴技，楚兄如不嫌棄，請一起湊興熱鬧。」此語正中傳鷹下懷，豈會推託，幾人隨即登樓進入官捷的包廂。

眾人坐下閒聊起來，官捷何等樣人，巧妙地探查傳鷹的家世和來此的目的，傳鷹一一應對，官捷也沒有對他虛構出來的身世，起了絲毫懷疑。

鄭崖道：「高姑娘早該來了，不知何事延遲？」

白刃天現出不悅的神色。

馬臨江較為忠厚，道：「高姑娘從不爽約，必是因事延誤。」

白刃天一聲冷哼。

官捷眉頭一皺，對白刃天的神態頗感不滿，但他對這白刃天尚有依仗之處，硬生生吞下這口氣。

馬、鄭兩人對白刃天亦極顧忌，不想惹他。

一個婦人走了進來道：「官爺還望你多多包涵，高姑娘今日身子不適，不能前來奏琴。」

白刃天一掌劈在桌上，硬把那堅硬的酸枝檯切下一角，霍然站起身來，眾人一齊色變，傳鷹見那檯角斷處，平滑整齊，暗忖此人果有驚人絕技。

白刃天盯緊那幾乎嚇得暈去的婦人道：「如果在一炷香之內不見高典靜，我就拆了你的飄香樓。」

官捷等人見他動了真怒，不敢上前勸阻。

傳鷹推測高典靜有意迴避白刃天，因此人狂傲自大，絕非善類，除了憑仗武功外，必還有所恃，否則絕難在這等京城大邑，橫行如此，心下登時有了計較。

驀然一個身型優美的絕色麗人，手抱古琴，盈盈走入房中，也不望廳房內眾人，便把古琴放在廳中已布置好的琴檯上，席地坐下，這才抬起頭，眾人眼前一亮，只見清麗脫俗的臉上，帶著無限的哀怨。

高典靜眼光掃射到傳鷹的身上，微微停了一停，才轉到白刃天身上，道：「白爺，平日見你儒雅溫文，善體人意，原來卻是這樣火爆的脾氣，我等弱女子養命之所，竟也難以保存。」

她聲音極美，語氣中暗含深意，軟硬兼施，就是白刃天再狂傲，也啞口無言。

官捷何等圓滑，急忙道：「白刃天思念高小姐，脾氣自然變得暴躁。」

白刃天尷尬一笑道：「白某一時情急，請高小姐原諒。」

這樣低聲下氣，對他來說是相當難得，可見高典靜魅力之大。

傳鷹環顧眾人，感到氣氛僵硬異常。

鄭崖和馬臨江二人一副袖手旁觀的態度，白刃天愈出洋相，他們兩人愈是心涼，無論外貌、武功、權勢，他們都遠比不上白刃天，已失去了逐鹿高典靜的資格。而且即使白刃天立即退出，他們懾於白刃天淫威的醜態，亦將永遠印在高典靜芳心上，連他們自己也有自慚形穢的心態。這等心理，微妙非常。

傳鷹觀察入微，一下子把握了錯綜複雜的關係，淡淡笑道：「白兄既然出自真情，何需求諒？」眾人愕然。

白刃天臉色一變，兩眼射出凌厲的凶光，直射傳鷹。

傳鷹絲毫不讓，眼中神光暴射，像兩枝利箭反刺入白刃天的眼內。

他爲人灑脫不羈，意之所至，哪怕他白刃天？

眾人包括高典靜在內，無不心下驚懍，知道這俊偉的青年大不簡單。

首當其衝的白刃天幾乎想閉目垂頭，奇怪的是剛才狂升的怒火，忽地完全消失無蹤。

這一接觸，無論精神、氣勢，白刃天全軍覆沒。

官捷立時插口道：「楚兄語出驚人，還請解釋一二，否則由我主持公道，罰你三杯。」

連傳鷹也不禁要讚他老練圓滑，只是輕輕一帶，立時緩和了劍拔弩張的局面。

未待傳鷹回答，官捷轉向高典靜道：「我忘了介紹，這位是楚行雨兄，我們剛才在門前偶遇初識，一見如故，知他是慕小姐大名而來，遂邀他上來。」

高典靜「嗯」的應了一聲，眼尾也不望向傳鷹，心中卻在想：楚行雨？楚是楚襄王，行雨是行雲施雨的上下兩字，分明指的是巫山雲雨，哪有這樣的怪名？她人極仔細，想出這是個信手拈來的假名。

眾人眼光再度集中在傳鷹身上，待他說出個道理來。白刃天一時發作不得，他豈可不待對方說出原委。而這正是官捷高明的地方，面面俱圓。

傳鷹從容不迫，坐在椅上自有一股懾人的氣度，悠悠道：「三年前我路過一座高山，忽然遊興大發，深入山中，見到一道令人觀止的溪流，由山頂奔流而下，形成一道接一道的大小瀑布，直到山腳，才匯入河裡。」

眾人一齊訝然，不知他爲何說起這風馬牛不相及的事，可是傳鷹用辭精簡生動，所以他們一點煩厭的感覺也沒有。

白刃天也留心細聽起來。

高典靜一向對身外事漠不關心，不知怎地也很想聽他說下去。抬起俏臉，第一次眞正打量傳鷹。

傳鷹暗忖，你終於有興趣瞧我了。這女子有種幽靜深遠的氣質，動人心弦，難怪陸蘭亭要給她寫信。不過現在仍未有交信給她的機會。

傳鷹續道：「瀑布沖下，沿途山石層出不窮，千奇百狀，輕重緩急，恰如其分。我溯溪而上，每到一處，必然駐足細賞，爲這天然奇景深深吸引。」

說到這裡停了下來，雙眼凝視高典靜，似乎只想說給她一個人聽。

高典靜一觸傳鷹的目光，芳心忐忑跳躍，垂下頭來，心內亂成一片。

傳鷹的聲音傳來道：「我忽然悟出一個道理，那就是『自然』。天地間萬事萬物自有其不變的特性，例如水向下流，所以水由山上沖下，沿途流經之處，無一物的位置形狀，不是反映水流的特性。換句話說，假設水流斷絕，淨是水流所留下的痕跡，一沙一石，莫不反映水流的『眞理』，全屬天然，不假人手。」

眾人聽到這裡，隱約感到傳鷹想說什麼，卻沒有具體的觀念。

高典靜有悟於心，沉思起來。她浸淫琴道，對這類較不實質的抽象意念，特別敏銳。

傳鷹微微一笑道：「人之眞性情，猶如水流，水過留痕，情過成事，既屬眞情，當是天然，豈能假人手加以改變？」

眾人恍然。

這楚行雨思想獨特，使人刮目相看。

白刃天啞口無言。

就在這時，傳鷹聽到很多輕微的聲響，略一估計，最少有二十個以上的高手，正迅速迫近自己身處的廂房。

其中有幾個人，步聲若有若無，足可躋身一流高手之列。

當來人迫近至三丈許的距離，白刃天才察覺，大喝道：「有人！」

話猶未已，房門給人一腳踢開，幾道寒芒激射而入，分取房內各人，高典靜也成目標之一。

白刃天大喝一聲，雙掌劈出，把向他刺來的雙劍迎住，只見一個紅衣美女劍如鳳舞於天，灑出一片綠瑩瑩的光芒，倏然而來，忽然而去，以白刃天的武功，一時間也被攻個措手不及，身子一退，硬生生撞破板牆，跌出了廂房外的長廊，勁風襲體，一片刀光劍影，突襲過來。

每一個角落都有敵人出現。

官捷正坐在窗前，見勢不對欲躍出窗外，勁氣撲面，一把長劍從窗外閃電刺來，官捷側身一避，一人乘機躍了進來，陰惻惻地道：「叛賊！你也有今日！」官捷心中一懍，竟是向無蹤。

房內兩丈許的空間，一片刀光劍影，勁氣縱橫。

向傳鷹攻來的是一對判官筆，分取咽喉和下陰，手段毒辣至極，毫不留情。

在外人看來這對判官筆迅疾無比，但在傳鷹眼中雙筆勁道不足，速度遲緩，兼且來人腰腳配合破綻百出，實在不堪一擊。

他關心的只是那當胸刺向高典靜的長槍，他還可以看到臉色煞白的高典靜，在這生死一刻，仍是那樣出奇地平靜，一副坦然受死的樣子。

傳鷹虎軀橫移，從一對判官筆中穿過，同時拍中了使判官筆的老者身上最少八個穴道，閃身到了高典靜旁邊，左手施展他最擅長的慣技，抄起高典靜的小纖腰，只覺入手柔軟至極，右手一把捏著槍尖，略一運力，槍把反撞持槍人兩邊肩井穴，持槍人雙手立時軟垂無力，魂飛魄散下，向後急退。

只聽「嘩啦」一聲，傳鷹摟著高典靜衝破屋頂，腳點瓦面一飛沖天，竟然躍離了屋頂有五丈之高。

屋頂本埋伏了四個黑衣人，一時間都目瞪口呆，目送傳鷹向遠方落下，倏忽隱沒在黑暗裡。

一聲慘叫從屋中傳來，鄭崖給一個手持雙矛的壯漢當場刺斃。

第十三章　勇救佳人

傳鷹挾著高典靜，穿房過舍，不一會兒到了天下聞名的西湖湖畔，天上一彎明月高掛，整個湖沐浴在一片金光裡，蟲蛙叫唱，大地充滿了生氣。

傳鷹放下高典靜，貪婪地吸納新鮮空氣，一時間兩人都呆呆地凝視這迷人的夜景。

還是傳鷹先開口道：「我救了你一命，為什麼竟全無多謝的意思？」

別人講求施恩莫望報，傳鷹卻完全不管這一套。

高典靜道：「如果你把我和我的琴一起救出，我或者會多謝你。」

傳鷹一聲長笑，沖天而去，聲音遠遠傳來道：「這又有何難？」

過了片刻工夫，傳鷹一躍而下，雙手遞上一個斷裂了的古琴，該是被兵器所毀。

高典靜哂道：「還是救不了。」

傳鷹失笑道：「琴雖毀人卻在，只要琴心未毀，身外之物，何足道哉？」

高典靜眼中閃過一點光芒，深覺這人處處與別不同。

傳鷹從懷裡掏出陸蘭亭寫給她的函件，道：「這是給你的。」語氣、態度，都隨便之至。

高典靜也不以為怪，接過一看，順手便把信函撕個粉碎。

高典靜見傳鷹頭也不轉過來看，心中有氣，起身道：「大爺，請問我可以回家了嗎？」

傳鷹說道：「讓我送你一程吧！」

高典靜回復她優雅動人的風姿，淡淡道：「不用了，小女子的蝸居就是前面那座綠色房子，貴客請便吧！」

傳鷹見她語氣冷淡，也覺沒趣，他爲人瀟灑至極，並不放在心上，道：「高小姐珍重！」轉頭便去。

高典靜望著他雄偉的背影逐漸遠去，心頭也不知是什麼滋味，這時才省起連他眞正的高姓大名，仍是未知。

傳鷹沿湖緩步而行。

在月色下，西湖的夜，格外溫柔。

心中卻在回想剛才爲高典靜回飄香樓取琴，鄭崖和馬臨江二人伏屍房內，其他的人則不知蹤影，腦海中不由泛起一幅鮮明的圖畫，那是一個身穿紅衣的女郎，手上一長一短兩把寶劍，迅速移動，化出千百道劍光。

就在那一刻，傳鷹看見在里許外一所大宅屋頂，紅影一閃而沒，若非傳鷹有驚人眼力，如何能在這樣遠的距離察覺？

傳鷹大喜，全力向紅影出現的方向追去。

剎那之間，傳鷹站在剛才紅影出沒之處，在視力可見的範圍內，杳無人跡。

傳鷹推算紅衣女郎出了問題，否則他們謀定而動，若一擊成功，必應迅速退去，怎會還有這點閒情逸致，在此飛簷走壁，欣賞夜月？

傳鷹仗恃絕世輕功，以立身處為中心點，迅速地繞圈而走，一圈比一圈擴大而去，這方法果然奏效，走到第三圈，離那中心點已有四里之遙，傳鷹聽到東北角傳來幾下金鐵交鳴的聲音。

傳鷹心中一喜，沖天而起，像夜鷹一樣，向那聲音傳來的方向撲去。

兵刃聲從一所大廟中傳出，傳鷹認得是著名的關帝古廟，平時香火鼎盛，這時兵刃碰擊之聲倏然停止。

傳鷹躍落瓦面，潛了入內，緊伏橫樑之上。

那紅衣女郎已給逼得背脊貼牆，左手短劍不翼而飛，只剩下右手一把長劍，高舉胸前，一雙美目，射出堅定的神色。

圍攻她的共有四個人，都不是中原人的模樣，一人持矛，兩人持刀，另外那名大漢手持鍊子槍。

這時眾人都停了手。

傳鷹一看叫糟，這四人所採的位置、角度，均無懈可擊，傳鷹心想即使換了自己上場，也不能於一時三刻內突圍，這紅衣女郎當然更不可和自己相比。

這時廟內還分散地站了幾個人，其中一個鷹鼻深目之人，正是卓和，他旁邊站的，赫然是傳鷹的「老朋友」畢夜驚，他兩人身後另有三個人，其中一個竟然是官捷。

傳鷹頓然明白女郎是反蒙的一路，看她的裝扮風姿，不是龍尊義座下高手「紅粉艷后」祁碧芍還有誰？

卓和朗聲道：「祁姑娘，我看你還是放棄負隅頑抗，我們若非不忍傷你，就算你有九條命，亦已盡數賠上，我們思漢飛皇爺，對你心儀已久，若得姑娘大駕光臨，當以禮相待。」

祁碧芍貼牆俏立，深深調息，神情悲壯，並不答話，不用說是要拚死突圍。

畢夜驚沉聲道：「此女功力頗高，待老夫出手吧！」

卓和一聽，心中不滿，暗忖我座下四大金剛，名震天下，豈會錯失於一女子之手？便道：「畢老師德高望重，豈敢有勞！」

剛要發出暗號，命四人出手攻擊，哪知祁碧芍手上精芒暴現，迅速刺向那持矛的色目人。戰事再起。

這時長嘯自天而降，一道人影向拚鬥的五人撲去。

卓和與畢夜驚見這人撲下的聲勢，勝於千軍萬馬，氣勢強大，暗呼不妙，連忙撲前相助，已遲了一步。

幾顆頭顱隨著鮮血的噴濺滾落地上，那人順道一刀向衝來的畢夜驚和卓和劈去，兩人一齊出手封架，那刀如羚羊掛角，破空而來，使人根本無從捉摸其角度與變化。

卓和掣出鐵鐧，使出壓箱底的本領，連續變化了數次，才勉強擋了這一刀，「噹」的一聲大震，傳鷹的內力無邊無際地湧來，卓和向後連退七步，才勉強站得住腳，全身血氣浮動。

畢夜驚見是傳鷹，乖巧得多，忙縮回雙手，一個倒翻退出丈許開外，同時立即躍出天井，揚手煙花沖天而起，面對這等大敵，畢夜驚焉敢掉以輕心？

其他人見卓和站立不動，畢夜驚躍出天井，自己比之這兩人萬萬不及，豈敢輕舉妄動？兼且目睹卓和座下四大金剛，適才還是厲害至極、生龍活虎的好手，現在都在傳鷹刀下身首異處，更是噤若寒蟬。

傳鷹也在暗叫僥倖，這色目人居然能接住自己全力一刀，功力比之畢夜驚是只高不低，因爲自己的刀法講求氣勢，勝敗立決於數刀之內，假設這卓和與畢夜驚捨命攻來，自己雖不致落敗，要纏上自己一時三刻，應該絕無問題，現在畢夜驚不戰而退，確是可以還神作福。

傳鷹朗朗大笑：「各位如不反對，傳某就此告辭。」

他一邊說，一邊把龐大的刀氣，向卓和催迫過去。

卓和苦苦運功抵抗，哪敢開聲？

畢夜驚只求己方強援速至，要他進來「挽留」傳鷹，那是休想。

這兩位絕世高手毫無表示，其他各人更不敢作聲。

傳鷹向身後的祁碧芍一招手，兩人一先一後，大步走出廟外。

甫一踏出廟門，長劍「噹」然落地，祁碧芍向地上倒去。

傳鷹一手抄起這紅衣美女，她已雙目緊閉，昏迷了過去。

傳鷹估計她損耗過度，剛才在廟內敵人前苦苦支撐，現下心神一鬆，再也支持不住，暈了過去，可見這美麗的女子，內心非常堅強，否則也不能在這男性稱尊的社會，取得這樣的地位。

傳鷹抱起祁碧芍的同時，箭矢般向前躍出，剛飛過幾個屋頂，忽然大感不安，原來以大廟爲中心點，已經全給包圍了起來，四面八方里許遠處一排排都是光點，成千上萬的火把，朝自己立身之處迫來。

能在剎那間調動這樣龐大的人力，除了思漢飛還有誰？此人精於兵法，看來無論向哪個方向逃，都將陷入蒙人的重圍之內。兼且自己還要照顧這昏迷的紅衣美女，今晚實是凶險至極。

傳鷹面對如此場面，反而士氣高昂，探手把祁碧芍移向身後，從懷中抽出一條長索，將祁碧芍緊緊縛在背上，抽出長刀，一聲長嘯，直向西湖奔去。

傳鷹揹著祁碧芍，迅速奔上橫跨西湖的白堤。

這一著大出思漢飛意料之外，這時他正站在一座築於西湖湖畔的高樓上，高樓上又搭起了一座木台，使他踞立其上指揮全局的進退。

這樣的制高點在杭州城內總共有六處，只要敵人在杭州任何一處地方出現，他都可以因敵人的所在而登臨不同的制高點，指揮己方大軍。

這等布置，確是高明。

思漢飛心下正重新對傳鷹加以估計，因爲換了任何人，在這等情形下，都必會試圖往人口密集、屋宇相連處逃走，如果走上白堤那樣一望無際的走道，蒙古人素以騎射名震天下，其衝鋒陷陣之術，更是天下聞之色變，在這等平陽之地，如何能有逃生之理？

思漢飛的布置正是針對這種心理而設，假若敵人設法從屋宇密集之地逃走，情形反爲更凶險。

思漢飛打出手勢，高台上的火把應命依某一特定的方式揮動，使思漢飛能調兵遣將，務求取得傳鷹的首級。

傳鷹奔上白堤的中段，前後都有蒙古騎兵追來。

蹄聲踏在堤上，轟天動地。

傳鷹抬頭看了天上明月一眼，心想剛才和高典靜一齊看明月的心情，和現在是多麼不同。

勁風撲面，漫天箭矢疾射而來，煞是好看。

傳鷹暴喝一聲，衝進箭雨裡，長刀上下封格，射來的長箭全被挑開，他閃高竄低，一忽兒已和蒙人短兵相接。

前排騎士的滿天長矛，當面刺來。

傳鷹長刀劃了一道弧旋，七、八支長矛，連著七隻斷了的血手，一齊掉在地上。

傳鷹跟著閃入馬底，長刀從下向上攻，蒙兵雖大聲呼喝，仍然不斷掉下馬來，數百蒙古鐵騎亂作一團，蒙兵雖然凶悍至極，但對穿插於馬底的傳鷹，卻是有力難施。

思漢飛所處的高台上燈火緩緩移動，兩隊步行的蒙兵現身兩端，手上持著鐵斧、利刃等攻堅之器，兩邊夾迫而來，把數百蒙古騎兵和傳鷹都圍在中間。同一時間白堤的兩邊出現了無數快艇，艇上布滿蒙人，彎弓搭箭，聲勢驚人。

傳鷹竄過了騎兵隊，卻不損一馬。騎兵隊受命不准追擊，只剩下傳鷹一人往蒙古步兵來處奔去。

傳鷹知道好戲尚在後頭，敵方高手未見一人，顯然要待自己體力消耗得差不多了，才出手撿便宜，幸好自己從《戰神圖錄》悟得陰陽互易之法，氣脈悠長，尚有本錢一拚。

只見黑壓壓的蒙古步兵團，千百利斧、長刀在月色下閃閃生光，以急速的步伐向自己走來！這些均為蒙軍精銳，步伐一致，生出一股千軍萬馬的氣勢，使人心膽俱喪。

傳鷹反手輕拍祁碧芍一下，一緊手中厚背刀，亦以穩定的步伐，大步向迫來的蒙軍走去。

厚背刀發出強大的殺氣，配合腳下堅定的步伐，竟比迫來的千軍萬馬，氣勢上有過之而無不及，場面悲壯至極。

就在這時，背後的人兒「呵」了聲，緩緩扭轉，動人的肉體在傳鷹的後背摩擦，這眞是個要命的時刻。

同一時間第一排的蒙軍揮斧劈來。

傳鷹一刀橫掃，寒芒暴閃，蒙人紛紛在血光飛濺中倒跌向後，傳鷹每一刀都貫滿眞氣，中刀者必難保命，刀法凶厲絕倫。

在敵人刀山斧海之內，傳鷹仍以驚人的快速在移動，每一瞬間都到了另一個完全不同的位置，一方面使敵手無法傷害背上的祁碧芍，另一方面使面對自己的敵人永遠是一小撮，不能形成圍攻的死局。

但這也是最耗力的打法。

傳鷹刀光寒芒到處，蒙人紛紛斃命，可是敵人的援手源源而來，看來傳鷹力盡而亡，乃是遲早之事。

思漢飛臨高遠望，露出滿意的笑容道：「叫卓和集中高手，在傳鷹衝出白堤時加以攔截。」

戰況到了最後階段。這時快艇上的蒙兵亮起火把，火光照亮了半邊天，以防止傳鷹躍入湖中遁去。

思漢飛對傳鷹估計甚高，認爲他可殺出重重圍困，衝破這十丈距離，離開長堤，到達沿湖而建的民居，那處才是思漢飛重兵所在。

傳鷹刀光縱橫開闔，他又改了另一種打法，緩緩向前移動，帶起的刀氣，任何人進入了半丈內的範圍，必被他在氣機的牽引下，迅速擊斃，即使凶悍如蒙古人，也在傳鷹不世的刀法之下，心膽俱裂。

思漢飛站在高台上，遙遙鳥瞰全個戰局，背後一陣腳步聲傳來，赤扎力奔至身旁道：「皇爺，西湖東岸的民居已完成疏散，沿湖東面整個區域均被嚴密封鎖，今次他插翼也難飛。」

思漢飛道：「給我備馬，你代本王在此主持大局，待我親自領教他的絕藝。」

在西湖東岸一座平房的樓頂，以卓和爲首密密麻麻站了三十多人，遠遠觀看白堤上的戰況，除了畢夜驚、白刃天、程載哀、崔山鏡和其他幾個漢人高手外，還包括蒙人和色目人的高手，陣容強大至極。

卓和道：「此子功力高絕，刀法自成一家，並不依循已知的成名刀招，每一刀都如妙手天成，似是依從某一天地至理，令人無跡可尋，與天地一體相承，不露絲毫破綻，確已得窺刀道的最高境界。」

崔山鏡道：「卓兄請勿忘記，我們這裡有一位武林新星，足以與這傳鷹抗手。」

他語氣尖酸，矛頭指向白刃天。

白刃天如何不知？冷哼一聲，他也是武學的大行家，見到傳鷹的刀法，知自己和他還有一段距離，但他心高氣傲，不堪激將，向卓和拱手道：「卓指揮，請讓在下出戰。」

卓和道：「白老師務須萬分小心。」

白刃天狂怒至極，他原意是希望卓和會阻止他出戰，又或會加派高手配合，哪知卓和平日也不滿他的狂傲，今番來個順水推舟，他難以下台，惟有硬著頭皮出戰。

傳鷹在蒙軍的步兵團內，來回衝殺，刀勢如虹，當者披靡，就在此時，只覺背後的紅衣美女，手腳一緊，纏了上來，耳邊一個低沉而充滿磁性的聲音道：「謝謝！」

蚊蚋般的語聲，似乎又帶有無限羞澀。

傳鷹全身一輕，原來當祁碧芍未醒之時，全身放軟，重量下墜，揹負起來極爲不便，目下當她雙手雙足一齊纏實傳鷹，傳鷹自然背後一輕，轉動倍增靈活。傳鷹大發戰威，更是將四周的蒙兵劈得血肉橫飛。

忽然間，傳鷹在千萬兵馬的廝殺聲中，聽到一下細微的破空聲，似是某一種利器從背後刺來，但爲祁碧芍身體所隔，所以不能產生感應。

傳鷹聽覺靈敏至極，這一下偷襲，依然不能逃過他的雙耳，他從破空聲的尖厲和速度，迅速分類，最後把偷襲者歸納入一級好手之列，心下已有計較。

偷襲者正是白刃天，他自知正面進攻傳鷹，自己落敗的成數極高，惟有利用祁碧芍這弱點，希望一石二鳥，縱使沒有這般理想，若能傷得祁碧芍，再乘機退卻，也不算太失面子。

白刃天這一劍迅速而無聲，轉瞬刺至離祁碧芍身體尺許之處，剛要再發內勁，加強劍勢，突然眼前一花，傳鷹轉換了位置，白刃天只見傳鷹雙目瞪著自己，寒芒一閃，厚背大刀當胸劈來。

白刃天也是了得，一收長劍，不求有功，但求保命。

傳鷹長刀一閃而下，劈在白刃天長劍的護手上。

白刃天全身眞氣被傳鷹這無堅不摧的一刀幾乎震散，正要後退，頸項處一涼，全身精血急洩，變成了被割斷了咽喉的屍體，被傳鷹順腳踢得倒飛出去，且把後面十來個蒙古兵撞得骨折倒地，其勢才止，可見這一腳的威力。

卓和等人臉色大變，絕估不到白刃天一個照面便當場斃命。

卓和連忙揮手，身後二十餘名高手，緩緩向傳鷹迫去。

傳鷹刀勢又變，厚背刀的寒芒在火把光照耀下乳燕翔空，再躍高探足踏在一個蒙古兵頭上，只聽頭骨爆裂一聲，蒙兵七孔流血。這時他又踏上另一蒙兵頭上，該蒙兵雖極力擋架躲避，但傳鷹腳法精妙，踏破該蒙人的刀幕，鞋底硬是踏在他的頭上，蒙兵立時身亡。傳鷹借力一躍，離岸邊更遠。

剛才白刃天一劍刺來，祁碧芍感覺一股寒風襲體，暗叫我命休矣，又不想驚擾傳鷹，下意識把身體緊向傳鷹擠去，只覺從傳鷹身體輸入一股真氣，與自己內力融合運行，剎那間體力恢復了大半，鼻中嗅著傳鷹男性的氣味，渾渾噩噩，再也記不起身處險境，就在此時，傳鷹的聲音傳入耳中。

不知怎的，祁碧芍在這男人的虎威下，高傲頓失，心甘情願地聽他吩咐，誠恐漏了一字。

卓和見傳鷹似欲逃進民房密集之處，冷笑一聲，揮手命眾高手四散攔截。

傳鷹自知剛才搏殺白刃天那一刀，耗用了極多真力，若不能於短時間內逃出，實是有死無生，敵人高手除了白刃天外，全未現身，自己現在雖然縱橫不可一世，好景卻是難以長存，敵人的戰略實在高明。

傳鷹身法極快，轉眼間還有四丈便可躍上最接近湖邊的一所民居，待要全力躥上，眼前精芒忽現，三枝勁箭，從非常巧妙的角度射來，剛巧把自己所有前進之路封死，而且箭和箭相差的距離，看似無甚道理，但在傳鷹這等高手大行家眼中，便知若避開第一箭，第二箭射至的時間，剛是舊力未消新力未發那剎那的空隙。

傳鷹暗讚一聲，從蒙兵的頭上倒翻下去，暗忖若不能殺此射箭的好手，今晚休想生離此地。腳剛觸地，一把長槍、兩柄巨斧疾襲而至。

第十四章　誓不兩立

蒙方的高手親自出擊，傳鷹頓陷險境。

攻來的長槍在一個色目人手中揮舞，此人五短身材，精悍至極，一支長槍刺掃之間，勁氣飛旋。

另一蒙古大漢形相威猛，瞧模樣乃勇不畏死之士，兩柄各重上百斤的大斧，在他手中使出來輕如無物，手法細膩至極，使人在心理上已感到難以對抗。

傳鷹知道這兩人均是敵方好手的頂尖人物，雖未及卓和和畢夜驚之輩，比之白刃天卻是大致相若，容或只差一線，但今次兩人已有白刃天作前車之鑑，自己眞力又大爲損耗，故兩人雖被自己的刀法攻得左支右絀，傳鷹一時三刻還未能殺敵脫身。

突然間殺氣撲面而來，卓和一對鐵鐗迎面攻至，傳鷹頓陷苦戰，剛才一路殺來，祁碧芍並不成爲一個問題，但在這等高手交鋒下，傳鷹被人利用她來加以牽制，形勢立轉危殆。

傳鷹肩頭鮮血飛濺，被一個在旁虎視眈眈的瘦削漢人一矛建功。

在場蒙人一齊喝采，這還是傳鷹第一次受傷，傷勢雖無甚大礙，對蒙方士氣，卻有極大激勵作用。

傳鷹一聲長嘯，決意全力突圍，暗吸一口氣，長刀迅速劈出，這幾刀在空中劃出美麗的線條，在旁觀者眼內，刀法優美自然，但落在現場與傳鷹血戰的四大蒙方高手眼中，長刀在兵器的空隙間穿行無阻，自己便像赤手空拳一樣，手中兵器絲毫起不了阻擋的作用。

首先是那使長矛偷襲的漢人慘叫一聲，胸前鮮血四射，當場倒斃；跟著使雙斧的蒙古大漢右手齊肘而斷；使長槍的色目人的斗大頭顱，整個飛上丈許的高空，斷頭處噴出一股鮮血，直達兩丈開外。只有卓和功力最高，迅速退入蒙軍人叢裡，避過此劫。

傳鷹再殺入蒙軍中，全身已呈乏力，暗幸方才一刀，鎮住蒙方高手，一時間沒有人敢跟來。

傳鷹迅速移近最接近的那所民房，心想只要闖入民居，自己雖可利用房屋免受蒙軍波浪式的進攻，但對蒙方高手攻擊自己，反更為有利，況且對方有個技藝驚人的神箭手在高處虎視眈眈，極可能成為致命的因素，形勢於己大為不利。

傳鷹殺至那民房的大門前，當下使出刀法，迫開身邊蒙兵，一腳震開大門，衝了進去。

轟天動地的一聲大喝，門內前院的天井站了十數個蒙古大漢，全體精赤上身，運氣揚聲，把手上的鐵矛，像十多道閃電一樣向傳鷹擲來。十多個人動作一致，喝聲一致，便如一人大喝般，同時擲出十多支長矛。

每一支長矛，貫注了每一名壯漢全身之力，即使以傳鷹的蓋世武功，也不敢硬攖其鋒銳，何況在這力戰身疲之時，他卻又勢不能退後，皆因背後蒙軍如狼似虎，高手如林。

傳鷹當機立斷，在長矛襲體前一瞬，往橫急移，貼著牆的內圍迅速滑翔，全部長矛均告落空。

這一下移動純靠一口眞氣，傳鷹一陣心跳，知是眞氣耗盡的先兆，其實若非他在《戰神圖錄》悟得陰陽互易、循環不息的大法，早已在白堤處力盡而亡。

傳鷹本來是要向這十數個矛手進攻，使他們沒有機會作第二輪投擲，但眞氣運轉不靈，只好提氣踢開一道側門閃了進去。

這次反而給了他有喘息的機會。

原來十幾個矛手後湧出無數手持鐵盾穿有重甲的刀斧手，這等戰士最擅堅守，正是針對傳鷹不能再消耗內力的缺點，但在室內，卻是難以發揮所長。傳鷹這一避，剛好躲過這批重甲手的鋒銳。

傳鷹穿門入室，門內是個偏廳，布滿了如狼似虎的蒙古悍兵，見他進來，不顧生死地撲至。

傳鷹提氣躍上屋樑，「嘩啦」一聲，撞破屋頂，跳了上去。

只見一彎明月之下，一人提矛卓立，身穿蒙古皇服，赫然是蒙古三大高手之一的思漢飛。

思漢飛道：「傳兄今日能闖至此處，足可名留史冊，本人也來湊興，何不先放下背後美人，如此月夜之下，你我一決雌雄，豈不痛快？」

傳鷹哈哈一笑道：「這又有何不可？」緩緩解開身上長索，一邊運功內視，知道自己接近油盡燈枯的階段，這一戰實是有敗無勝。

傳鷹將祁碧芍慢慢放好，只見她一雙美目，深如大海，內中貫注深刻無邊的感情，好像要在一注目間，完全傳達給自己。兩人其實整晚共進共退，出生入死，到現在才是第一次正式照面。傳鷹泛起刻骨銘心的感覺，實在不捨得讓這動人的女子離開自己。

祁碧芍經傳鷹輸入內力，加上自己本人一番調息之後，幾乎盡復過來，她遵照傳鷹吩咐，依然假裝軟弱無力的樣兒。

她現在成了他最後一著棋子。

傳鷹提刀立在屋脊上，下面火把密布，附近幾個屋頂，稀稀疏疏站滿了卓和、畢夜驚等高手級人物。

整個湖畔民房區域，給照得明如白晝，思漢飛負矛而立，雄偉如山，確是大家風範。

思漢飛道：「傳兄人中之龍，為我生平僅見，可惜各為其主，不能握手言歡，確乃人間憾事。」

傳鷹一邊藉機調息，一邊道：「思先生這等情形下，仍給傳某放手一搏的機會，傳某甚為感激。」

思漢飛道：「若不能與傳兄一較高下，本人豈能心息，勢將成終生憾事。」

他見傳鷹絕口不提力戰在前，自己挑戰在後，佔了莫大便宜，使自己更有顏面，足見傳鷹廣闊的胸襟。傳鷹雖在這等生死關頭，依然予人滿不在乎的印象。

思漢飛長矛在頭頂揮舞出萬道光芒，於火光閃耀下，忽又化成一矛，橫在胸前。

傳鷹放開雜念，輕提厚背刀，遙指兩丈外的思漢飛。

天地忽然陷入一片肅殺之中，雖是夏末秋初時分，卻仿似嚴冬忽至。

四周圍著上萬的蒙古精兵，卻聽不到絲毫聲音，只有火把的松油給燒得「噼啪」作響。

在這千鈞一髮之時，一把雄壯的聲音在十丈許外一個屋脊響起道：「傳兄弟別來無恙。」

隨著聲音，一名神態威猛的壯漢在屋脊出現，展開手中雙枴，當者披靡，原本布滿屋頂的蒙兵紛紛跌下街上，一片混亂。

就在這時，一聲慘叫下，一個高大的蒙人在左邊高樓直跌下來，隨他同時下墜的還有一把大弓。

然後高樓上現出一個高瘦的身形，手執雙尖長矛，竟是「矛宗」直力行。

跌下來的，正是顏列射。

傳鷹內心歡呼一聲，除去此君，便如去其眼中之刺，此人箭術蓋世，對自己逃走有莫大的威脅。

直力行立於高樓之上，夜風把他的衣衫颳得獵獵作響，腳下七、八丈處顏列射伏屍街頭，心下百感交集，能爲好友韓公度報卻一箭之仇，仍是大快。

「噹！」一聲大震，碧空晴電疾的身形掠空而過，直往傳鷹所立的屋脊撲來，卓和躍上半空迎擊。半空中杩、鐧相擊，碧空晴繼續撲來，卓和斜向下墜，顯然吃了暗虧。

碧空晴的武功比之當日驚雁宮之役時，又更上一層樓。

蒙方高手，紛紛攔截。

傳鷹大喝一聲，長刀緩緩向思漢飛劃去，附近的氣流隨刀勢逐漸加強旋轉式的對流，壓力驟增。

思漢飛長矛虛刺，化去長刀帶起的氣流，心下奇怪，因爲傳鷹這種打法最是耗力，以傳鷹目前的狀態，更是不宜，傳鷹此舉，無疑自殺。

思漢飛感到刀氣愈來愈凝聚，傳鷹這一刀，達到天、地、人合一的境界，全無痕跡，自己除了後退避其鋒銳外，實再無他法。這後退亦是大有學問，必須封死敵人的下著變化，否則敵人受氣機帶動乘勢前擊，自己勢將難逃當場敗亡的命運。

傳鷹一刀去勢未盡，突然一聲長嘯。

躺著不動的祁碧芍從屋邊一躍而前，傳鷹向後急退，剛好退到躍高的祁碧芍腳下，雙掌齊拍，全力擊在祁碧芍腳下。

祁碧芍像一隻紅色小鳥般沖天飛起，越過蒙軍築成的人牆，直向二十丈外的黑夜投去，轉瞬不見。

傳鷹橫刀立在屋邊，狀如天神。

思漢飛正要撲前，剛才傳鷹那一刀帶起的刀氣，有若實質，久久不去，自己便如和一個隱形的刀客決鬥，難作寸進，心下駭然。

就在這時，碧空晴躍落屋脊，雙枴橫胸，擋在傳鷹之前，一陣大笑。

蒙方高手之眾，竟然攔他不住。

傳鷹暗呼碧空晴你來得及時，原來他油盡燈枯，幾乎連站直身體也感到困難。

碧空晴語聲傳來道：「田過客即將出現，你務要隨他而去，這處讓我倆應付。」

思漢飛正要發言，直力行在高樓上暴喝道：「畢夜驚，你有種便與直某在這樓上決一死戰。」

畢夜驚一聲長嘯，隔著一間屋頂向思漢飛躬身道：「思皇爺！畢某受你禮遇一生，無任感激，但望能賜准畢某與此人單打獨鬥，則畢某再無憾事。」

思漢飛略一沉吟道：「畢老師必能殺敵取勝，謹此先賀。」

蒙人最重英雄，若畢夜驚縮頭不出，實再無他容身之地，思漢飛不能不答應。

畢夜驚直掠而起，撲往高樓，眾人一齊喝采，才知此老陰沉至極，平日總收起幾分功夫，保留實力。

直力行一代宗師，連忙退至一角，絲毫不佔畢夜驚陣腳未穩的便宜。

畢夜驚展開架式，雙爪遙罩直力行，一時成對峙之局。

卓和突然厲喝道：「傳鷹！剛才祁碧芍是否帶走了《岳冊》？」

這一句話立時轟動全場，使人覺得路轉峰迴，摸不著頭腦。

傳鷹沉聲道：「一點不錯，傳某終不負韓公度大俠之託，已成功將《岳冊》由祁女俠交予龍尊義。」

全場登時譁然，有人估到傳鷹必已先將《岳冊》覓地收藏，只要他將藏冊之所告知祁碧芍，再由祁碧芍告知龍尊義，便大功告成。

思漢飛仰天長笑道：「儘管有神兵利器，若用者不得其人，施行不得其法，神兵利器，與廢物何異？宋室百年積弱，氣數已盡，我大蒙如日中天，縱橫千萬里，未嘗一敗，亂臣賊子何足道哉？」

卓和把握時機，將這番話用蒙古語大聲向四周密布的蒙兵講了一遍，眾蒙人一齊歡呼喝采，聲震屋瓦，天地色變。

思漢飛寥寥數語，爭回失去《岳冊》的聲威。

碧空晴和傳鷹對思漢飛的氣度頗為心折，兩人英雄了得，並不會因與思漢飛對立而故意貶低他。

這時街上傳來一陣呼喝，蒙人立即亂成一團，原來是十幾隻蠻牛，拖著一輛烈焰沖天的牛車，以驚人的速度，從長街的一端，直向傳鷹和碧空晴立足的屋脊下狂衝而來。牛車上放滿木材，倒滿松油，火勢強猛，聲勢駭人。

一名胖子執著一柄長約三丈的大旗，在急奔的牛背上來回縱躍，揮舞得虎虎生風，擋路者無不給他撞得東倒西歪。牛身上雖插有長箭，但牛群受傷後更是瘋狂，將蒙人撞得倒飛而起。

田過客這一手漂亮至極。轉瞬間，狂牛和牛車衝破了蒙軍的重圍，來到傳、碧二人腳下。

碧空晴一掌拍在傳鷹背後，跟著反手一拐，把攻來的思漢飛掃開。

傳鷹只覺碧空晴掌上傳來一股大力，整個人凌空撲出，一直躍至離田過客還有兩丈許遠，其勢已盡，急往下跌，傳鷹渾身乏力，暗叫我命休矣。

田過客大喝一聲，大旗捲來，接過傳鷹，連旗帶人，衝破了蒙人鐵桶般的圍困，帶著滿天火焰，望西逃去。

蒙方高手卓和等紛紛追去。

田過客把傳鷹放在一隻狂牛的背上，他心知逃過蒙軍容易，要甩掉卓和等高手，卻是絕無可能。

田過客躍下街心，十多名以卓和爲首的高手已在十丈外迅速追來，田過客耳中聽到牛車帶著傳鷹奔去的足音，當下稍覺安心，一揮手中大旗，決意死守此地。

碧空晴和思漢飛兩人的形勢亦是千鈞一髮。

思漢飛似乎半點也不把傳鷹的逸走放在心上，一振手中長矛，長笑道：「能與碧兄一決高下，亦是人生快事。」

碧空晴髮鬍根根直豎，把氣功運至極盡，腰背俯前，雙枴反而收後，喝道：「思兄名列蒙古三大高手，不知可有膽量與本人單打獨鬥，否則我將全力突圍。」

思漢飛暗讚碧空晴，這人看來豪邁不羈，其實思考細密。因爲即使他能戰勝思漢飛，亦必然元氣大傷，目下蒙人千軍萬馬，兼之高手如雲，他如何能闖出重圍？所以思漢飛若不許下諾言，碧空晴唯有趁現在的最佳狀態下，拚命逃走。

思漢飛乃不世之雄，斷然道：「碧兄無論勝敗，只要不是當場敗亡，我以蒙古大汗之名許諾，保證無一人攔阻你。」

他不說以思漢飛之名，而說蒙古大汗，是怕不幸他落敗身亡，蒙人情急違命，顯示出他的自負和誠意。

思漢飛又以蒙語向四周的蒙人說了一次。

碧空晴暗暗心折。

思漢飛長矛緩緩劃動，生出一股股利如刀刃的氣流。

碧空晴一聲暴喝，轟動全場。四周傳來瓦碎的聲音，可見這一喝之威。

思漢飛在他第二聲暴喝前，長矛飛刺。

這一矛像波浪般起伏飆前，每一次沉下、每一下冒起，矛勢反而更趨緩慢。沒有人再覺得那是一支死物的鋼矛，而是像條有生命的毒龍，隨著無形的滔天巨浪，一起一伏向兩丈外的碧空晴撲攫而去。

高樓上的直力行和畢夜驚則是全無聲息，便像融入了黑夜裡。

遠方傳鷹逸去的方向，隱約傳來激烈的惡鬥聲，田過客已與敵人動上了手。

思、碧兩人立身的屋頂下，站滿手持火把的蒙人，火光「噼啪」燒閃。

碧空晴閉上雙目，全身每一個毛孔都在感覺長矛擊來的路線。到長矛離開他只有六尺時，矛勢更緩，但帶起的勁風，卻催得他的頭髮和衣衫向後飄飛，驚人的壓力，更使他呼吸不暢。

碧空晴又大聲暴喝，名震天下的雙絕枴，趁彈前之勢，幾乎不分先後痛擊在矛尖上，然後整個人借勢彈開。

思漢飛雙腕一震再震，碧空晴這兩下重擊一剛一柔，恰好把他的力道化去，再向後彈起，避過了他借勢以矛尾揮打的後著變化。

這確是了不起的對手。

思漢飛不進反退，恰好這時碧空晴回撲而來，剎那間，枴、矛重重互擊了數百下。

四周旋起激烈的氣流，屋頂上的碎瓦不時激飛半空。

明月下，龍虎爭鋒。

高樓上的直力行和畢夜驚，也到了生死立決的邊緣。

兩人雙目如鷹隼般凝視對方。

直力行卓立不動，著名的雙尖矛以右手收在身後，一截在頭頂露了出來，另一隻手作刺劈狀，遙指高樓另一邊的畢夜驚。

畢夜驚不斷運轉體內眞氣，兩手屈曲成爪，一上一下，準備全力一擊。

這兩人因韓公度的死亡，結下了不可解的深仇。

畢夜驚一聲長嘯，終於結束冗長的對峙，作破釜沉舟的一擊。

他躍往高樓的上空，雙爪化拳，痛擊在下的直力行。

直力行背後的雙尖矛彈飛半空，灑出萬道白光。

畢夜驚嘿然一笑，拳化爲刀，向矛尖削去。他的手上功夫有超過六十年的功力，確是非同小可。

倏地矛影消去，變成一道白光，向畢夜驚腰腹處插來。

畢夜驚大奇，直力行這下不是頂門大露嗎？不過此刻豈容多想，腰勁猛運，整個人再凌空彈起，變成頭上腳下，避過矛尖，兩手化拳，向直力行頂門重擊而下。

直力行仰起長臉，當畢夜驚看到他眼內堅決的神色，心中駭然大震時，已來不及改變即將發生在他兩人身上的命運。

雙尖矛斷開，變成兩支短矛。

直力行整個人炮彈般躍起，頭頂撞上畢夜驚的鐵拳。

畢夜驚雙拳痛擊在直力行頭上，聽到他頭骨碎裂的聲音。

同一時間畢夜驚頭顱兩邊椎心鑽肺般狂痛。直力行撞上他雙拳的同時，舉手把雙矛左右插入畢夜驚的頭內。

畢夜驚明白了，直力行自知今夜必死，找了他來陪行，那是他一生中最後一個念頭。

高樓上一聲狂嘶，兩個人形翻滾而下。

「砰！」「砰！」兩人齊齊掉在街心。

兩大高手同歸於盡。

碧空晴連嘆息思考的時間也沒有，思漢飛的長矛在兩丈外的屋頂幻變無常，準備驚天動地的最後一擊。

長矛開始向自己推來。

他又感到長矛帶起的驚人壓力。

那邊廂的思漢飛收攝心神。他就是長矛，長矛就是他，再也分不出彼此。

碧空晴的武技比他想像的還要高明強大，絕對可以代替橫刀頭陀的位子。

他蒙古國勢如日中天，水漲船高，出了「魔宗」蒙赤行、國師八師巴和他思漢飛，正是上應天運，但不解的是宋朝覆亡在即，居然仍能冒出了像傳鷹和碧空晴這兩位絕世豪雄，令人費解。何況尚有神龍見首不見尾的「無上宗師」令東來。

地。

前方的碧空晴發出一下低吟，初時微細難聞，仿似來自十八層地獄之下，倏忽後佔據了整個天地。

思漢飛像在狂風呼號中，逆流而上，他知道碧空晴已把他獨門的氣功，融入嘯聲裡，向自己展開最狂猛的硬攻，自己的心靈稍露空隙，立時受制，現出破綻。

兩人到了決一雌雄的最後關頭。

碧空晴雙枴向刺來的長矛緩緩擊出。

矛和枴以奇怪的緩慢速度不斷接近，又似乎快若奔雷。

雙方都清楚對方的意向。

矛和枴都變成了有性格、有感情、有意向的異物。

兩人同時發覺了一件事，驚駭莫名。

就是照目前的發展，當長矛貫穿碧空晴的胸膛時，恰是雙枴擊碎思漢飛頭顱的一刻。

沒有人敢作少許改變，氣勢和速度已伸展到極致，任何一丁點的變異，只會加速對手的速度，增強敵人的氣勢。

此消彼長，無論願意與否，箭已是在弓弦上。

兩大高手一步一步走向同歸於盡的末路。

在這生死的邊緣，碧空晴悶哼一聲，硬生生把雙枴收回，一個倒翻向後。在思漢飛的全力攻擊下，這樣化攻爲守，不啻自殺。

思漢飛一聲長嘯，不進反退，把長矛收於身後。

碧空晴長笑道：「思兄果爲眞英雄。」

思漢飛微笑道：「碧兄以身試法，臨崖勒馬，免去我們同歸於盡的絕路，思某豈能負起不義之名，乘危出手？」

碧空晴道：「這一仗還要繼續否？」

思漢飛豪情萬丈道：「這一仗作和論，碧兄可隨意離去，不過，下次再見時，思某必然不擇手段，務求置碧兄於死地。」他已知道碧空晴的可怕，再不會給他公平拚鬥的機會。

碧空晴見他絲毫不虛僞作態，一連叫了幾聲好，眼睛轉往直力行伏屍之處，口中卻道：「未知田過客和傳鷹生死如何？」

卓和的聲音在右側的屋頂響起道：「田兄不幸戰死，傳鷹已經逃去無蹤，碧兄可放下一件心事。」

碧空晴悲嘯一聲，越過屋頂，消失在黑暗裡，果然沒有一個蒙人攔阻。

思漢飛仰望天上明月，心想眞正最可怕的敵手，還是要數傳鷹。

第十五章　山雨欲來

傳鷹摟緊其中一頭狂牛，身後是烈焰沖天的牛車，也不知身在何處，狂牛以驚人的速度狂奔，很快遠離戰場。

經過這一陣調息，傳鷹氣力稍回，雖仍未能提氣動手，但要逃走，還是可以。

這時轟天動地的蹄聲愈來愈近，大批追兵啣尾追來，傳鷹奮起意念，一躍離開牛背，跌進街角的暗影內。

高典靜立在窗前，眼看另一邊湖岸上的火把光芒，耳聽那震天的殺聲，心如鹿撞，暗忖不知與那冤家是否關聯，驀地傳來拍門聲。

大門打開，一個血人撲了進來，不是傳鷹還有誰人？

傳鷹道：「快將門外血跡抹去。」

高典靜急忙遵從。

傳鷹躺在地上，連動一個指頭的力量都沒有，高典靜的俏臉又轉過來。

傳鷹微微一笑道：「高小姐，小弟特來聽你彈琴。」

高典靜秀眉緊蹙道：「你再不休息，那就要待來世才成。」

傳鷹閉上雙目，從留馬平原山君古廟之會開始，從未有過現在這般平靜。

《岳冊》已成功轉交龍尊義，此後的成敗，再不是他傳鷹所能干預，且那是日後的事了。

傳鷹醒來時，是第二日的中午，睡了足有六個時辰。

傳鷹藉深沉的睡眠，與天地渾然化合，此刻醒來，渾身精力充沛，昨夜浴血苦戰後的力竭筋疲，一掃而空。

傳鷹環顧四周，置身處是一間小小的靜室，布置樸素，除了淡淡的幽香，便全不能使人聯想到這是一間女性的閨房，特別是像高典靜這位色藝雙絕，琴動江南的美女。

傳鷹離床步出室外，來到一個陳設素簡的廳堂。

自己昨夜的記憶，就是到此為止，想來高典靜要把自己搬到她的床上去，必然費了一番手腳，以她那樣嬌滴滴的人兒，當時情形之狼狽，傳鷹想起也有一種惡作劇的快意。

廳堂中間放了個琴几，几上是張七弦古琴，目下琴在人不在，照理這仍不應是高典靜回飄香樓工作的時分。

玉人何在？

不知何處傳來一陣飯菜的香味，傳鷹飢腸轆轆，連忙找尋香味的來源。

猶豫了片刻，推開廳堂右邊閉上的偏門。裡面是一個書齋，正中放了張書几，這時几面放的卻不是書本，原來是蓋好的飯菜。

傳鷹毫不客氣，伏案大嚼，心中一片溫暖，似乎嗅到高典靜纖手的芳香。

從書齋的窗往外望，外邊花木繁茂，生機勃發。四周圍有丈許的高牆，把外面的世界封隔開來，清幽雅靜。

高典靜這所房子雖然不大，但麻雀雖小，五臟俱全，是個靜養的好地方。

這美女自有一種獨特的氣質，迥異流俗，只可遠觀。不知陸蘭亭和她是什麼關係，當日自己將陸蘭亭的信交給她，卻給她一把撕了，令人費解。

便在這時，門聲輕響，高典靜輕盈優雅的身形飄然而入，俏臉上神情仍是那樣平靜無波。

傳鷹感激地道：「高小姐琴技無雙，想不到廚藝也是那麼精采。」

高典靜見他安坐如故，雖然大模大樣，卻語氣真誠，弄得自己發作不出，只好沒好氣地道：「像你那樣的狼吞虎嚥，便如牛嚼牡丹，怎能知味？」

心想這男子總能處處令自己的心田無風起浪。剛才回到飄香樓，正是要推掉今晚的琴約，好得多點時間在家。

這時一雙蝴蝶在窗前飛舞，雙翅拍動間，不時展示牠們翅背上的美麗圖案，陽光照耀下，在花草間自由飛翔。

傳鷹見高典靜呆呆地瞧著那對飛翔的蝴蝶，一副心往神馳的模樣，試探地道：「那雙彩蝶非常美麗。」

高典靜淡淡道：「我注意的卻非牠們美麗的外表。」

沉思了一會兒，又道：「我很羨慕牠們，蝴蝶短促的生命，令牠們所度過的每一刹那都是新鮮動人。一般對我們毫無刺激的景象，例如日出日落、雨露風晴，對牠們來說都是徹底的驚喜，沒有一刻的重複，沒有一刻的白費。」

傳鷹心中訝然，不禁對她另眼相看，高典靜這個看法隱含哲理，卻又充滿悲哀的味道，心下暗自沉吟。

高典靜道：「你爲什麼不問問你那些戰友的遭遇？」聲音細不可聞。

傳鷹霍地抬頭望來。

高典靜嚇了一跳，原來她竟然在傳鷹眼裡看到深刻豐富的感情，這類情緒通常都很難和這個凡事滿不在乎的浪子連在一起。

高典靜低聲道：「思漢飛已公布了直力行和田過客的死訊，並將他們的首級示眾，只有碧空晴僥倖逃去。」

兩大高手，一起命畢當場。

傳鷹知她與當地權貴非常熟絡，要得到這些消息，自非難事。

他盡力壓制自己驟聞這兩大高手的噩耗時那種悲痛。

傳鷹與他們雖不算深交，但各人肝膽相照，幾番出生入死，已建立深厚的感情，幸好碧空晴安全逸去，他對這慷慨激昂、豪邁不羈的好漢，特別有好感。

高典靜見他垂首不語，安慰他道：「死亡亦未必不好，怎知死者不是在另一世界『醒了過來』呢？」

傳鷹奇怪地望她一眼，暗忖此姝的語氣怎麼這樣酷似自己。腦筋同時飛快轉動，想到思漢飛居然將這兩人的首級示眾，擺明了必殺自己的決心，以蒙方的龐大勢力，要查到自己隱匿於此，並不大難，況且官捷等還知道自己和高典靜有著一定的關係，看來蒙人摸上門來，應是早晚間事。怕就怕連累了高典靜。

當然唯一方法就是即時離去，想到這裡，傳鷹長身而起。

正不知要怎樣開口時，高典靜道：「你要走了？」

傳鷹道：「高小姐之恩，傳某沒齒不忘，他日有緣，再來相會。」

高典靜緩緩背轉身，平靜地道：「你我道不同不相爲謀，見與不見，有何分別？」

傳鷹本想美言兩句，但想起不宜久留，心內暗嘆一聲，轉頭而去。

大街上陽光耀目，天氣良好。

傳鷹在鬧市大搖大擺地走著，一點也不似蒙軍的頭號敵人。

據他推算，昨夜參與圍捕他的蒙方高手和精銳，現在必然處於休息的狀態下，尤其是那些曾和自己或碧空晴等搏鬥的高手，更需要避入靜室練功，好恢復損耗的眞元，療傷過程的長短，要視乎個人的修爲而定，像傳鷹這樣六、七個時辰便功力盡復，是絕無僅有的例子。

現在可以說是蒙人防守最脆弱的時刻。

當然思漢飛老謀深算，一定有所布置，使敵人難以有機可乘，但無可避免地，必然偏重於防守那一方面。

街上行人眾多，間中走過一隊隊的蒙軍，都認不出傳鷹，當是未曾參與昨夜之役。這些都是戍兵，與昨夜精銳的近衛兵團，各隸屬不同的任務和範圍。

傳鷹一逕向城門走去，心中只想趕快離開此地，此後何去何從，出城後再作打算，心中同時升起了幾個念頭：祝夫人不知怎樣了？祁碧芍又是否隨龍尊義安返南方呢？

就在這時，他感覺有人在後跟蹤。

傳鷹不動聲色，閃身便轉入一條窄巷，兩邊俱是高牆，整條窄巷一目瞭然，傳鷹正盤算跟蹤者如何仍可尾隨自己而不被發覺，此時有人急步走進窄巷。

傳鷹手按刀把，一股殺氣衝出，把來人籠罩。跟蹤者是個中年漢子，此人面善非常，登時記起那日飄香樓上，龍尊義的部屬以祁碧芍爲首偷襲官捷等人時，此人正是其中之一，連忙把殺氣收回。

那中年漢子「咕咚」一聲，跌坐地上，臉色蒼白，不斷喘氣，傳鷹雖未出手，可是他殺氣一沖之威，不啻萬馬千軍，這類好手，何能抗衡？那中年漢子但感一股龐大至極的無情壓力，當胸迫來，這股強大的力量還隱含一種吸拉之力，使他欲退不能，立時呼吸不暢，內臟似欲爆裂，全身有如針刺，若非傳鷹及時收回殺氣，他只怕會當場斃命，縱是如此，亦已吃了很大的苦頭。

傳鷹站在丈許開外，冷冷看著這個坐在地上的中年漢子，一副袖手旁觀的模樣，這態度形成一種莫測高深的心理壓力。故此，當中年漢子回過氣來，站直身子，立時開門見山道：「傳大俠請恕小的無禮，鄙人鄭東成，在龍尊義元帥、祁碧芍小姐手下任事。今次特奉小姐之命，請傳大俠前往一敘。」

傳鷹皺眉道：「祁小姐難道沒有隨龍尊義回廣東去？」

鄭東成恭聲道：「正是如此，但內中的原因我卻不大清楚。看來必與傳大俠有關，因爲祁小姐發散了所有人手，誓要找到大俠。」

傳鷹暗忖，估量此人亦所知有限，看來只有見到祁碧芍才能得悉箇中原因。

傳鷹很快在城東一座小房子見到了祁碧芍，她換了一身湖水綠的緊身武士裝束，英氣勃勃，明麗動人，另有一種女性的嫵媚。

祁碧芍揮手屏退所有手下，待整所房子只剩下他們兩人時，這位表面上拒人於千里之外，以艷名冠絕武林的「紅粉艷后」，宛如一座忽爾融化的冰山，乳燕投懷地撞入傳鷹的懷內。

傳鷹擁著一團熱火，心中泛起當日在西湖之畔，揹負這個美麗的胴體，血戰整夜的情景，頓覺這懷中的美女，已成為了自己血肉的一部分。

那的確是難忘的一夜。

當時明月在，曾照彩雲歸。

祁碧芍從他懷中抬起頭來，以她低沉而富於磁性的聲音輕輕道：「傳鷹！傳鷹！我以為再也見不到你。」

在此等兵荒馬亂的時期，要尋獲一個人，若果不是命運的安排，無異大海撈針。

傳鷹閉目沉思，過去這二十多天的經歷，其豐富幻變處，是那麼多姿多采和不可想像。

祁碧芍望著這曾託以生死的男子，他便像是一座在狂風暴雨中屹立不倒的高山，不由心內充滿了激烈的熱情，縱是為他而死，也絕對甘心。

祁碧芍的語聲傳入傳鷹的耳際道：「傳郎，我們今後何去何從？」

傳鷹驀地驚覺，答道：「天下名山大川，各具靈秀，何處不可去？」腦海中浮現出塞外壯麗的山川。

祁碧芍全身一震，似乎甚為錯愕。

傳鷹不解地低頭細察懷中美女的俏臉，聯想起當日在千里崗的靈山古刹內，也是這樣俯首凝視祝夫人楚楚的俏臉，不由百感交集，想到白雲蒼狗，世事無常，最眞切動人的「現在」，轉眼間便已成了過眼雲煙。

祁碧芍凝望傳鷹的雙目，察覺到他眼裡的豐富感情，輕輕道：「傳郎，國家興亡，匹夫有責，以你絕世天資，何不隨我等共抗大敵，救萬民於水火之間？」

傳鷹好像給冷水當頭潑下，一陣心灰意冷襲上心頭，淡淡道：「傳某胸無大志，實難負重任。」只覺懷中美女，身體忽爾轉硬，兩人雖仍緊緊相擁，但剛才的柔情蜜意，卻是消失無蹤。

祁碧芍輕輕推開傳鷹，背轉了身，道：「傳郎，你豈是如此只知獨善其身的人？當日你捨身不顧，闖入地下迷宮，把《岳冊》帶給我們，正是大仁大勇，今日形勢逆轉，反蒙有望，傳郎又豈能袖手旁觀？」

傳鷹心內一片煩厭，緩步走近一扇窗戶。

外面陽光普照，大自然仍是如斯美麗，但人與人的鬥爭卻永無休止。

祁碧芍冰冷的聲音在背後響起道：「人各有志，我祁碧芍自不能相強。」停了一停又道：「我現在即返廣東，如若有緣，或可再有相見之日。」說到最後聲音已有點哽咽。

傳鷹聽著祁碧芍的足音走到門外，逐漸消失，腦內一片空白。轉眼間，整座房子，只剩下他一個人和他那顆冰冷的心。

傳鷹暗下決心，只想速離杭州，轉身走往大門。

剛要推門，有人已先他一步，推門而入。

傳鷹心中一懍，知道剛才自己心情鬱結，功力大打折扣，竟然不知有人接近。

這人身型高大，高勾的鼻梁，使人一見難忘，正是蒙方在這裡的總指揮使，僅次於思漢飛、被譽為「色目第一高手」的卓和。

兩人雙目互視，精芒暴閃。

傳鷹手握刀柄，全屋立時殺氣瀰漫。卓和也運起功力，與傳鷹強大的氣勢，分庭抗禮。

雙方數度交手，惟有這次是兩人單獨相對。

卓和說道：「傳兄確是高明，居然這麼快回復過來，大出本人意料之外，以致很多布置，全然用不上來。」

這人說話坦白直接，連身爲敵人的傳鷹，也不期然對他產生好感。

傳鷹道：「本人即將離城而去，此後你我各不相干，請長話短說。」

他受了祁碧芍一事的影響，只願避進深山，探求《戰神圖錄》上的祕密，一切世俗之事，都不想理會。

卓和神情驚異，愕然道：「傳兄之話似乎有欠考慮，要知一旦捲入這類人間恩怨，豈能輕易脫身？今日來此自是有要事奉告。」

傳鷹略一皺眉，一副不耐煩的神色。

卓和道：「當今蒙古大汗，已頒下聖旨，定下本月十五，把杭州的主街鎮遠大道整條封鎖，是日午時，敝方第一高手蒙赤行，將會與閣下決戰於長街之上，故本人特來邀約。」

傳鷹微一錯愕，繼而仰天長笑，道：「蒙古大汗於我何干？傳某要來要去，豈是他人能加以左右？這等決鬥之事，本人全無興趣。」

卓和胸有成竹地道：「思漢飛皇爺早有見及此，故特使了一點手段，務使閣下答應這決戰之邀，事非得已，請勿見怪。」

跟著一拍手，一個色目高手現身窗外，兩手橫抱一張古琴。

傳鷹全身一震，心想畢竟還是連累到高典靜。

卓和又道：「只要傳兄準時赴約，卓某以項上人頭擔保，高小姐必能毫髮無損，繼續過她在杭州的生活。」頓了頓又道：「本人同時保證，讓祁碧芍安然離杭，不下任何追殺的命令。」

傳鷹心下恍然，這思漢飛其實一直掌握著龍尊義等人的行止，但他卻採放任政策，讓他們坐大，甚至帶走《岳冊》，也毫不在乎，其意自然是先讓他們聚集所有漢人反蒙的力量，再一舉擊破，一勞永逸，這思漢飛的壯志雄心，足當不世之傑。

思漢飛才是最可怕的對手。

傳鷹眼中威稜迸射，突然拔刀在手，遙指卓和，一股驚天動地的刀氣迫得卓和慌忙掣出雙鐗，形勢一髮千鈞。

傳鷹哈哈一笑，收回長刀，朗聲道：「能與蒙古第一高手，決鬥長街之上，豈不快哉！到時傳某定於午時赴會，但高典靜必須立即放回。」語氣堅決，絕無轉圜餘地。

卓和何等樣人，當機立斷，肅容道：「傳兄提得起放得下，不愧豪雄之士，卓某萬分佩服。傳兄一諾已足，卓某又豈會枉作小人？」當即傳下命令，釋放高典靜，並下令不得追殺祁碧芍。

傳鷹下定決心，反拋開一切煩惱，飄然而去。

第十六章 萬眾矚目

七月七日，杭州蒙方政府在鎮遠大道貼出告示，限令全街兩邊屋宅居民，必須於七月十五日巳時前，撤離居地，至另行通告爲止，任何人等都不得在該段時間內進入該區。屆時蒙軍開至，封鎖該地，擅入者死。蒙古第一高手蒙赤行，將會與傳鷹決戰於鎮遠大道之中。

這個消息像瘟疫般蔓延，刹那間傳遍杭州，跟著向各省擴散。此一戰已勢在弦上。

七月七日晚。飄香樓。

高典靜走進飄香樓內，這時廳內站了一群人，除了官捷外，還有程載哀等幾個漢人高手。眾人見到她進來，都躬身爲禮，態度尊敬。

官捷的表情有點不自然。叛徒的滋味，當然不好受。

高典靜微笑還禮。她一舉一動都是風姿優雅，令人目不轉睛。

她踏上二樓雅座的梯階時，仍隱隱覺得這批蒙方高手的目光，正注視自己的背後。這幾位高手當中，以程載哀的眼神最足，據說他的武功與畢夜驚相若，當日田過客力戰而亡，正是以他爲主的戰果。

高典靜有一種很奇怪的直覺，就是這些不可一世、趾高氣揚的高手之所以特別敬重自己，全因爲對傳鷹的敬重而愛屋及烏。

他們雖然處於敵對的關係，但現在形勢微妙，蒙古大汗已親自批准了蒙赤行和傳鷹的決鬥，無形中承認了傳鷹的身分，所以傳鷹雖然身為蒙人的死敵，可是現在即使他招搖過市，絕對沒有人敢動他分毫，一切都留待決鬥的來臨和解決。

走著走著，來到一間廂房中，房內一名中年男子正在專程相候。此人相貌堂堂，氣度非凡，一點也沒有因久候而有煩躁的表現。

高典靜踏進房內，他連忙起身讓坐。

房中照例放了她的古琴，高典靜也不多言，坐在琴前調音後，「叮叮咚咚」地彈起琴來，她修長而柔軟的手指，在琴弦上飛舞，奏的是《憶故人》。

琴音樸而不華，寧靜致遠。

一曲既盡，該男子喟然長嘆，顯為琴音所動，有感於懷，不能自已。

高典靜亦是另有懷抱，一時兩人默默無語。

窗外遙夜微茫，月影凝空。

男子打破靜默，讚嘆道：「典靜的琴技，眞當得起天下無雙這個稱許，尤其今夜這一曲《憶故人》，哀而不傷，已臻琴技的化境，他日我憶起此刻，定難自已。」

這人措詞優美，表現出個人的學養，含蓄地表達內心的感觸。

高典靜心想，剛才我雖然在此彈琴，心神卻繫於傳鷹身上，你竟如此感動，造化弄人，莫過於此。

男子續道：「自去年一別，我奔波各地，每一次憶起你的音容，心中便情思難禁。早知這等掛人心，何如當初不相識！」

高典靜心神一震，抬起頭來，對面這男子，無論人品胸襟，皆是上上之選，雖不能和傳鷹那種獨特的氣質相比，亦是萬中無一的人物，他每一次來都只是靜聽琴音，從未像現在那樣赤裸裸地透露心中之情。

那男子不再多言，只是雙目中透露出無限深情，使人心悸。

高典靜心田內浮現出傳鷹的英姿，今日耳中所聞，都是有關蒙赤行與他決鬥的話題，只想掩耳不聽，她實在難以接受任何有關傳鷹落敗身亡的猜測，但這已成了一致的定論，她只想躲在一處荒野無人之地，無論戰果如何，也不想知道。

男子續道：「如果你肯委身下嫁於我，本人周城宇，願意退出紅塵，和你找一個清靜隱僻的桃源之地，共度此生，終日聽你彈琴，其他的事，一概不管。」

這幾句高典靜聽得極爲入耳，茫然抬起頭來，兩行清淚，急湧而出。當周城宇一隻手輕摟她的香肩時，她心中想著的，仍只是傳鷹一個人。

周城宇聽到高典靜微不可聞的聲音道：「請即帶我遠離此地。」

在數丈之外另一間廂房內，聚集了官捷、程載哀等一眾高手，話題正是有關漢、蒙兩大頂尖高手的決鬥。

這是杭州目下最熱門的話題，他們談的也不例外。

官捷道：「程老師，蒙赤行和傳鷹兩人，程老師都已見過，不知你對他們勝負有何見解？」

各人都露出極有興趣的神色，因為一般人的推測，都是憑空猜想，但程載哀既然分別見過兩人，自己本身亦為有數高手，作出的推測自然權威得多。

程載哀環視眾人一眼，面容一整道：「坦白來說，程某若遇上這任何一人，落敗身亡，不在話下，但若要我選擇的話，我卻寧願面對傳鷹，而不想對疊蒙赤行。」

另一漢人高手寧遠奇忙道：「程老師，此話何由？既然都是落敗身亡，死在誰人手上又有何分別？」

程載哀苦笑道：「當日我在皇爺引見下，得謁『魔宗』蒙赤行，那經驗實在極為可怕。」

說到這裡，停了下來，陷進了回憶裡，面上的表情，便似要在一個噩夢裡掙扎醒來。

眾人大為驚懔，程載哀為黑道頂級高手，一生橫行無忌，居然連回憶起當日與蒙赤行的相見也驚悸如此，怎不教眾人驚駭莫名。

程載哀續道：「蒙赤行最驚人處，是他修成了一種以精神力量轉化實質的奇功，那日他只是望了我一眼，我便感全身乏力，完全起不了對抗之念，那感覺就好像在噩夢裡，明明見到毒蛇惡鬼，群起撲噬而來，卻無法抗拒。」

眾人一想，這確是可怕至極，蒙赤行這種境界，實已到了曠古絕今的地步，試問還有什麼人可以和他對抗？

官捷道：「我想或只有『無上宗師』令東來，才能與他匹敵。」

眾人又繼續談了一會兒，直至深夜，這才散去。

官捷登上駿馬，馳向自己小妾的別宅，街道靜寂無人，有如鬼域。剛轉出了街角，小妾的別宅已然在望，官捷一抽馬頭，停了下來。

街心出現了一個人，正是向無蹤。

向無蹤沉聲道：「官兄在何處快活回來了？」

官捷嘿然一笑道：「龍尊義等已盡離此地，看你還能約些什麼人來？」這幾句話暗諷向無蹤當日聯同祁碧芍等偷襲之事，同時亦試探他是否尚有幫手。

向無蹤看著這個昔爲戰友的叛徒，一股怒氣沖了上來道：「要取你的狗命，我一個人便已足夠有餘。」伸手拔出背後的長劍。

官捷嘲弄地一笑道：「你向無蹤多少斤兩，我官某豈會不知？那次算你命大，否則早隨任老鬼等一齊歸天。」說完躍落馬下，抽出長劍，遙指正向他迫近的向無蹤。

旋而官捷大爲驚駭，幾乎懷疑自己面對的是另有其人。原來他發覺向無蹤氣勢龐大，劍尖晃動間，劍招精妙絕倫，將自己的劍勢完全封死，比之自己熟知的向無蹤功力精進了一倍不止，怎不令他驚駭欲絕？

向無蹤心中怒火狂燃，想起復尊旗因此人之背叛而覆滅，自己尊之若父的任天文，亦因這叛徒而慘死，低叱一聲，全力一劍刺去。

官捷揮劍抵擋，兩人乍合又分，雙劍互相遙指。跟著官捷手中長劍墜地，向後倒下，胸前鮮血狂湧而出。

向無蹤走前低頭細察，盯視官捷蒼白的臉容。

官捷道：「這也好，免得我不能安睡。」

向無蹤道：「早知如此，何必當初？」

官捷聲音漸趨微弱道：「換了閣下是我，恐怕亦難免走上這條路，其中細節，再不堪提。」跟著道：「傳鷹的處境，已極險惡，陰癸派因畢夜驚和烈日炎的慘死，現在盡起派中精銳，來杭復仇。」

向無蹤心中一震，陰癸派為魔教的旁支，詭祕莫測，甚至連其所在之地，亦罕有人知，魔功則另闢蹊徑，觀乎畢夜驚和烈日炎的身手，派中其他各人，當亦有驚人絕藝。

據說陰癸派的現任掌門厲工，當年為「無上宗師」令東來所敗，覓地潛修，若今次引得他前來，加上派中其他高手，傳鷹處境就非是險惡所能形容了。

官捷續道：「白刃天的師父『邪王』歷沖亦在來此途上，傳鷹此戰，縱使勝出，怕也難逃此等惡魔毒手。」說到這裡，突然大口喘氣。

向無蹤思緒混亂，這歷沖是黑道有數的人物，極不好惹，傳鷹與其落到他們手中，倒不如轟轟烈烈戰死於蒙赤行手下，反而好過得多。

官捷全身一陣痙攣，向無蹤見他口唇急動，似還有話要說，連忙低下頭去。

官捷以低不可聞的聲音道：「無蹤，換了是另一個時代，我們或可成為知交朋友。」頭一側，斷氣死去。

向無蹤站直身子，心中毫無得報大仇的歡欣。

七月十日。

各地武林人物，開始從四面八方湧入杭州，這一戰成為了江湖上最重要的頭等大事，代表了漢、蒙兩方的聲譽，假設任何一方戰敗，勢難再抬起頭來。

傳鷹卻似在空氣中消失了，無論各方面的人怎麼努力，都找不到他的蹤影。

離七月十五日決鬥，還有五日。

七月十日晚。

蒙古總指揮使卓和的大宅，燈火通明。

大廳的正中，卓和穩坐主位，右邊一排盡是赤扎力、程載哀、崔山鏡等蒙方領導人物。左方一排則坐了十多個形狀怪異的男女。為首的是一個長髮垂肩的男子，此人面色紫紅，皮膚滑如嬰兒，雙目威稜電閃，白衣如雪，身材瘦削，卻骨骼極大，頗有一種仙風道骨的味道，只看其威勢便知是難惹至極的人物。

其實這人豈止難惹，卓和離他尚有丈許的距離，仍然感到一陣陣陰寒之氣，從這人身上發射出來，使他不得不運功抗拒。

這人正是畢夜驚和烈日炎的師兄，江湖上最神祕的陰癸派掌門「血手」厲工。厲工當年橫行天下，滿手血腥，後來惹出「無上宗師」令東來，這才落敗歸隱，今次重出江湖，據說魔功大成，比以前又可怕百倍。

他左邊是位身穿道袍的女子，外貌三十許人，面目姣好，可惜雙目閃動間予人凶毒狡猾的感覺，是僅次於厲工、陰癸派四大高手之一的符遙紅，據說其武器一條軟索，已得窺魔功之祕，武功與同為四大高手之一的畢夜驚相埒。

依次而來的是陰癸派其他兩大高手，「魔影」鄧解和「鬼刀」李開素，這兩人多年沒有出來走動，想亦是因令東來之威，迫得養晦韜光。跟著是個妙齡少女，樣貌秀美，雙目豔光流轉，媚骨天生，是符遙紅的徒弟。

接著是謝沖、淩志遠、康圳、白廣然等一眾陰癸派第二代弟子，觀乎他們的眼神、氣度，均是不可輕視的高手，陰癸派的實力，經過一番休養生息，又逐漸強大起來。

卓和舉杯勸飲，雙方客氣一番後，卓和道：「厲宗主今次重出道山，未知有何大計，可否容我等盡盡心力？」

厲工望向卓和，卓和登時臉上一熱。此人眼神的淩厲，比之傳鷹、蒙赤行、八師巴等，也不遑多讓。

厲工道：「本人不欲自誇，當日敗在令東來之下，心服口服，這十年來潛修敝派紫血大法，大徹大悟，始明天人之道，全身血液，盡轉紫紅，神功有成，回想當日一敗，致有今日之果，人世間禍福難料，此爲一例。」聲音低沉有力，帶有一種使人信服遵從的魔力。

卓和根據傳聞，知悉以往這魔王的聲音高亢難聽，性情暴躁，可是今次面對此君，卻全無這種感覺，這紫血大法不但給人換血，還有使人轉化氣質的成效。

厲工續道：「今次厲某率眾出山，主要目的是希望能和令東來再決生死，是成是敗，反爲次要。」

眾高手一齊懍然，一方面佩服這魔君的心胸氣度，另一方面想到居然以這等人物，潛修十年後，又練成傳說中魔教的無上心法，但對於與令東來一戰，依然全無把握，這令東來武功之高，實使人難以想像。

那身穿道袍的符遙紅尖聲道：「還有就是要為畢夜驚和烈日炎報殺身之恨，割掉碧空晴和傳鷹兩賊的人頭，以祭他們之靈。」

程載哀不解地道：「符仙姑，請恕在下多言。烈日炎確為碧空晴所殺，你要找他報仇，天公地道，但畢兄當夜與直力行決鬥高樓之上，兩人同歸於盡，又怎能扯得上傳鷹呢？」

符遙紅冷哼一聲，顯然對程載哀的質詢大為不滿，道：「若無傳鷹此人，怎會有當夜之戰，畢師弟又怎會慘死當場？」

眾蒙方高手一齊愕然以對，均覺此婦蠻不講理，惹人反感。

惟有崔山鏡心下竊喜，傳鷹這次惹出陰癸派，若一不小心落在這等凶人手上，眞的生不如死。這崔山鏡心胸極窄，當日傳鷹在他手中逸去，進入祕道，使他恨之入骨。

厲工舉手作勢，符遙紅登時住口，這凶狠暴虐的惡婦，顯然對厲工極為忌憚。

厲工道：「敝派與傳鷹之怨，始於當日他在靈山古刹，插手破壞敝師弟畢夜驚取得有關令東來的消息時起，敝派專講以眼還眼，這個深仇，已難化解，況且我們還要在他身上，追查有關令東來去向的祕密，所以傳鷹此子，我們是志在必得。」

此人不愧一派之主，說話條理分明，同時劃清界線，表明與傳鷹之怨，沒有轉圜餘地，使其他人不能插手。

卓和心叫不好，這陰癸派擺明要在蒙、傳二人決鬥之前，找到傳鷹，逼問令東來的下落，否則傳鷹命喪蒙赤行之手後，找到他還有何用？心裡急忙籌謀應付之法。

另一個陰癸派的高手「魔影」鄧解道：「請卓兄不吝大力幫忙，告知傳鷹的行止，若果我們能先一步將他解決，便不用勞煩貴方的蒙先生了，不正是兩全其美嗎？」

這人臉色青白，乍看有如病君，但雙目開闔間精芒隱露，功力直逼那符遙紅。

卓和道：「貴派隆情高義，本人謹代表蒙古大汗在此致謝。但蒙、傳兩人決鬥一事，為大汗的意旨，勢在必行，還望在兩人決鬥之前，貴派網開一面。」

卓和這幾句話，非常客氣。陰癸派眾人嘿嘿冷笑，大是不滿。

蒙方高手見對方氣焰迫人，當然不是滋味，氣氛突然緊張起來，劍拔弩張。

卓和心中有氣，望向厲工。這陰癸派的第一高手，表面上不露半點聲色，只是抬手示意，全廳登時鴉雀無聲。

這魔教絕頂高手的聲威，不但鎮住己派高手，連蒙方眾人，也懾於其威勢，靜待他發言。

厲工淡淡道：「貴方為難之處，敝派也不是不知，卓兄可有補救之道？」

卓和恍然大悟，這厲工確是厲害至極，一步步把自己逼上一個陷阱，但他亦不願在這個時刻，為己方結下這等強仇大敵，無奈道：「厲兄好說，假設傳鷹戰死於此役，敝方便負責找出祝名榭的未亡人蕭楚楚的行蹤，那便直如找到傳鷹一樣，閣下意下如何？」

厲工點頭道：「這也使得，但時機轉瞬即逝，請卓兄大力幫忙，盡早將蕭楚楚匿藏之地賜告，敝派自然遵從指示。」

這一番話軟中帶硬，暗示若一日不能得知祝夫人的行止，一日不會放棄找上傳鷹的可能。

卓和權衡輕重，斷然道：「好！我將在三日之內告知閣下所要資料，若貴派找上祝夫人時，對和她在一起的赫天魔，還請放他一馬。此人為敝國國師八師巴的弟子，若有任何損傷，於我方顏面上極不好看。」

卓和也是老謀深算，在這等節骨眼上，才來談條件。要知赫天魔亦爲絕代高手，說要不傷他而擒獲祝夫人，正是談何容易？

厲工略一皺眉，斷然道：「可以！」

他心想天下間惟有蒙人的強大力量，才可查探出祝、赫兩人藏身之地。此許條件，難以避免。

這兩人幾句對話，立使祝夫人陷入非常危險的境地。

同一時間內，在城郊偏僻處一所私人大宅內，江湖上另一股勢力亦正在集結中。

各幫各派的代表人物，利用種種不同的方法和掩護，祕密地潛來此處。這次發出邀請的，是武林上最負盛名的少林、武當和青城三派。

三派在武林上均有數百年歷史，源遠流長，弟子遍布天下，勢力深入社會每一角落，雖然戰亂連年，力量大受打擊，道消魔長，但仍擁有不可輕侮的實力。所以雖然時間倉卒，依然能於極短時間內，透過龐大的聯絡系統，邀來各方豪雄。

向無蹤藉著許夫人的關係，得以前來參與。兩人來至大宅，由許夫人出示密件，立即被請入內。

這時一名中年漢子走上前抱拳爲禮，客氣幾句後道：「在下武當林賢，還望許副幫主引見這位朋友，今次事關重大，請直言這位朋友來此的理由。」

向、許二人暗讚對方辦事嚴謹，處處小心，連飛鳳幫的副幫主也不賣面子。

許夫人道：「這位是『魅影』向極的公子向無蹤，曾在任旗主手下辦事，今次前來，將有重大消息轉告各位。」

林賢忙道：「原來如此，向兄請恕小弟得罪，各派代表大多抵達，請兩位入席。」隨即引路。

在大廳上，約五十個席位，都坐滿了人，其中不乏舊識，許夫人一一點頭為禮。

一個雄壯的聲音響起道：「今日各位前來，在下先代表少林、武當和青城三派，向各位致謝。」

這人身材頗高，正是有「青城第一劍」美譽的丁台湃。此人無論身分、武功和品德，均足以勝任這個聚會的主持者。

他左邊坐的是忘生大師，代表少林。

右邊是一風度翩翩的青年狄恆限，這人新近崛起武林，頗具才識，已隱隱成為武當新一代的領導人，今次代表出席，意義深遠。

這時三人一齊起身抱拳敬禮。在座各幫派高手，急忙起身回禮。

這四十多人雖然一齊站起來，卻絲毫不聞桌椅杯碟碰撞之聲，足見與會者都是高手。

向無蹤遊目四顧，看到幾個江湖上俠名頗著的人，例如丐幫的游子昇、峨嵋的青蓮道姑、長江幫幫主陳野叟、有「嶺南第一高手」之稱的方樸、南宮世家少主南宮亮和他的新婚夫人呂雲媚、長白派的著名高手凌幻影、點蒼的著名女性高手荊紫等，均有出席，這些人代表了現今正派的力量，武林的精英。

這時丁台湃在主家位坐定，眾人紛紛就座。

丁台湃遊目四顧，和座中的熟人微笑為禮，這青城第一高手，無論在風度和氣概上，均有大將之風，使人對他充滿信心。

丁台湃道：「今次邀各位前來，實在事非得已，毋庸丁某多言。這一刻無論在武林和漢室，均是生死存亡的關頭，但令人可恨的是，卻偏又使人無從插手，有力難施。今晚這個聚會，希望能集合大家的意見和力量，做出一點事。」

恆山派的梁子放道：「敝掌門已請出鎮派靈芝，據說有增長功力的神效，可惜敝派動用了所有人手，仍不能找到傳大俠的蹤影，所以丁兄所言無從入手一語，本人至有同感。」梁子放在江湖上輩分頗高，人面又廣，如果連他也找不到傳鷹，這實在耐人尋味。

眾人紛紛發言，原來各幫各派，都盡力找尋寶刀神劍之類，以增加傳鷹取勝的機會。

向無蹤一聽，心下大為不安，這些人雖一片好意，但正反映他們對傳、蒙此戰，早認定了傳鷹必敗，才這樣誠惶誠恐地捨本逐末，希望能逆轉戰局。

蒙赤行作為一個永遠不會被擊敗的惡魔形象，看來已深深印在各人腦中。

祁連派的高手「坐山掌」鐵存義道：「各位請聽本人一言，武功若果到達像傳大俠和蒙赤行等級數的高手，講求的是精神力量、意志和智慧的競賽，這等修養需千錘百鍊的長時間刻苦鍛鍊，絕對沒有速成捷徑。取巧的神兵利器，因缺乏培養出來的感情，難生感應，可能弄巧反拙。我不想各位在這方面浪費精神，故大膽提出，請勿見怪。」

眾人一時默然無語。

丁台湃目注鐵存義，暗忖此人一向遠處西陲，想不到見解精闢，不禁對他刮目相看。

向無蹤起身道：「各位前輩，在下向無蹤，為『魅影』向極的次子，近日因緣巧合，得悉一些重要資料，皆顯示情勢愈趨複雜，不利於傳大俠。」說到這裡，頓了一頓，眾人的眼光全集中於他的身上。

向無蹤續道：「陰癸派高手盡出，誓殺碧空晴大俠和傳大俠，所以縱使傳大俠決戰勝利，恐怕也難逃此等絕代凶人的毒手。」

眾人默然無聲，這陰癸派爲凶名最著的邪派，由該派出來的兩個高手畢夜驚和烈日炎，便已弄到雞犬不寧，莫奈他何。

該派宗主「血手」厲工，功力更遠勝畢、烈兩人，這等對手，實在可怕。這些年自「無上宗師」令東來退隱江湖，道消魔長，從這個角度看，益發顯出傳鷹和碧空晴等的重要。

武當的代表狄恆限道：「現在唯一對抗這些邪魔的方法，就是結成緊密的聯盟，透過各家各派的團結，去應付當前的艱困，所謂謀事在人，成事在天，若我等盡力而爲，成敗在所不計。」這人年紀輕輕，說話卻極爲得體。

忘生大師發言道：「首先我們推舉一個核心的組織，計劃各種行動，如果眞能得到各幫派的一致支持，我們的力量也是不可忽視。」

眾人點頭贊成，要知若沒有一個有力的核心組織，便像一個孔武有力的人，卻只是一名白痴，空有一身力量，無從使用。

眾人當下即商議各項細節。

傳、蒙二人這一次決鬥，成爲關係整個武林的大事，除了私人恩怨、門派的恩怨、國家的恩怨，還牽涉到正邪的消長。

但傳鷹卻似在人間消失了。

第十七章　決戰之前

七月十一日。晴。

決戰的日子逐漸迫近。

各大勢力均派出人手，找尋傳鷹，但都是徒勞無功，連碧空晴也不知躲在哪一個角落裡去。

決戰的消息，從水道、陸路等不同的形式擴散出去，使這一戰成了天下人關心的頭等大事。

一般來說都認爲蒙赤行贏面高出很多。戰果更成了市井間賭博的對象。

七月十二日。多雲。

蒙軍開始進駐鎮遠大道，登記居民的戶籍，設置關卡，嚴防有人布下陷阱。近衛兵團更從大都運來五十隻獒犬，準備到時作清場之用。

很多怕事的居民，已提早搬往親朋戚友處暫住。這類舉動有連鎖的反應，在十二日傍晚前，居住於鎮遠大道的居民，遷走的超過了八成，弄致十室九空，未遷出的，亦不敢出來走動，氣氛異常緊張。

武林人物甚或閒雜人等，因爲怕了被蒙兵盤查，也打消了入內闖蕩的念頭。整條大道了無生氣。

七月十三日。密雲不雨。

最後一家人，在黃昏時分離開鎮遠大道的家居，遷往朋友家裡。

末日好像提早來到這條大街上。

超過四萬的蒙古兵隊，被調來輪班負責整個區域的巡務，將大道封鎖起來。

平日車水馬龍的長街，頓成鬼域。

附近的制高點，都由蒙人箭手把守，任何試圖闖入該區的人均會遭受被射殺的命運。

愛傳鷹或恨傳鷹的，想幫助他又或想置他於死地的，都一律被拒於這範圍之外。

七月十五日的午時，天下只有兩個人可以進入鎮遠大道。

那就是蒙古第一高手蒙赤行，和如彗星般崛起的漢人高手傳鷹。

七月十四日。微雨。

鎮遠大道。

宛如在深海的至低處，傳鷹的意識慢慢從無限的深度，浮上水面來。

水面上就是所謂的現實世界。

傳鷹從深沉的睡眠中醒轉過來，他的感官立時展開迅速的活動。

首先他的聽覺告訴他，周圍是出奇地平靜，和十天前他晉入這深沉的睡眠前那嘈吵熱鬧，直是兩個不同的世界。

傳鷹依然保持橫臥的姿勢，開始進行自我檢查的工作。

出乎他意料之外，他竟然感到前所未有的舒暢。經過了這十日來的睡眠，他並沒有絲毫久睡後那種昏沉，反而每一個毛孔都在歡呼，腦筋轉動靈快，功力更見精進。

傳鷹暗忖，《戰神圖錄》四十九幅石刻，果然每一幅都有驚人的作用，自己雖然十日未進粒米，水不沾唇，卻不覺絲毫飢渴。

他醒悟到自己成功地悟出人與大自然的關係，把身體轉化成吸取宇宙無時無刻不存在的能量的媒介，從而達到古人所說「奪天地之精華」的境地。

他再不需要從食物水分得到營養供應，天地的精氣，已足夠有餘。這時傳鷹快將到達了古人傳說中「辟穀」的層次，雖然仍未能乘雲氣，御飛龍，但比之餐風飲露的逍遙，又勝一籌。

一股前所未有的喜悅，湧上心頭。

目下雖是置身於一間大戶人家放置廢物的閣樓內，在他的眼裡，卻是勝比皇宮別院。每樣東西都出奇地美麗。

在窗外透進的陽光下，一切事物光輝閃閃。牆角密布的蜘蛛網，地板上的殘破家具，其存在本身，已隱含至理，帶有某一種超越物質的深義。

傳鷹環顧四周，看到了平時完全忽略的事物。

經過了《戰神圖錄》心法的十日潛修，他的意識和感官，起了驚人的變化，就好像一條長住深海之下的小魚，第一次浮上水面，接觸到水面上那奇異美麗和動人的世界。

一陣腳步聲，打斷了他的思路，在步聲之中，還夾雜著一種極輕微的聲音，都逃不出傳鷹聽覺的警戒網。

傳鷹心中一動，心忖那輕微的足聲，必是犬隻踏地的聲音。這時步聲愈來愈大，朝自己的方向逼來。他急忙運功收起全身熱力，封閉毛管，阻止體氣外洩。

人犬在樓下梭巡了一會兒，然後離開。

傳鷹連犬兒靈敏勝人的嗅覺，都瞞得過，就連這個搜索計劃的設計者卓和，也始料不及，難怪各方面搜尋傳鷹的努力，均告失敗。

他其實一直潛伏在鎮遠大道一戶人家廢棄的閣樓內。他十日修行，既不需要一般人家日常飲食起居，自然如在人間消失了那樣哩！

這時已是午時，離明天的決鬥，剛好是十二個時辰。

傳鷹盤膝坐起，眼光四圍巡視，見到牆角有件酸枝木的大燈台柱，通體紫紅，木質緊實至極，燈台的柱身粗大，長達五尺，傳鷹大喜，拿到手中一掂，十分沉重。

傳鷹腦海靈光一現，拔出背上自己名震天下的厚背長刀，仔細打量燈台的柱體，如此好一會兒後，開始披削起來。

他的精神和刀鋒，結成一體。每一落刀的角度、輕重、快慢，無不極爲講究，直接影響到他的要求。

這便如一個寫畫的大師，意到筆到，始能成其無上的妙品。何時停，何時止，則乃屬天然之事，時至自知。

他的現在，他的世界，只剩下手上這條不斷因自己落刀而變化的木棍，他邁進創作的狂熱天地裡。

與高典靜的愛恨交纏。
祁碧芍和自己的分歧和矛盾。
思漢飛那未完成的決鬥。
田過客爲救自己而身亡。
碧空晴豪情仗義。
祝夫人雨夜熱戀……
還有，就是那即將來臨，與蒙古第一高手蒙赤行的決鬥。
這一切一切，都不屬於「現在」這一刻。
都是無關痛癢，不須一顧。
傳鷹晉入了徹底「忘我」的精神境界。
天地只剩下刀鋒和木柱。

第十八章　決戰長街

七月十五日。巳時。

烏雲密布，雷暴將至。

地慘天愁。

一隊又一隊蒙古大汗轄下的近衛兵團，步至鎭遠大道的附近，把原本站崗的蒙兵，換了過來，使封鎖更爲嚴密。

巡邏大道上的人犬，陸續撤出。

站崗於高處的箭手，同時撤離了可俯視大道的要點。

大道內靜如鬼域。

思漢飛與卓和兩人，站在鎭遠大道東端的入口，監察蒙人的退卻。

卓和微笑道：「我特別吩咐了每一個千人隊的負責人，一定要替自己點齊部下，以免有人禁不住好奇，私下匿藏起來，偷窺這使天下動心的龍爭虎鬥。」

思漢飛不禁莞爾，道：「卓指揮的顧慮未嘗無理，甚至連本王也心動得很。」

兩人相視大笑起來。

卓和望往這長約兩里的大街，因中間略呈彎曲，所到里許處時，視線受阻。在這可見的距離內，人跡全無，景象詭異之至。

卓和道：「可惜我們不能親自在旁目睹這場龍爭虎鬥，確屬憾事。」

思漢飛苦笑道：「今次我上大都，亦曾親自向大汗詢問此事，大汗答這是蒙赤行的要求，他雖然不同意，但亦只好答應。」

原來蒙赤行在蒙古帝國地位超然，此人之所以扶助蒙古，建立帝國，全因爲當年成吉思汗有大恩於其家族，所以一直以來，蒙赤行都擔任蒙古大汗的貼身護衛，而對一般事務，他完全袖手不理，只有高手來犯，他才挺身殺敵，幾十年來折在他手下的中外高手，難以計數。

號角聲傳入兩人的耳內，一隊全身黑甲的蒙古騎兵，遠遠走來，後面是一輛黑色大馬車，車邊滾金，甚爲惹人注目，再後是一隊騎兵，聲勢浩大，直向思、卓兩人立身處馳來。

思漢飛道：「蒙赤行來了！」

時近午時。

雷暴將至。

馬隊來到了街口，騎士們一收馬韁，整隊人馬停了下來。

眾人眼前一花，一個身型高大神武的黑衣人，卓立在思、卓兩人之前。

四周傳來「噗」、「噗」之聲，原來在附近的蒙古兵，全體俯伏在地，對他們來說，蒙赤行並不是一個人，而是神。

思漢飛和卓和都是身材高大的壯漢，蒙赤行比他們卻還要高出半個頭，沉穩如高山峻嶽。

他膚色白皙，乍看有如一尊水晶雕成的神像，超越了世上眾生的美態，一對眼睛帶著深湖水般的藍色，像是黑夜裡的兩粒寶玉，不動時，似乎全無生命，閃動時，精光四射，勝過天上最亮的星星。

鼻梁高挺，嘴唇稜角分明，顯示出過人的堅毅和決斷。

黑衣白膚，對比強烈。

蒙赤行整個人充滿了一種魔異的魅力，使人心膽俱寒。

卓和有一種非常奇怪的感覺，雖然蒙赤行站在他身前六尺之地，他卻完全感覺不到他的存在。這即是說，假設他閉上了眼睛，會徹底地不知道蒙赤行正在他身旁。

卓和一陣心悸，要知他們這等級數的高手，已培養出一種接近第六感的觸覺，儘管毫無痕跡，但只須有人接近，心靈即現警兆。

這一套完全不能用在蒙赤行的身上。

這和陰癸派掌門「血手」厲工剛好形成強烈的對比，他整個人渾身發射出陰寒之氣，令你不斷去抗拒和驚怕，不斷提醒你他的存在。傳鷹卻又完全不同，靈活變化，無跡可尋，使人無從掌握。

一個利如刀刃的聲音道：「漢飛、卓兄，別來無恙。」蒙赤行一向被蒙古皇室尊之爲師，所以直呼思漢飛之名而不諱。

思漢飛和卓和齊齊施禮。

思漢飛道：「蒙老師確是信人，但傳鷹卻仍未抵達此地。」他建立了一個通訊網，籠罩了周圍方圓五十里之地，傳鷹只要出現，他會立即知曉，現在已近午時，如若傳鷹還在五十里外，遲到是必然了。

蒙赤行抬頭望天，道：「雷雨即至，我感覺到空中的電流。」

思漢飛和卓和一齊愕然，感到自己在這武道的巨人之前，是那樣的渺小和微不足道。

蒙赤行透明如白玉的臉龐上，發出一片光輝，在這陰沉的天色下，更覺詭異。

蒙赤行緩緩望向整條如同鬼域的長街，眼中精芒暴射，柔聲道：「他早來了！」

傳鷹停止了披削的動作，木杜變成了一枝似刀非刀，似矛非矛，似劍非劍的奇怪武器，似是依循某一節奏和規律，但變化中包含了變化，直中有曲，彎中有圓，使人完全無法捉摸它的用途。

傳鷹左看右看，顯得極爲滿意。

就在這時，羊角聲起，剛好是午時了。

在這決鬥前的一刹那，一種至靜至極的靈覺從他的腦海深處升了上來，他感到前所未有的安靜和快樂。

在這廢置雜物的閣樓內，他首先聽到了自己的呼吸聲、心跳聲、血脈流動的聲音、地洞裡老鼠移動的聲音、木樑內的蟲聲。

靈台清明晶透，四周環境內每一個聲音，由呼吸的風聲，以至微不可聞的蟲蟻爬行響聲，他均在同一時間內感到和聽到。

通常一般人的感覺，一時間內只可集中在一個目標上。例如我們集中精神去聽流水聲時，自然忽略了風聲，反之亦然。

像傳鷹這樣同一時間內，同時聽到種種不同性質的聲響，已是一種超越平常感官的超感覺。他不止聽到聲音，同時更感到各種不同類型的生命和他們的活力。

便在這一刻，他接觸到一股龐大無匹的精神力量。

假設八師巴是一個靜止的深潭，這股力量便是沖天而起、無堅不摧的龍捲風暴，乍看似靜止不動，卻潛藏了驚人的強力。

蒙赤行逐漸接近。

傳鷹一緊手上的奇怪武器，長嘯一聲，「轟」然一聲震天巨響，硬生生撞破側牆，帶起漫天碎石塵土，打橫躍落街心，雙手齊胸舉起烏紫色的木器，作三十度傾斜向上，遙指五丈許外的黑衣人。

蒙赤行孤峰聳峙，負手而立。

兩人眼中鋒芒畢露，等同神兵寶刃，在虛空中交鋒。

長空黑雲疾走，地暗天昏。

暴風雨即將來臨前的狂風，颳起長街滿天塵土，可是兩人衣衫寂然不動，有如兩尊石製的神人。

傳鷹一生中，從未見過任何人的眼神，及得上蒙赤行一半的銳利，驚人的地方更在於其眼光形如實質，像一個千斤重錘，從自己的眼中透入，一下又一下地重重敲在傳鷹心靈的深處。

他突然呼吸不暢，心內驚悸，全身似欲軟化，一種軟弱絕望的感覺蔓延全身，覺得面對的這敵手，是個全無辦法擊倒的巨人。

天空一下悶雷，響徹遠方的天際。

傳鷹受自然界的感召，自己便似在宇宙的中心，腦中念頭急轉，勝還是敗，敗亦是勝，兩者渾成一體，無分彼此。

《戰神圖錄》一幅一幅呈現眼前，霎時間整個人的精神與萬化冥合，重歸自然，剛才被蒙赤行擊開的那絲心靈空隙，轉瞬間縫合無間，達到天人合一的境界。

蒙赤行心下訝異，方才他施以精神轉化的力量，令對手心靈深受重壓，在其腦海內種下必敗的種子，但對方卻與一股龐大無匹的力量合爲一體，竟使自己徒勞無功。

蒙赤行不懼反喜，這樣的敵手豈是易求？

蒙赤行道：「傳兄手中之器，方圓曲直尖，生剋相乘，已盡天地數理，使蒙某不知如何入手，快哉，快哉！」仰天長笑起來。

大笑聲中，不待傳鷹答話，蒙赤行緩緩左轉，撞破了一道緊閉的大門，走進左側的一所民房去，只留下一個人形的破洞，就像一般人走進一道敞開的大門一樣，行雲流水，沒有絲毫阻延和遲滯。

傳鷹全神貫注。蒙赤行每一個動作，由轉身、破門以至大笑、眼神、腰腳肘膊的配合，都不放過。只見其動作與動作間，渾然天成，使人毫無可乘之隙。

傳鷹運集全身功力，本已如箭在弦，伺機而發，可是蒙赤行全無破綻，那蓄滿的一擊，始終不能擊出，登時心口一片煩躁，難過至極，大喝一聲，猛然吐出一口鮮血。

蒙赤行一招未出，傳鷹便先受傷。

傳鷹鮮血吐出，胸前一鬆，回復暢順。

現在當務之急，是要找出隱入屋內的蒙赤行下一步的行動。

傳鷹收攝心神，專心一志，透過心靈感應，搜索「魔宗」蒙赤行的蹤跡。

這一專注之下，四周二十丈方圓內，連蟲蟻觸地的聲音都成網內的魚兒，沒有一點漏出去。

惟獨感應不到蒙赤行的存在。

在傳鷹超感官的監察下，只有一個可能性，就是蒙赤行形神俱滅，再不存在於天地之間。

眞實的情形當然不會是這樣。

正如傳鷹閉起全身毛管，收起全身精氣，停止了呼吸，以致蒙軍的巡犬不能發現他的存在一樣。蒙赤行的心靈和精神，亦到了一個可以躲開傳鷹觸感的層次。

蒙赤行居然徹底消失。

長街上烈風愈吹愈起勁，漫天塵土飛揚。

電光不時閃爍天邊，天地忽明忽暗。

無窮無盡的大街，不見一人，似乎只剩下傳鷹一人獨存。

主動之勢已失，他站在街心，手上握著那木製的兵器，面對的是那無盡的等待。

類似龍吟虎嘯的異聲，驀地從四周傳來，初時細不可聞，仿似遙不可及，霎時間已響徹整個空間，震人耳鼓，蓋過了天邊的雷鳴，遮掩了呼呼的強風，一時天地間只有這尖銳刺耳的異聲。

這是敵人出手的先兆。

周圍十丈內的氣流，急速旋轉，一股股有如利刃的氣鋒，在這範圍內急速激撞。

傳鷹若如置身風暴的中心，他不動猶可，一動所有的壓力都會集中在他的身上，把他捲進急流的氣旋內。

他已全無退路。

蒙赤行究竟在何方？

氣旋愈轉愈急，忽然一股無堅不摧的強大眞氣，從右側蓋天覆地，以驚人的高速急撞過來。

傳鷹哪敢遲疑，蓄勢已久的一擊，側身全力擊出。

兩大絕頂高手，終於短兵相接。

蒙赤行自傳鷹的右方撲至，只見傳鷹手中木器，有如乳燕翔空，在窄小的空間內，劃出一道美妙自然的弧線，巧妙地轉了一個角度，變成迎面向自己刺來。

木器一邊刺來，一邊變化無方，圓變曲、曲變方、方變尖，相輔相成，使人無從定下應付之法。每一下改變，都令蒙赤行本來覺得無懈可擊的殺著，突變爲破綻百出的失策。

蒙赤行一拳擊出，在空中不斷改變角度，來應付傳鷹這已得天地神韻的一擊。

蒙赤行竭盡了渾身解數，終於一拳打在棍尖上。

傳鷹這一擊，拋棄了以前用刀的積習，變成純粹根據當時當地而創的即興之作，演盡天地五行生剋之理。

可是蒙赤行果然不負蒙古第一高手之名，仍能著著封死自己的去勢，一拳打在這一擊的鋒端上。

無邊無際的龐然巨力，如山洪暴發般，從木器身上傳過來，這無可抗拒的力量，撞得傳鷹直向後方倒飛而去。

「轟！轟！」跟著是一連串嘈吵混亂、各種物件器皿的破碎聲音。

傳鷹的背脊撞破了一堵又一堵的牆壁，壓碎了無數的家具，直至又轟然一聲，撞上個硬物，勢子才停下來，滑倒地上。

他手中的木器，除了手中握著的那短短的一截外，全條已徹底化成碎粉。

傳鷹側目一看，原來自己撞到廚房內的大鐵爐去。

電光暴閃，半空打下了一個驚雷，醞釀已久的大雷暴，剎那間充塞了天地。

蒙赤行凝立傳鷹撞出來的破洞前，欲乘勝追擊，結束這一戰。

可是傳鷹向後退飛的同時，利用手上剩下的半截木器，一邊退，一邊布下一重又一重的氣鋒，利比兵刃，把整個空間封閉起來，久久不去。

蒙赤行欲進不能，坐失良機。

蒙赤行卓立滂沱大雨之中，雷電交加之下，高大的身型，直如十八層地獄出來的惡魔。

傳鷹全身乏力，急急調氣。

蒙赤行這一擊，堪稱奪天地之造化。

思漢飛和卓和站在三里外的街端，近衛張開了羅傘，爲他們遮雨，雨水在傘邊如水簾般瀉下。在這個距離和角度，完全看不到決鬥的情形。

卓和道：「往昔蒙師斃敵，總立決於瞬息之間，像今次這樣耗時良久，未嘗有也。」臉上露出了些許焦慮，這一仗是他們輸不起的。

思漢飛道：「傳鷹此子，行事每每出人意表，令人難以測度。」

是時雷電狂作，大雨傾盆，愈趨暴烈。

思漢飛續道：「當日你同意陰癸派眾凶魔，默許他們於此戰後如若傳鷹不死，可以布下羅網撲殺傳鷹。」說到這裡，頓了一頓，仰首望天。

實際上他心裡極爲矛盾，他一向最爲惜才，對傳鷹頗具好感，但如若讓傳鷹成爲萬眾矚目的英雄，對他大蒙統治這偌大的一片江山，實是心腹大患。

思漢飛猛地下了一個決定，斷然道：「假設傳鷹逃過今日大難，又逃過陰癸派眾邪追殺，你立即從漠北盡調我方夠資格的奇人異士前來，務須不擇手段，殺死傳鷹。」

卓和心中一震，他跟隨了思漢飛這麼多年，還是第一次聽到他要這樣對付一個人。

卓和應諾一聲，似乎這樣便決定了傳鷹的未來命運。

長街模糊不清，數丈外，視線便爲豪雨所蔽，白茫茫一片。

在這大雨之中，兩大高手，究竟誰勝誰負？

蒙赤行卓立在長街正中，全身眞氣瀰漫。

大雨來到他頭上五尺處，便向四周激濺，一滴水也不能沾到他的身上。

無論在氣勢上和眞氣的運行上，都已攀上他所能臻達的巔峰。

這一戰，到了勝負立決的階段。

「砰」的一聲震響，傳鷹撞破屋頂的瓦面，帶起了漫天碎石斷瓦，直沖上七丈高的天空。長刀高舉過頭，配合背後交加的雷電光閃，彷若雷神降世。

蒙赤行大惑不解，傳鷹這樣凌空撲下，將身子徹底暴露於自己這蓄勢的一擊下，無異自殺。

時間再不容蒙赤行多想，他身子往前微俯，兩手向內盤曲一抱，一股極強大的氣柱，旋轉而起，直向半空中的傳鷹擊去。

這是蒙赤行畢生功力所聚，即使「無上宗師」令東來親臨，也要先避其鋒。

同一剎那，一道眩人眼目的電光，裂破長空，直擊在傳鷹高舉空中的厚背長刀上。

厚背長刀立時通體發亮，萬道光芒，繞刀身疾走，高壓的電流，在刀身上「吱吱」亂響。

傳鷹厲嘯一聲，手中長刀挾著那道電光，閃電般凌空向蒙赤行劈下。

電光爍閃而至，平地一聲轟雷，蒙赤行被挾帶雷電的一刀，劈得離地倒飛十丈開外，又在地上滾出了三丈許的距離，速度這才停歇下來。

長街中心裂開了一道長兩丈、深約半尺，令人怵目驚心呈長形的淺坑。

這一刀的威力確是動地驚天。

蒙赤行一生戰無不勝，這還是第一次被人擊倒地上。

傳鷹一刀擊下，碰上蒙赤行全力擊來的氣柱，兩股大力相交，傳鷹整個人倒拋上天。

傳鷹一聲厲嘯，借勢橫飛出去，高高掠過蒙人的封鎖線，直向遠方的民房投去，一閃不見。

蒙赤行緩緩立起，全身衣衫盡濕。

思漢飛和卓和遠在長街之端，連續聽到傳鷹兩聲厲嘯，任他兩人何等喜怒不形於色，也禁不住面面相覷。

這時一個高大的身形，在暴雨中的鎮遠大道出現，筆直朝兩人走來。

思漢飛目力較勝，首先全身一震。

卓和也跟著一聲驚喝，目瞪口呆。

以這兩人的修養，見蒙赤行現今的模樣，也忍不住大驚失色。

蒙赤行走至兩人身前，他那白如水晶的面龐，變成了雷擊後的焦黑，全身衣衫濕透，狼狽非常。

蒙赤行嘴角一牽，露出一抹苦笑。

這時馬車迎了上來，蒙赤行走到門前，便欲登車，忽又回過頭來，向兩人道：「不要問我，我也不知道自己是勝是敗。」

思漢飛認識他這麼多年，還是第一次見到他這麼人性化的表情。

雷雨愈下愈大了。

第十九章　各奔前程

「轟」的一聲巨響，傳鷹撞破屋頂，狠狠地直摔進去，背脊接連壓斷幾條木欄，最後跌在地面的禾草堆上。

四周登時震天響起一陣馬嘶。數十匹健馬受驚下，紛紛踢起前蹄，場面混亂至極，原來這兒是個馬廄。

傳鷹苦笑一下，暗忖剛才蒙赤行那驚天動地的一擊，雖經自己凌空飛退，化去大部分的威力，仍然不免受傷，現下提氣困難，渾身乏力，再難與人動手，在這要命的時刻，眞使人心焦。

他自問若有兩炷香的時間，可以恢復大部分的功力，那時最不濟也可落荒而逃。

望向馬廄外，暴雨收歇，雷聲漸稀。

對於這自然的現象，傳鷹感到無限親切，便如一個迷路的頑童，重見慈愛的母親一樣。

思索間，傳鷹心中一懍，原來他心靈間警兆忽現，一股邪惡陰狠的力量，正在探索他的行蹤。

傳鷹勉強站直身子，一陣暈眩，內傷比自己估計的還重。

他集中意志，暈眩轉眼消失。

時機緊迫，傳鷹連忙推門走出馬廄，外面是個大花園，不見一人。

在這等雷雨之下，所有聲響都被蓋過，撞破馬廄的聲音，這處的人家自然不知。

傳鷹出了馬廄，向前衝出十丈，直奔到圍繞大花園的圍牆邊，集中起最後的力量，全力往上跳，腳踏牆頂，然後倒翻而回，落到草坪上。

他一路從馬廄行來，都走在黃泥地上，露出一行腳印，這次回去，卻踏在草上。他並不從馬廄的正門入內，反而繞至廄後，再爬窗穿了入去，把身子縮在一堆廢物之後。

這時他全身力竭，幾乎昏死過去。

當然這是萬萬不可，連忙集中意念，開始運氣療傷，依隨《戰神圖錄》的方法盡情吸取天地宇宙的能量。

寂靜間心靈波動，傳鷹把眼睛打開一縫，從雜物的間隙向外窺視。

人影一閃，一個身穿道袍、年約四十的道姑，掠進馬廄，手執長鞭。

這道姑面目娟好，可是兩眼閃動不定，不時射出狠毒的神情，凶厲懾人。

這時她正細察傳鷹掉下來的破洞以及地上的痕跡，她身形飄動，快如鬼魅，給人一種噩夢裡那種疑幻疑眞的感受。

傳鷹心中震駭，看出這道姑難纏非常，自己在短時間內和她動手，必然有死無生，也不知哪裡冒出一個這樣的凶婦來，和自己又有何瓜葛？

傳鷹停止了全身所有的活動，包括睜眼、呼吸等等，以免引起這類特級高手超乎常人的靈敏反應。

那道姑倏地飄出門去，一聲尖嘯，迅速由近至遠。同一時間，四面八方也傳來不同的呼嘯。

傳鷹心中大懍，這道姑已是難纏，居然還有同黨，幸而自己沒有試圖逸走，反而布下錯誤痕跡，引得他們摸錯門路，否則貿然逃走，必然落到這些凶人的羅網內。

這只是拖延的方法，當這些凶徒找不到自己時，很可能會重回此地，那時就萬劫不復了。

傳鷹再沒有選擇的餘地，收攝心神，運氣靜養，瞬即晉入天人合一的境界。

只半炷香的時間，一個聲音傳入耳際，登時把他喚醒。

睜開一雙虎目，這時馬廄的正中有一高瘦的中年男子，正在四圍走動，口中輕呼：「傳鷹大俠，傳先生！」

傳鷹透過心靈，極快地觸摸了對方的心靈一下，對方全身一震，露出了大惑不解的神色，顯然對自己的傳感生出反應。

傳鷹立即作出決定，站起身來道：「閣下何事要找傳某？」

那中年男子一見他，立即大喜，恭敬地道：「在下向無蹤，陰癸派的凶人正四處搜索你的行蹤，幸好我們亦另有安排，請隨我來。」

傳鷹淡淡地道：「只要不是太遠的距離，便不成問題。」

向無蹤了解地道：「絕對不遠，請隨我來。」掠了出去。

傳鷹緊跟而去，他發覺自己的復元比想像中快了很多，雖仍未能與人動手，但提氣輕身，已無障礙。

他剛才雖透過心靈的觸覺，判斷出向無蹤並無惡意，但仍說成自己傷勢較重，隱藏起自己的虛實。

兩人迅即走出街外，一輛牛車徐徐駛來，停在兩人面前，一個農夫模樣的人，坐在趕牛的位子上。

向無蹤輕聲道：「這位是祁連派的鐵存義。」跟著一手撥開牛車後堆得如小山般高的草糧，拉開車底下的一個暗格，道：「傳大俠，事非得已，還請屈就，我們另有人去對付那些囟人。」

傳鷹苦笑一下，心想料不到自己也有今時今日。他爲人靈活變通，並不計較，閃身躲進暗格內。向無蹤助他關上暗格，先蓋了一塊木板，再在這塊木板之上一寸的位置，蓋上另一塊，原來是夾心的兩層，所以即使敵人發現了暗格的開關，打開後仍只見寸許下的另一塊木板，設計頗爲巧妙。

向無蹤蓋上了禾草，牛車徐徐前駛。

牛車行速甚緩，走了一炷香之久，才轉入出城的大道。

鐵存義手執長鞭，不時輕輕打在牛背上，正是典型的鄉農那種悠閒模樣。

當城門在望，一道劍氣突從鐵存義後腦的左側刺來，劍未到，冰寒之氣已先凌空襲來。

現在的鐵存義必須迅速下一個決定，他一是立即反擊，務求在最短時間內擊殺敵人；一是置之不理，以生命去賭敵人這只是試探性質的一劍，非欲置己於死地。

他選擇了後者。

劍尖刺至頸後處，這樣的距離，即使鐵存義改變主意要趨避，亦來不及了。

劍尖再刺前兩寸，便回劍橫移，跟著如滿天花雨般，刺向放滿禾草的牛車。

彈指之間，長劍四十次刺中了牛車載草的木板上，如果草內藏了人，身上必然滿是劍孔。

刺劍者毫無發現，忽又隱去。

鐵存義始終沒有轉頭，但他眼角的餘光窺視下，出手查車的似乎是個身穿白衣的青年男子，想來是陰癸派的第二代高手。

這些囚人果然辦事嚴密，絲毫不放過任何可疑的目標。

牛車在鐵存義的駕馭下，緩緩出城。

走了大約半個時辰，兩旁屋宇漸疏，遠處有個小亭，亭內坐了位五短身材的壯漢，旁邊還站了四名二十許至三十許的年輕人，揹負著各式各樣的兵器。

鐵存義暗叫不好，矮漢正是「邪王」歷沖，這正是前門拒虎，後門進狼。現在唯一的方法，就是拖延至己方的援軍到達。

「邪王」歷沖一陣長笑道：「鐵兄近況如何，怎麼當起趕牛車的來了？」

鐵存義道：「歷兄的情況必遠勝小弟，否則怎會成爲此處的亭長？」

「邪王」歷沖眼中抹過一絲殺機，此人外貌粗豪，卻是心狠手辣，胸懷狹窄，有仇必報。

他左邊的一個年約二十五歲的青年道：「大膽！居然敢對師尊無禮。」掣刀在手，大步踏向坐在牛車上的鐵存義。

「邪王」歷沖大喝一聲：「衛雄！回來！」

他知鐵存義雖因遠居邊陲，中原少聞其名，但人既機智，武功亦高，這處除了自己，餘者皆不是他的對手。自己昔日因與他有過節，故深悉此人之厲害。

鐵存義橫豎也要手上見眞章，豈會放過此等良機，手中長鞭揚起，兜頭向那衛雄揮去。

衛雄一向仗著這護短的師父，橫行福建沿海一帶，見敵人出鞭，橫刀而上，試圖削斷長鞭。

長鞭一下子纏上長刀，衛雄感到一股大力從鞭上傳來，胸口如中重錘，長刀脫手而去，「噗！

噗！噗！」向後連退十步，坐倒地上，鮮血狂噴出來。

「邪王」厯沖身形驟閃，來至衛雄身旁，探手按在他的背上，輸入了內力助他療傷，另則一拳凌空向鐵存義擊去。

幾下動作一氣呵成，快如閃電。

鐵存義大吃一驚，拋去長鞭，運掌封架，「砰」的一聲，「邪王」厯沖這一拳打得他幾乎墜下馬車。

「邪王」厯沖分心二用，居然仍有這樣大的威力，只要他助衛雄療傷完畢，自己將死無葬身之地，還未定神，「邪王」厯沖第二拳緊接著凌空擊來。

其他三人身形閃動，掠向車後。

「邪王」厯沖低喝道：「搜車！」

鐵存義心神一震，然而「邪王」厯沖一拳重過一拳，自己敗亡正在眼前，哪還能分身施援。

好一會兒背後仍然聲息全無，「邪王」厯沖竟收拳後退，一臉緊張地瞪著車後。

鐵存義大惑不解，轉首回望，只見車後一名壯漢如鐵塔般筆直站立，手上各持一枴，厯沖的三個徒弟橫七豎八地倒在地上，也不知是生是死。

當然是「雙絕枴」碧空晴。

碧空晴哈哈一笑道：「厯兄你的徒弟辦事不力，我已代爲收拾，送了他們歸西，免得你日後煩惱。」

厯沖面如鐵鑄，沉聲道：「碧兄手段不嫌過於狠辣嗎？」

碧空晴一上場便擊殺了自己的愛徒，這樣不留餘地，擺明要和自己判出生死。

碧空晴啞然失笑道：「彼此彼此！」提起手中雙枴，腳步發出「嚇！嚇！」的聲音，直逼歷沖而去。較之西湖湖畔時，功力又見精進。

歷沖豈敢託大，掣刀在手，運集全身功力，他知道碧空晴的功夫走剛猛的路子，勝負每在數擊之內。

鐵存義心懷大快，暗忖歷沖你橫行天下，想不到也有今日之危。

驀地碧空晴一聲斷喝，宛如平地起了個焦雷，鐵存義耳鼓疼痛，心想自己只是個局外人，也有點承受不起，歷沖首當其衝，不知有何感受。

「咕咚」一聲，剛才為鐵存義所傷的衛雄，仰倒地上，七孔流血，竟活生生給碧空晴喝聲震死。

歷沖雖然功力深厚，卻是首當其衝，給他喝得心神大震，手足一滯，碧空晴的雙枴如毒龍般乘虛而入。

歷沖勉力迴刀削枴，枴、刀相撞發出一下震耳的激響，歷沖連退數步，長刀使出絕藝，拚命抵抗碧空晴雙枴暴雨狂風般的強攻。

碧空晴氣勢沉凝，口裡不住斷喝，每一喝都如平地焦雷，令歷沖的刀勢出現紊亂，而碧空晴則如驚濤巨浪般重重向他施展壓力。

這類高手的較量，任何一方佔到優勢，另一方都極難平反，至死方休。

碧空晴覷準時機，運右枴痛擊在歷沖刀背上，另一枴閃電劈入歷沖的空門。

歷沖驚駭欲絕，他甚至聽到自己全身骨碎的聲音，眼前一黑，一代邪王，就此斃命。

碧空晴凝立不動，急速運功，這歷沖稱雄黑道，實在非同小可，他全力一擊，耗費了極多眞元，必須調息運氣，始能復元。

鐵存義受了歷沖多拳，也是血氣翻騰，藉此良機急忙調息。

如此半炷香時間。

首先一聲龍嘯，來自車尾，一個俊偉的身形，彈了出來，雖然滿身泥污，但雙目威稜電射，臉上一片光輝，正是名動天下的傳鷹，這時的他哪有半點受傷的模樣？

碧空晴吁出一口氣，仰天一陣大笑，道：「得見傳兄弟安好如昔，老哥快慰之至。傳兄弟療傷之速，必有祕技，何礙公諸同好？」兩人目光相觸，深厚的交情，盡在不言中。

傳鷹道：「天地並歸一元，何來你我之別？」雙目閃動智慧的光芒。

碧空晴面容一整道：「你說你話，我說我話，你我自分，何言本無你我？」兩人話鋒一轉，開始探索哲學上的問題。

傳鷹道：「所以惟要忘我，始可重歸一元。天地不傷，我自不傷；天地不敗，我自不敗。惟要忘我，天人合一。」

碧空晴道：「我自長在，縱有片刻忘記，於事何補？」

傳鷹道：「忘我之先，首要盡我。譬之養牛，首要尋牛，得牛後再加以放牧，牧牛後，牛至精至壯，始能忘牛、忘人，人牛俱忘，才能練虛合道，返本歸原。」

碧空晴向傳鷹一揖到地道：「與君一席話，勝卻十世修行，異日我若得窺至道，實拜兄弟所賜，先此謝過。」這人直言無諱，毫不掩飾。

種因於此。

鐵存義聽得兩人對話，若似有悟於心，一時如醉如痴。此人日後繼傳、碧等人，成為一代宗師，

碧空晴續道：「不知兄弟與蒙魔一戰，勝負如何？」

傳鷹苦笑一聲道：「小弟藉天時之利，險逃大難，何敢言勝？」

碧空晴道：「是勝是負，日後自有定論。現在陰癸派凶人，肆虐城內，公然四處搜查，顯已得蒙人默許，方敢如此猖狂，不如讓你我二人攜手反撲回城，好為世除害。」

鐵存義在此時插嘴道：「能得二位大俠聯手除魔，實乃萬民之福。兼且陰癸派派主厲工，昨天清早率同另兩凶人離城，這時城中除符遙紅外，盡為第二代高手，力量遠較單薄，正是挫其爪牙的好時機。」

傳鷹道：「鐵兄言之有理，不知厲工向何處去？」

鐵存義道：「他們由城西出門，據最後消息，應是往金川雲南一帶。」

傳鷹臉色一變道：「不好！」

碧、鐵兩人訝然。

傳鷹心念電轉，把整件事迅速理出一個輪廓道：「厲工此去，極有可能是針對在下的一位朋友，我要立即上路，務要在他們之前先趕往該地，這處之事，有勞兩位了。」

碧空晴道：「兄弟但去無礙！今次事了，老哥將返山潛修，重過那野民生活，可能與兄弟再無相見之日，萬望珍重。」

傳鷹仰天長嘯，也不多言，拍拍碧空晴肩頭，飄然而去。

當日勇闖驚雁宮碩果僅存的兩大高手，到此亦不得不分手。

二人說分就分，乾脆俐落，毫無世俗不捨之態。

太陽逐漸西沉，西面紅霞萬道，染得半邊天鮮紅一片，黑夜快要來臨。

天地的節奏，一點不因人間的離合有絲毫改變。

第二十章　隔牆有耳

傳鷹辭別了碧空晴，連夜趕路往成都。

他體內眞氣來而復往，去而復還，生生不息，沒有半點疲倦的感覺，心中惦記祝、赫二人，恨不得長出翅膀來。

他放棄了從官道快馬狂奔的方法，穿山越嶺，專抄最快的山路急行，不到三日三夜的時間，抵達宜昌，成都在兩日行程內。

照他估計，他現在應該比坐馬車的魔教凶人，最少要早到一天。

傳鷹豪氣大發，心想不如在這裡待上一日，找「血手」厲工來試試他的厚背長刀，乾淨俐落地解決了整件事，勝似日後糾纏不休，於是找了間扼守進城要道的客棧，住了進去。

房間樸素整潔。傳鷹端坐床上，默想《戰神圖錄》上的諸般祕景，不一刻晉入天人交會的境界。

天地重歸寂靜。

客棧內每一下步音、談話聲，甚至旅客在床上轉動的聲音，都給接收到傳鷹超人的聽覺內去。

所有雜念被驅逐出他思想的領域外。

街上的車馬聲，似乎在很遙遠的地方發生，又似近在耳際。

傳鷹逐漸收攝心神，整個人的受想意識愈來愈凝練，逐漸把所有聲音置諸腦後，便像迅速離開聲音響起處，使所有聲音從他的靈智淡出。

無念無想。

就在這一刻，他被一段對話吸引了他的靈神。

吸引他的並不是說話的內容，而是說話者的殺氣。

當日傳鷹受傷躲在馬廄，感到一股邪惡的力量在附近，原來是魔教的凶人在搜索他。

隨後向無蹤出現，傳鷹的精神有若一個無形的探測工具，感知了向無蹤的善意，便是這類超越日常感官的精神感應。

傳鷹暫止了精神往更高層次的旅程，集中精力，專心竊聽那段對話，其他的聲音立時變得模糊，只剩下那充溢殺意的對話聲音。

一個沙啞的聲音道：「姓周那小子的路線摸通了沒有？」

另一個尖銳刺耳的聲音道：「老大留下的記號，指出姓周的可能知道了風聲，將會於今夜趁黑趕路，哼！豈知這正給了我們搏殺他們的最好機會。」

沙啞聲音道：「只憑我們兩人，便足可迅速幹掉他們，何須待至路上才動手？」

尖刺聲音道：「你有所不知了，姓周的也不是易與之輩，雖然從事正行買賣，卻是少林派俗家弟子中的佼佼者，況且他隨從中還有好幾個硬手，老大不想留下手尾，所以才召集我們七人全體出動，務求一擊成功。」又壓低聲音道：「況且這次的酬勞驚人地優厚，足夠我們兩三年花用，故老大特別謹慎。」

跟著發出一下奇怪的聲音，看來是吞了一下口水，道：「那妞兒的確很美，確是我見猶憐。」

兩人一齊淫笑起來。

傳鷹聽到這裡，一股怒火升起，這群大盜分明受人主使，要去幹一件害命劫色的滅絕人性暴行，自己豈能坐視不理？看來惟有暫時把厲工的事拋開一邊，因爲只有當這批凶徒聚集一起時，他才可以一舉搏殺。

沙啞聲音忽喝道：「誰？」

一個沉雄的聲音道：「老五、老七，是我。」

尖刺聲音釋然道：「是老二。」

接著是開門聲。

傳鷹心中一懍，這老二的腳步聲似有若無，連他也要到沙啞聲音喝問時，才知他的到達，顯然功力不俗。

傳鷹立時對他們七人的實力重作評估。

那老二道：「我剛見過老大，決定今夜守候離城的幾個要點，一待姓周的車隊離城，立即緊躡其後，到僻靜處加以狙擊，記著，那女的一定要絲毫無損。今次這交易的主子，連我們也得罪不起。」

其他兩人默然不語，然後是開門聲。

三人離房而去。

傳鷹取了厚背刀，穿窗而出。

一輛華麗的馬車，在十多乘騎士的護送下，迅速在黑夜的官道奔馳。

前面的兩騎提著防風的燈籠，在前路照明開道。

星月無光。風沙呼呼。

燈火跳動不停。淒清荒涼。

其中一位方面大耳、相貌堂堂的中年大漢，一夾馬腹，從後面趕到馬車旁，隔著低垂的窗簾道：「辛苦嗎？」聲音充滿關懷和情意。

低弱不可聞的女聲在裡面「嗯」的應了一聲，便不再言語。

中年大漢道：「很快會到沙縣，我師兄會在那裡接應我。」跟著放緩馬速，又落後併入馬車後的隊伍中。

他旁邊一位年近四十的騎士道：「周爺，那消息會不會是虛假的？」

姓周的大漢臉上露出擔憂的神色，斷然道：「不會，陜北七凶一向在陜西橫行，專幹殺人越貨的勾當，等閒絕不會離開地頭，今次專程東來，又多方設法追躡我們的行蹤，絕非偶然。」

他身後一位年輕精壯的騎士道：「師兄！我們也不是好惹的，何況與他們一向河水不犯井水，爲何會找上我們？」

姓周的大漢道：「陜北七凶一向認錢不認人，故成了很多有財有勢但又不欲出面的人的行惡工具。我有一個感覺，他們是衝著我這未過門的妻子而來，否則時間上不會這般巧合，我們接了她上路才七天，這批凶徒便找了上來。」

眾人一齊沉默。

陜北七凶狠毒凶淫，橫行川陜，十多年來從未失手。

據稱老大「鬼斧」白無心及老二「短刃」馬黑手兩人技藝精湛，狡計百出，是非常可怕的殺手。

他們並沒有分毫勝算，只希望能乘夜逃出，和在沙縣接應的人會合。

姓周的大漢沉聲道：「陳功和何師弟，待會若有危險，你兩人護送馬車先行，由我們在此攔下凶徒。」

他決意不惜一切，保護馬車內嬌柔的玉人。

兩名騎士低應一聲。

此刻各人都心情沉重，只希望快快抵達沙縣。

風勢愈來愈急。

他們逆風而行，兼又道路黑暗，使他們的行速不增反減。

敵人會在任何時刻出現。

一陣急遽的馬蹄聲在後方響起，聲音迅速增強，顯示追來者以高速從後趕來。

活像催命的咒聲。

眾人臉色一變，一齊勒停馬頭。

敵人這樣的速度，再往前逃也只是苟安一時。

騎士中一名五十多歲的老者躍下馬背，把耳貼在地上。眾人眼光集中他身上。

老者抬起頭，鎮定地道：「是七至八騎。」

陝北七凶一向七人共進共退，從不准外人加入，看來他們是要以雷霆萬鈞之勢，一舉破敵。

周姓大漢喝道：「陳功、何師弟，你兩人立即護送小姐往沙縣，遲些我們再來和你等會合。」

他神色平靜，一副大將風範。

兩騎應命而出。馬車迅速遠去。

其他十二騎打橫攔在官道，決意死守。

蹄聲愈來愈急，不一刻後方出現幾點燈火，在夜色中不斷顫震，愈來愈亮。

周姓大漢外表鎮定從容，心內卻異常緊張，這七凶名震川陝，數十年來仇家遍地，依然莫奈他何，一方面是他們行蹤詭祕，另一個更重要的原因，是因爲他們武功強橫，向他們尋仇者不死即傷。太平盛世時他們還不敢公然作惡，但在這兵荒馬亂的時期，各大派自顧不暇，使他們更是變本加厲。

後方的騎士迅速接近，在燈火下閃現黑沉沉的外形。

周姓大漢暴喝一聲，長劍出手，其他人亦紛紛掣出兵器。

血戰即臨。

他們這一方的燈籠全部熄滅，黑壓壓十二騎枕戈待旦，等候敵人的短兵相接。

敵方的燈火向他們不斷接近。他們已可以看見敵人詭異的面容。

周姓大漢的面容忽地一下子變得煞白，叫道：「中計！」

迫近的騎士只有五人，卻有七匹馬，其中兩匹是空的。另兩人到了哪裡去？

不過這時已太遲了。

「刷！刷！」幾枝勁箭從迫近的騎士疾射而至。眾人黑夜難以視物，只能憑聽覺擋格，兩人立時中箭下馬，其他人陣腳大亂。

這陝北七凶善於實戰，經驗比這批騎士勝上千百倍，甫上來即奪得先機。

陝北七凶的五凶，衝入了周姓大漢的陣中，一輪兵刃交鋒的聲音響起，騎士們已潰不成軍。這五凶確是凶勇無倫。

騎士中以周姓大漢武功最高，但敵手持的是重矛，迎頭硬給他三下重擊，力量如山洪暴發，他全賴精妙的手法，才把三擊接下來，但已是虎口震裂。

周姓大漢一邊擋格，一邊喝道：「簡良！」

臉色鐵青的簡良一邊加強攻勢，一邊猙獰狂笑道：「算你記得老子，今晚你們死定了。周城宇，你將是第一個歸天的人。」

周城宇心中懍然，這簡良在七凶中排名第三。七凶的名次全以武功排列，以老大及老二最是高強，依次是老三、老四……現下老二、老大尚未出現，分明是去追趕馬車。看來自己不幸言中，敵人的目標是自己未過門的妻子，不由心焦如火。

其他騎士悶哼連聲，不斷有人濺血受傷，己方雖然人數眾多，但先給敵方射傷兩人，而敵人武功又超越己方，不一刻便變成苦苦支撐，落敗只是早晚間事。

這刻不容他想，展開渾身解數，死命反抗。

簡良「嘿嘿」連聲，他不想迫得敵人死命反撲，所以利用比敵方優勝的馬術和重矛的長處，不斷加強壓力，待敵人的體力消耗得差不多了，才一舉從容斃敵。何況老大、老二一定已經得手，想到這裡不禁得意狂笑起來，長矛閃電刺劈，把周城宇殺得後退連連。

周城宇醒悟到他們這邊犯下了一個嚴重錯誤，就是不應該在馬上禦敵。他們的馬術和這些精擅馬戰的大盜，相去不可以道里計，假如能下馬應戰，至少不像目下這般不濟。

幾聲慘叫，又再有三人在五凶的攻勢下倒跌下馬，只剩下七個人在支撐殘局。眼看要全軍覆沒。

「噹」的一聲，周城宇長劍被挑飛，中門大開。

簡良獰笑一聲，長矛閃電直刺。

周城宇一個倒翻，跌往馬後。

簡良急追而至，長矛斜指地上，正要予敵人致命一擊。

這時簡良聽到一陣奇怪的聲音，像風的呼嘯。

背後幾下驚呼和慘叫傳來，簡良認得是其他四凶的聲音，待要回頭，一股凜冽的刀氣迫背而至。

這簡良十分了得，數十年的搏擊經驗使他第一時間從馬頭翻下，藉馬體阻擋敵人的進擊，跟著不進反退，竄入馬腹，長矛由下向上，全力往刀氣方向重擊，所有動作一氣呵成，絕無半點停滯。

一人沉喝道：「好！」

一把長刀側劈矛頭，簡良順著刀勢劈來的方向運勁猛挑，希望藉矛重長的優點，把長刀挑飛。

豈知刀、矛相擊，剎那間長矛的力道完全消失得無影無蹤，活像簡良只是軟弱無力地把長矛斜舉在半空。

簡良知道敵刀以一種非常巧妙的勁道，在劈中矛身時，一退一送，恰好把他強勁的力道化去，不多也不少。

簡良醒悟到這道理是一回事，仍然難過得臉色煞白，一口鮮血直噴出來，向後連退了幾步，鐵矛下垂。

這等力道的轉變，比之用猛力拉空，還要使人難受。

那人輕提長刀，步步緊迫而來。

簡良這時才有機會望向來者。

提刀者身材魁梧，年約三十，有種瀟灑不滯於物的懾人神采，兩眼有如天上的亮星，光芒凝然有若實質。

他周圍所有人都停了手，自己其他的兄弟躺了一地，沒有人還能站起來。

周城宇等一眾正在旁觀看自己的下場。

簡良一向凶厲至極，不知怎地在這人面前卻半點勇氣也提不起來，在敵人驚人的鋒銳下，完全喪失了鬥志，「噹」的一聲長矛掉在地上。

對方一點不放鬆，朗然一笑道：「簡兄為何失去鬥志？」

簡良狠聲道：「閣下刀法簡某聞所未聞，自知萬萬不敵，要殺要剮，請賜我一個痛快，簡某感激不盡，不過，希望能將大名見告，不用死也只作糊塗之鬼。」

周城宇等一聽，立時露出注意的神情，他們也想知道這援手是誰。

對方道：「本人傳鷹，簡兄不愧是硬漢。」

眾人一齊心神大震。

簡良發出淒厲的笑聲，好一會兒才道：「敗在能與『魔宗』蒙赤行平起平坐的天下第一刀手下，簡某心服口服，請動手吧！」

傳鷹淡淡笑道：「簡兄，我們來做個交易如何？」

簡良一呆，雙眼發光，可以不死，誰人想死？

周城宇等也呆起來。

傳鷹行事出人意表，早先斬殺那四凶，一派辣手無情，這刻說話爾雅溫文，卻處處留有餘地，令縱使是敵對的簡良，也生出合作服從的心態。

傳鷹道：「只要簡兄能指示在下，如何把你們老大、老二劫去的女子尋回，並立下以後洗手江湖的誓言，簡兄就可飄然而去。」

簡良臉色一陣青一陣白，顯然內心進行極大掙扎。

傳鷹說來輕鬆，不啻是要簡良出賣他的大哥和二哥。試問天下有誰能對抗傳鷹？

簡良長嘆一聲道：「你還是殺了我吧！」

他想到自己七兄弟歃血為盟，多年來對人雖是絕不留情，自己兄弟卻眞是肝膽相照，否則也不能掙到如今地位，如何可以賣友求生？

傳鷹仰天長笑，道：「我答應你假如他們肯立誓向善，便放他們一馬，如何？否則即使他們走到天腳底，我也要教他們碎屍萬段，曝屍荒野！」

簡良雙目放光，傳鷹這一著擊中他要害，實在是兩全其美之法，權衡利害，喟然道：「使得！就此一言為定。」

第二十一章　再會伊人

銅仁在成都東南，是個大鎮。

這日清早，有輛馬車在一個眇了一目的瘦高漢子策騎下，緩緩駛至東郊一座荒涼的古廟前。

馬車後還跟著一名全身白衣、面目有種說不出邪惡的壯漢。

馬車停了下來。

古廟走了幾個人出來。

當先一人相貌威嚴，身上衣著華貴，自有一種慣於發號施令的派勢。身後三人全副武裝，氣度沉凝，均是高手。

當先那人神色不動地道：「白老大、馬老二，恭喜兩位又可以賺一大筆。」

馬車後的騎士「嘿嘿」一笑，臉上皮肉不動地道：「蕭老闆富甲蘇杭，又是蒙人的寵兒，區區百萬，怎會放在眼內？貨已送到，請點收。」

那蕭老闆做個手勢，身後立時有人搶出，走到馬車旁，推門一看，又退回蕭老闆身後，道：「沒問題！」

駕車的眇目大漢道：「這位是否長白的范成就兄？」

那看貨的壯漢「嗯」的應了一聲，神情倨傲。

蕭老闆輕拍手掌，立時有人從廟內奔出，取出一個錦盒。

陝北七凶的老大白無心做個暗號，老二馬黑手立時跳下馬車，把錦盒打開，內裡全是一塊塊金澄澄的黃金。

馬黑手仰天長笑，道：「蕭老闆果是信人，這交易圓滿結束。」

蕭老闆「嘿嘿」笑道：「爾等須緊記守密之諾，這女子牽涉到當今第一高手傳鷹，稍有風聲漏出，你我都死無葬身之地。」

白、馬兩人齊齊一愣，駭然道：「你爲何不早說出來？」

要知傳鷹名震西陲，馬賊聞之膽喪，陝北七凶以馬賊起家，自然忌憚傳鷹。

蕭老闆道：「爾等何用驚惶？傳鷹目下自顧不暇，蒙方與魔教人人欲得之而甘心，否則我亦未必有此行動。」跟著哈哈狂笑道：「這是天佑我也，任她如何高傲冷淡，最後還不是落入我手內，讓我一親香澤。」

白、馬兩人露出不滿的神色，他們一向凶狠強橫，幾乎要翻臉動手，不過這蕭老闆身後無不是硬手，他們既已錢財到手，惟有強忍這口氣，何況已是勢成騎虎。

兩人剛要離去，忽地發覺蕭老闆數人臉上現出驚駭欲絕的神情，呆望他們身後，兩人霍然回頭。一個雄偉的男子，背插厚背長刀，傲然卓立，從容自若地掃視在場各人，他有種懾人的神采，使人不敢生出絲毫輕視之心。

白無心的利斧，馬黑手的短刀，一齊出手。

蕭老闆身後數人，全掣出兵器，如臨大敵。

蕭老闆臉上的血色一下褪盡，沙聲道：「傳鷹！」

傳鷹仰天長笑，說不出的灑脫自然，淡然道：「傳某雖是自顧不暇，但盡殺爾等只是舉手之力，不知蕭老闆信是不信？」

蕭老闆身後的長白高手范成就怒喝道：「別人怕你傳鷹，我偏不信邪。」

傳鷹眼尾也不望他，轉到眼睛亂轉的白無心和馬黑手兩人身上道：「我曾答應過人，若你兩人能立下毒誓，棄惡從善，就讓你二人離去，請給我一個答覆。」

白無心青面漲紅，眼中凶光暴閃，手中鐵斧提起，遙對傳鷹，同時發出暗號，馬黑手心意相通，立時搶上有利位置，準備合擊。

蕭老闆知道事無善了，揮手令身後三人立時搶出。

同時間古廟內衝出了另外七人，十二個人持著各類型的兵器，將傳鷹團團圍困。

傳鷹冷然自若，靜如深海，穩若高山。在蒙古的千軍萬馬中，他仍能縱橫自如，這等一般人眼中的高手，如何放在他眼內？

蕭老闆暴喝道：「動手！」自己卻向後退走。

所有人動作起來，向傳鷹猛攻，除了白無心和馬黑手。

白無心的利斧，馬黑手的短刀，同時向蕭老闆的手下發出突擊。

蕭老闆的十名手下猝不及防下，血肉橫飛，頭斷骨折的聲音和慘叫聲混合一起，慘不忍睹。

這時蕭老闆退入了廟內。

戰事很快結束。

傳鷹刀不離鞘，十條死屍伏滿地上。

白無心向傳鷹拱手道：「傳大俠名震大漠，我們豈敢爭鋒？以後我們兩人若有一絲惡行，教我們萬箭穿心，永世不得爲人。」

這人快人快語。

傳鷹微微一笑，他曾在大漠以馬賊試刀，確是使人喪膽，道：「那蕭老闆你們也不會讓他留在人世吧！」

白無心道：「這個當然，眼下我們立即去追殺此人。」

馬黑手在旁道：「若我等知道此事與傳大俠有關，一定不肯接過來，請大俠見諒。」

傳鷹道：「爾等即去，地上黃金，給我送往龍尊義的義軍。」諒這兩人不敢抗命，否則他們將無一夜可以安寢而眠。

兩人應命而去。

傳鷹暗嘆一聲，這正是不求名而名自來，他成爲了當世無敵的象徵，連黑道的人物也鎮壓得貼貼服服。

他舉步走向馬車，心情居然緊張起來。適才他在旁竊聽他們對答，才知道馬車內周城宇的未過門妻子竟和自己有關，只不知是誰。

他緩緩推開車門。

迎上一對淒迷清幽，似乎對這世界漠不關心的美眸，和秀美無倫的俏臉。

高典靜。

以琴技美貌名動杭州的美女。

傳鷹這樣的修養，仍禁不住心神震動。

高典靜手腳被縛，人卻清醒，她在馬車內已知來者是傳鷹，心中的淒苦幽怨，湧上心頭，淚珠早滾下俏臉，梨花帶雨。

相見時難別亦難。

傳鷹伸手扯斷她手腳的束縛，一把將她抱出車外，感到她柔弱的身體在他懷內顫動，心中充滿蜜意柔情，旋又醒覺到這將是別人的妻子。

高典靜緊閉雙目，淚珠卻不斷流下。

傳鷹輕輕爲她搓揉痲木的手足，心裡也不知是什麼滋味，卻找不到一句適當的話。

高典靜睜開秀目，剛好遇上傳鷹下望的目光，糾纏在一起。

傳鷹俯首在她櫻唇輕輕吻了一下，柔聲道：「周兄在來此途中，他會善待你的。」

有緣相見，無緣相聚。

高典靜強忍激動道：「傳郎，你可否給我把琴拿來？」

傳鷹緩緩起立，從馬車取出古琴。

高典靜接過古琴，席地坐下，把古琴橫放膝上。

傳鷹坐在她面前，一股憂傷橫亙心胸。

造化弄人，竟至如斯。

高典靜閉目靜神，好一會兒胸脯的起伏慢了下來，手作蘭花，「叮叮咚咚」奏起琴來。

七條絲弦在她的妙手下，交織成一片哀怨莫名的仙韻。

這一曲不載於任何曲譜，高典靜因情觸景，即興隨想，化成此曲。

琴聲在古廟前的空野飄盪，有時流水行雲，鳥翔虛空；有時俯首低鳴，若深谷流泉。

傳鷹不一會兒已被琴聲吸引，進入了一個音樂的動人世界裡。

他感到高典靜在述說她那無奈孤獨的一生，如怨如泣。

更感受到高典靜對他的無限情意，若如蝶舞花間。

他記起她羨慕蝴蝶短暫的生命，因每刻都是新鮮動人。

過往情景，重現心田。

琴音千變萬化，細訴人世的悲歡離合。

他感到生命的無奈，老病死生的循環不休。淚珠順臉流下。

他們兩人間從沒有一句親密話兒，但那種銘心刻骨，卻更爲深切。

馬蹄聲在遠方響起。

高典靜心神受擾，倏然停手，抬頭看時，傳鷹已消失眼前。

她知道自己永遠不會再彈琴了。

此情可待成追憶，只是當時已惘然。

第二十二章　狹路相逢

八月一日。晴。

四川成都。

成都位於平原的中央，產物豐富，人煙稠密，是四川境內最富庶之地，與杭州同爲長江以南之東、西兩大都市。

忽必烈於此設四川樞密院，爲蒙人西南政治、經濟的重心。

這日兩輛黑色的馬車緩緩入城，車內坐了陰癸派的三位凶人，掌門厲工和四大高手中的李開素和鄧解。

剛抵成都，立即有人前來聯絡，將他們引至一所大宅，該地蒙方的負責人英谷沙，正在候駕。

英谷沙是女眞人，早年隨卓和辦事積功而成爲當地密探的大頭領，一身武藝，相當出色。當然比起陰癸派的這些蓋世魔頭，他的武功自是差了一大截。

英谷沙接獲杭州來的密令，要盡量予厲工等人助力，務使他們與傳鷹結下深仇，兩敗俱傷。

厲工等人進入大廳，分賓主坐下，大家先是客氣了幾句，才轉到正題。

厲工道：「當日在杭，蒙卓指揮親告在下，祝夫人和那赫天魔最後出現的地方，便是成都，未知英兄有否更進一步的消息？」

英谷沙微微一笑道：「自七月十二日接到卓指揮使的飛鴿傳書後，在下動用了所有人手，以水銀瀉地的方式，探查在那一段時間內初到成都的人物，終於有了點眉目。」說時頗有得色。

厲工何等樣人，察貌辨色，知道這人對自己的調查方法非常自負。

厲工道：「願聞其詳。」

英谷沙道：「我方可調用的人手達二千之眾，又可發動當地幫會助我調查，但成都乃大都邑，短時間內要找蓄意躲藏的一對男女，無疑是大海撈針。我們特別針對這兩人的特點，盡向糧舖和女性用品方面去調查，於三日前，終於成功地找到貴派的目標。」

厲工等三人拍案叫絕，對英谷沙的調查方法大爲佩服。

要知像赫天魔這等練武之士，每每食量驚人，所以儘管他隱身不出，仍需購置大批糧食，只要查得哪間米糧店曾於這一段時間內出售大批糧食，自然有線索可以追尋。

至於女性用品則是針對祝夫人這類年輕貌美的女性，要她不化妝打扮，那是休想，所以這兩條線索加起來，不愁對方漏。

厲工道：「時機稍縱即逝，可否請英先生遣人帶路？」

英谷沙道：「一切預備妥當，現在起程，應可於明早到達。」

厲工一陣長笑，極爲滿意，他十年潛修，爲的就是與令東來再決雌雄。

一條山路蜿蜒向上，曲徑通幽。秋天的景色，瑰麗迷人。

厲工等三人展開身法，直往山腰處撲去，山上傳來一下又一下的劈柴聲，在空中不斷迴響。

再轉了個彎，一位面目黝黑、不類中土人士的大漢，蹲在路中心劈柴，劈開了的柴枝，鋪滿地上。

鄧解首先道：「赫天魔！」

赫天魔抬起頭來，迅速在三人身上巡視了一遍，目光停在厲工身上最久，露出警戒的神色，又垂下頭來，繼續劈柴。

李開素向鄧解略施眼色，兩大凶人驀然一齊出手，這兩人的武功都走畢夜驚的路子，兩雙魔爪，分左右向赫天魔抓去。

赫天魔在這兩人四隻魔爪籠罩下，所有退路均被封死，暗忖這三人不知是何門路，武功這般高強。

一邊想，一邊不敢閒著，疾躍而起，手足並用，漫天柴枝挾著強猛的內勁，向攻來的兩凶擊去。

厲工自重身分，站在一旁觀看，一副事不關己的模樣。

赫天魔除了雙手擲出柴枝外，雙腳同時踢起地上的柴枝，一點也不比雙手遜色，這人全身上下，每一個部分都有驚人的攻擊能力。

轉瞬地上柴枝已盡，赫天魔一聲怪叫，身形暴退。

鄧解和李開素豈是易與，滿天柴枝射來，毫無躲避之意，兩人四手幻出漫天掌形，硬生生將勁射而來的柴枝劈開，一下也沒有給撞到身上，可是兩人身形終究慢了一線。

赫天魔消失在山路盡處。

兩人迅如鬼魅，啣尾追去。

轉瞬來至一條分叉路上，兩人合作多年，早有默契，分頭追上。

厲工揹負雙手，緩緩跟來，有若一個遊山的騷人墨客，好不寫意。

赫天魔武功雖高，最多也是高出鄧、李二人一線，如何會放在這一代魔王的眼裡？

一聲慘叫自山上傳來。

厲工愕然直衝上山，向著慘叫傳來的方向掠去。

厲工何等迅快，轉眼撲至現場，連他這等深藏不露的人物亦嚇了一跳，那景象實在太過淒厲驚人。

鄧解這時才掠至他身邊，一看之下，一樣是目瞪口呆。

李開素背靠大樹坐倒地上，雙手抓著一隻齊肩而斷的血手，血手連肩的那一截血肉模糊，血水還在滴流，把草地染紅了大片。

血手的另一端，插進了李開素的胸膛。顯然在李開素折斷赫天魔的一手的同時，赫天魔的手亦要了他的命。

李開素雙眼睜開，死不瞑目。

厲工心下暗懍，這赫天魔完全是不要命的打法，存下了必死之心，這實在有點奇怪。看來自己當日答應卓和不殺此人的承諾，難以遵守。厲工緩緩抬頭，山路盡處，露出一角籬笆，當是赫、祝兩人匿藏之所。厲工一揮手，兩人一齊撲上。

屋內空無一人，鄧解剛想追出，厲工道：「你留在這裡搜屋，我不信在這樣匆忙的時間，加上有人重傷，他們仍能把密函帶在身上，況且事起倉卒，他們亦不知我們爲此而來，密函可能仍在此處。待我追上他們，擒回那女的，再作計較。」話才說完，掠空而去。

這厲工臨危不亂，確是一派宗主風範。

厲工去後，鄧解開始搜索。這人昔年曾為大盜，肆虐河東一帶，這一回正合本行，不一刻找到那個刻有祝名榭的神主牌。

鄧解大喜，打開格板，密函果然在內，函面龍飛鳳舞地寫了一行字：「名榭姪孫親啓」。

剛想納入懷中，一隻手伸了過來，將密函輕輕鬆鬆地搶了過去。

鄧解立時嚇得魂飛魄散，他一生橫行，除了對師兄厲工忌憚外，眞是天不怕，地不怕，但現在這人來至身邊，舉手奪信，自己竟全無抗拒之力，怎不教這魔頭震駭莫名？

一個身穿灰衣、氣宇軒昂的男子，背插厚背長刀，卓立屋內。

鄧解道：「閣下何人？」

那男人微微一笑道：「在下傳鷹，厲工何在？」這傳鷹語氣間有一種奇怪的魅力，使人不自覺去遵照他的指示。

鄧解自忖不敵，語氣變軟道：「本派掌門追上山頂，你的朋友現下凶險萬分。」

傳鷹臉色一變，道：「你速下山，你我再見之日，便是你喪命之時。」

鄧解垂頭不語，緩緩從傳鷹身旁走向門外，當他行至傳鷹背後四尺處，突然迅速回身蹲低，兩爪閃電向傳鷹下身抓去。這兩爪無聲無息，毒辣之至。

傳鷹右腳閃電踢出，後發先至，一下踢上鄧解的手腕。

鄧解獰笑一聲，左手腕疾壓傳鷹腳踝。他在這對魔爪上下了數十年工夫，非同小可，以傳鷹的腳勁，仍給他硬震開去。

鄧解藉這優勢，欺身撲上，希冀以自己擅長的近身搏鬥，消解傳鷹名震天下的厚背長刀，右手兩指並開，猛刺傳鷹雙目，右腳再平踢傳鷹下陰，他平衡的功夫造極登峰，起腳時上身絲毫不見晃動。

要知人最敏銳的感官就是眼睛，鄧解攻擊傳鷹眼目，正是要騷擾他的視線，掩飾他右腳的殺著，陰毒非常。

傳鷹果然仰首避開，鄧解大喜，右腳正中實物，卻非傳鷹的下陰，而是厚背刀的刀鋒。鄧解才知傳鷹比他更狡猾，一聲慘叫，猛收已鮮血激濺的右腳，豈知傳鷹的刀貼著他腳底，一下把他挑得反飛而起。

傳鷹一聲長笑，刀光再閃，鄧解凌空解體，頸項處鮮血狂噴，一代凶人，當場斃命。

傳鷹走出屋外，四面群山圍繞，使人有置身深山絕谷的感受。

傳鷹運起真氣，揚聲道：「厲工！密函在我傳鷹手中，若我兩位朋友有絲毫損傷，本人即毀密函。」

聲音遠遠傳出，群山轟然迴響。

厲工的聲音從山上傳來道：「這個容易，只要你交出信函，我保證還你兩個活人。」

他的聲音平遠清和，源源不絕，絲毫沒有提高聲調的感覺。

傳鷹心中一震，厲魔功力之高，遠超他想像之外，而且正大寬宏，達到由魔境進軍無上正道的境界。

不旋踵一個長髮披肩、面泛青紫的高瘦男子在頂處出現，手中各提一人，似乎緩緩而行，轉瞬來至他身前五丈處。

兩人互相凝視，同時發覺對方氣勢強大，無懈可擊。

厲工放下祝、赫兩人。

赫天魔臉色蒼白，雙目緊閉，左手齊肩斷去，斷口處還在不斷滲出血水。

祝夫人美豔如花，雙眼睜開，卻不能言語，給制住了穴道，胸前衣服有一圈血跡。

傳鷹感覺祝夫人望向自己那一眼，感情複雜，剛要思索其含意，厲工已道：「她胸前的血跡，乃是她欲以小刀自殺，爲我所救。」

傳鷹心中一震，暗忖赫天魔既捨身殺敵，祝夫人又以刀自刺，皆萌死志，內中究竟有何玄虛？可是現今大敵當前，不暇細想，朗聲道：「我友受傷，皆由你而起，閣下難辭其咎。」

厲工道：「閒話休提，你若不速交信函，他們兩人立即命喪當場。」

傳鷹仰天長笑道：「那密函你也休想得到。」

厲工只覺得傳鷹此人行事出人意表，絕非那種可以欺之以方的君子。

厲工嘿然道：「傳兄果是不凡，厲某縱橫天下，你還是第一個這樣在我面前說話的人。」

話猶未了，全身不見任何動作，已來到傳鷹身前五尺處。傳鷹的長刀這時才趕及劈出。

厲工一手收在背後，左手揮出，一掌重拍在刀身上。

兩人悶哼一聲，倏地分開。

這一試探，兩人平分秋色，不由重新對敵人估計起來。

傳鷹心中大懍，厲工身法迅疾，固是驚人，但他內力有種陰寒之氣，長時間交戰中，將會發揮出難以想像的威力。

厲工也是怵然大驚，他自恃功力深厚，甫上場便試傳鷹的內力，豈知對方內力生生不息，如天道循環，無止無休。

厲工沉聲道：「他死了嗎？」

傳鷹知道他在說鄧解，微微點頭，暗裡則提聚功力。

豈知厲工面容不改，似乎像只是死了隻螞蟻的模樣。

傳鷹道：「我有一折衷之法，不如我倆將此函撕開，各持一半，聯袂往見令東來，假設令東來毫無異樣，我便袖手旁觀，任你兩人公平較量。」

厲工拍案叫絕。

傳鷹的想法大膽而有創意，且是唯一可行之法。

要知若是令東來因某種原因，失去抵抗之力，厲工一到，令東來必受盡凌辱，若是傳鷹在旁，自然可以因情制宜。

反之如果令東來安然無恙，傳鷹自是落得讓他們決鬥，於厲工的目的毫無阻礙。

厲工一陣大笑道：「一言爲定，我倆立即起行，至於將密函撕作兩半，則不必多此一舉，一切由傳兄帶領便可。」跟著輕拍祝、赫兩人，祝夫人連忙站起，直撲進傳鷹懷裡。

厲工順手給赫天魔點了睡穴，讓他沉沉睡去，免他醒來痛苦。

厲工道：「給你一炷香時間，讓我先將兩位師弟埋葬，稍後在山腳等你。」

這人說來平淡，彷彿全不念舊的人，傳鷹雖佩服其氣魄風度，可是對他的無情，卻大感懍然。

厲工自去不表。

祝夫人伏在他的懷內，一陣女性的幽香，傳進傳鷹鼻內，使他泛起熟悉的溫馨。

傳鷹輕聲道：「楚楚，我明白了，赫兄不世英雄，你便陪他回塞外，他日我若有空，必前往探訪你們，和你們的子女。」

祝夫人全身一震。

原來傳鷹從祝、赫兩人各萌死志，知兩人互生情愫，但祝夫人既深愛自己，赫天魔受己所託，亦不能監守自盜，所以兩人死結難解，都起了必死之心。傳鷹與厲工訂下同行之約，也是針對這點，給二人一個機會。

傳鷹輕輕推開祝夫人，轉頭而去。

祝夫人淚眼模糊，若非赫天魔斷去一臂，她必然仍會跟隨傳鷹，可是目下赫天魔再次爲她受傷，自己又怎能丟下他不理？

傳鷹的背影沒入山路的盡處。

第二十三章　正邪合璧

經過了二十多天的行程，這一日兩人來到甘肅省嘉峪關之北的一個大鎮西窩舖。找了一間客棧歇腳，梳洗後兩人又聚集在客棧的酒家內進茶。

傳鷹到了辟穀的境界，只是象徵式地喝點茶水。厲工功力深厚，數日一餐，吃點水果蔬菜，可足夠身體所需。

這兩人一路行來，有時整日談論武道，仿若摯交，有時則數日不言，狀如陌路，不知情的人，會如丈二金剛般摸不著頭腦。

這時酒家內滿是行旅，非常熱鬧。

傳鷹道：「令東來潛修之處，在此西行百多里外之疏勒南山，該山為雄視當地的第一高峰，至於進入函中所述的十絕關，就非要到當地視察形勢，才能知道究竟。」

厲工面無表情，只是微微頷首，表示贊同。

這時天氣開始轉冷，這西窩舖貼近塔克拉瑪干沙漠，入夜後氣溫驟降。

此時人人都加穿上厚皮革，厲、傳兩人寒暑不侵，只是不想驚世駭俗，仍是照穿不誤，聊備一格。

酒家大門的門簾，每逢有人進入，掀起簾布，寒風吹入，近門的人都禁不住瑟縮一番，暗暗詛咒。

就在此刻，那門簾忽然給人兩邊揭起，寒風呼呼吹入。

過了好一會兒，才有一個身型矮壯的大漢走了入來。緊跟著的是一位明艷照人的美婦，後面魚貫進來四名大漢。

這些人都攜有各式各樣的兵器，神態悍勇，原來想發作的人見到這等架勢，連忙噤聲不言。酒家的夥計連忙趕來招呼這一行人，坐到傳鷹和厲工兩人旁的大檯。

幾人入座後遊目四顧，打量四周的茶客，目光到了厲、傳兩人處，見兩人低頭喝茶，就不再留意他們。

這批人迅速以江湖切口交談，聽得厲、傳兩人大皺眉頭。

原來他們都屬於雄霸甘肅、陝西兩省，勢力最爲龐大的甘陝幫。這個幫會自宋初創幫，至今有數百年歷史，影響力籠罩甘肅、陝西和通往天山的交通要道，坐地分肥，極爲興盛。

現在的幫主霍金城，更是雄才大略，武功高強，手下高手如雲，本應大有作爲，可惜生不逢時，隨蒙人入主中國，一股以女眞人、蒙人爲主幹，原爲馬賊的另一大幫飛馬會，亦崛起於西域一帶，近年勢力開始伸入甘肅，向甘陝幫的地盤挑戰。

十日前飛馬會的會主哈漠沙，親率會內高手及過千強徒，把通往疏勒南山的道路完全封鎖，意圖將甘陝幫在此區的勢力連根拔起。

厲、傳兩人皺眉正在於此。要知他們剛好要前往疏勒南山，這些幫會勢力互爭地盤，對他們的行程自然大有影響，平添無謂的麻煩。

這是個大動亂的時代，新舊勢力交替，在中土的每一個角落進行著。

就在這時，酒家正門的門簾給人一把撕了下來，登時滿屋寒風。

眾人還來不及咒罵，十多個身穿獸皮的凶悍馬賊闖了進來。

這些人搏鬥經驗顯然十分豐富，進門後立即散開，扼守後門、窗戶所有去路，目標應是甘陝幫那五男一女。

一時酒家內刀光劍影，殺氣瀰漫。

其他食客臉色發白，有些已軟倒或蹲伏地上。

刀劍無情，誰能不懼？

那五男一女安坐如故，神色都有點緊張，部分人的手搭在刀柄上。

這時又有幾人走了進來，當先一人身材中等，頗為健碩，雙眼凶光畢露，一派好勇鬥狠的模樣，看樣子是剛才進來那些馬賊的頭目。

這人開口道：「本人飛馬會方典，與甘陝幫幾位朋友在此有要事待決，其他朋友，請上路吧！」

酒家內霎時間雞飛狗走，轉眼只剩下甘陝幫和厲、傳兩檯仍安坐如故。

傳鷹對甘陝幫這批人略生好感，他們居然不趁其他人散去時突圍，免傷無辜，頗有原則。

那方典目光灼灼，在厲、傳兩人身上射來射去。

厲工形貌古怪，面上不露表情。

傳鷹英姿過人，意態悠閒。

看來都是難惹的硬手。

方典暗自盤算，背後的手下揚聲喝道：「那邊兩廝，還不滾……」

「蛋」字還未出口，一股茶箭從厲工手中茶杯潑來，穿入他口中。

那喝罵的漢子向後倒跌，「砰」的一聲撞在牆上，七孔鮮血迸濺，當場斃命。

全場除了傳鷹外，無論是飛馬會或甘陝幫的人，都目瞪口呆，驚駭欲絕。

厲工則若無其事，繼續喝茶。

傳鷹暗忖若是厲工大開殺戒，自己的立場將頗爲尷尬。

方典畢生還是首次見到這等驚人武功，即使是自己敬若天神的飛馬會會主哈漠沙，比起此人還是萬萬不及，不要說爲手下報仇，就算是想也不敢想。

方典道：「這位高人貴姓大名？」他現在說的是場面話，日後也好向會內交代。

厲工面無表情。

傳鷹心知他動手在即，忍不住喝道：「滾！」這一聲有如巨錘一樣，全場各人心頭一震。

方典知機得很，立即退出門外，其他人也恨爹娘少生雙腳，一下子全部退去，眞當得上來去如風這個形容。

隔檯那帶頭的矮壯漢子起身道：「在下甘陝幫謝子龍，今日有眼無珠，不知高人在座，並得以仗義出手，感激不盡。」

厲工一言不發，自顧自在喝茶。

謝子龍對厲工的高深莫測和狠辣的手段極是忌憚，深恐一下言語得罪，惹來殺身之禍，拱了拱手，率領手下離去。

霎時間整座酒家，只有厲、傳兩人。

傳鷹見厲工震懾全場，依然沒有半絲得色，知道此人全心全意，將一生的目標放在與「無上宗師」令東來的較量上，其他世俗的名利生死，全不放在心上。

傳鷹忍不住衝口問道：「厲兄昔日與令東來一戰，內中情形，可否見告？」

厲工面容一動，兩眼望著傳鷹，精芒暴閃，過了好一會兒，輕垂眼瞼，望向碧綠的茶水，緩緩道：「在遇到令東來之前，本人縱橫宇內，順我者昌，逆我者亡，傲視當世。」

說到這裡，停了下來，陷進了回憶之中。

這時風沙從門開處吹了進來，把酒家的油燈弄得閃爍不定。

偌大的空間裡，除了厲、傳兩人外，只有二十多張空檯子，情景詭異莫名。

厲工長長吁出一口氣，續道：「那天早上，我在臨安郊野的一所別院內靜修，忽然一陣簫聲從山頂處傳來，簫聲高亢處，如在天邊遠方；低迴時，如耳邊哀泣。簫聲若即若離，高至無限，低復無窮，已達簫道之化境。」

厲工臉上露出沉醉的神色，顯然當時他被簫聲所感，至今難忘。

厲工望向傳鷹，眼中露出興奮的神色道：「於是我知道，那是令東來到了！我也不知道自己當時爲什麼會知道。今天我明白了，我也到了這種心靈傳感的層次，但當時他已經做到了。」

厲工眼中露出一種崇敬的神色。

傳鷹有一種很奇怪的感覺，就是厲工這次找令東來，並不是因爲自己曾被擊敗，所以要矢志報仇，而是他太懷念那經驗，要再去多經歷一次。

厲工淡淡一笑道：「你明白了？」

傳鷹默然不語。

厲工仰天一陣狂笑，震得所有油燈一陣狂閃。

外面的風愈颳愈大。

酒家內靜如鬼域。

狂笑倏然而止，厲工眼角竟有點濕潤，道：「這個世界能令我動心的事物少之又少，但對於與令東來再見眞章，厲某卻是沒齒不忘。當我聽到簫聲，立即衝出別院，找尋聲音的來源。奇怪得很，當時隨我同在別院的，還有其他教派的弟子和與本派有關係的朋友共二十多人，我居然不見一人。簫聲飄忽不定，我在山野間四處追逐，始終未能找到吹簫之人。」

厲工頓了一頓，又道：「到我無功而返，別院內仍是空無一人，當時我已經筋疲力盡，意冷心灰。坐在靜室內，靜候令東來的大駕。這刻簫聲忽止。」

傳鷹見到厲工臉上現出驚畏的神色，知道這一代宗主陷入了當時情景的回憶內，重新經歷當日的事物。不知有什麼情形，能令他回憶起來也覺得害怕。

厲工續道：「就在這時，有人在門上敲了三下，我立即提聚全身功力，準備與令東來拚個生死。當時的形勢，眞是千鈞一髮。」

厲工望向傳鷹，搖頭道：「結果我並沒有攻出那一擊，進來的是我的二徒。我連忙質問他們到了哪裡，他說他們如常一樣，都聚集在別院內，沒有人聽到簫聲，沒有人見過我來回狂奔，一切如常，沒有絲毫特別。」

厲工露出一絲苦笑：「你一定以爲我是走火入魔，故滿腦幻象。請讓我給你看一樣事物。」說完便解開包袱，將一件白袍拿了出來。

白袍的背後畫滿了各種姿勢的人像，旁邊密密麻麻寫了很多蠅頭小字。

傳鷹留心一看，都是先畫有一式然後再述說那一式的破法。

字形龍飛鳳舞，滿布白袍的背後。

厲工道：「當時我穿的就是這件白袍，背後給人寫了這許多東西，居然一無所覺，你看看。」把長袍的左下襬給傳鷹看。

傳鷹看到左下角盡處寫道：

令東來破陰癸派天魔手七十二式，特爲君賀。

厲工道：「他那破解之法，妙絕天下，至今仍不能想出更好的破解方法。如果我不是修成紫血大法，根本沒有再見他的勇氣。」

厲工又道：「其實我只想見見他而已。」

從西窩鋪往疏勒南山約百八十里遠，一般行旅乘馬最快也要四日才到，加上天氣乾燥，風沙大，沿途都是沙漠或半沙漠地帶，路程頗爲艱苦。

幸好沿途有幾個綠洲，例如嘉峪關附近的酒泉，和途中的綠田，均是各民族聚居交易的地方。

傳鷹二十多歲時曾在戈壁沙漠追殺當時肆虐的幾股馬賊，以之爲練劍對象，所以對這區區百多里行程，並不放在心上。

厲工年近七十，一生縱橫天下，經驗豐富不在話下，所以二人買了兩隻駱駝，拒絕了那些毛遂自鷹的嚮導，踏上行程。

他們在早晨出發，天氣極佳。

傳鷹安坐駱駝之上，心中還在思索厲工所述與令東來交手的經過。

從這件事看來，令東來的武功完全超出了武道的範圍，而較接近八師巴那類的精神奇功，接觸到對手心靈至深之處，生命的玄機。

但他在厲工衣服身後畫上破解他鎮派之藝「天魔手」的方法，又實實在在是武道的極峰，整件事顯示出「無上宗師」令東來崇高的智慧。

現在不止是厲工，連傳鷹也生出見此「巨人」的渴望，那必是難忘的經驗。

到了黃昏時分，兩人趕了六十多里路。

他們不趕宿頭，在沙漠露天席地，準備度過一夜。

這兩人滴水不進，卻完全沒有一般人那種飢渴和疲累。

厲工道：「我感到前面有陷阱等待我們。」眼睛望向漫無盡頭的沙漠遠處。

傳鷹點頭表示同意，這等沙漠之地，威力最大的還是沙漠本身那種自然的力量，例如像飛馬會的強徒，因長年在此活動，最懂得利用沙漠種種特別的條件，來加強他們的攻擊力，使他們更爲可怕。

所以儘管以傳、厲二人之強大實力，仍不得不早做準備，以應付即來的攻擊。

這時天色開始暗沉下來。駱駝俯伏地上，頭埋沙內。

傳、厲兩人在駱駝間打坐。

經昨夜的交談，他們的距離又拉近了少許，像是兩個知交好友，無所不談。

太陽下山，現出一夜星空，壯麗無匹，斗、牛、女、虛、危、室等星宿橫跨天際。

傳鷹凝神專志，感到自己成了宇宙的中心，漫天精氣貫頂而下，大地精氣由督脈直上，交會於任、督兩脈的周天運行裡。

一時之間，沙漠周圍數里之地，沙內每一點生命，都和自己產生感應。物我兩忘。

傳鷹自於《戰神圖錄》得到啓示後，加上無時無刻的修練，肉體轉化成吸收天地精華的媒介，意識的領域不斷擴張，以致經常感受到奇異的空間，甚或超乎現實物質的世界。以道家修行的程序論，他已達到了煉神還虛的初步階段。

良久，傳鷹從萬有中返回自己的意識內，睜開虎目時，見到厲工兩眼在黑夜裡灼灼生光地凝視自己。傳鷹還沉醉在剛才與天地冥合的奇異情緒裡，不欲言語。

厲工道：「傳鷹你簡直是一個奇蹟。剛才那種天人合一的境界，在你是唾手可得，甚至成了日常生活的大部分。在我來說，卻需天時地利、用志不分，長時間進入心靈的深處才偶一得之。」說完凝視夜空，沉吟不語。

傳鷹道：「由這一刻開始，我才完全感覺不到你的敵意。」

厲工仰天一哂道：「人之感情，自生即有，若不能去，何能超脫？」

厲工續道：「那日我見你割愛與赫天魔，毫無激動，平靜如昔，初時以爲你是天性冷酷之人，到今天才知道你已晉窺天地宇宙之道，完全超越了這世間的情愛仇恨，譬之如天上飛鷹，世人歌頌之事物，與牠何干？」

傳鷹暗暗思索，厲工旁觀者清，這等自然轉化，自己竟是絲毫不覺。

厲工續道：「如果要選後繼令東來者，我一定選你。我雖從魔功入手，但敝門的紫血大法，正是使人由魔入道，便如山峰高高在上，不同的路徑，雖有不同的際遇，目標還是要抵達那峰端。」

頓了一頓，厲工再道：「想當年我魔功初成，足以橫行天下，但內心常有不足，要知我們意念識想，通靈透達，任意翱翔，無遠弗屆，卻為肉身所拘，縛手縛腳。故當我每感苦困，便動手殺人，希望借那短暫的刺激，忘卻那重重的鎖困，直至遇到無上宗師，始知別有洞天，十載潛修，初窺天人之道。」

傳鷹道：「閣下如遇上令東來，還會否與他作生死之戰？」

厲工肅容道：「令東來如能引我晉窺至道，我願叩頭拜他為師，否則一決生死，也好來個大解決。」

第二十四章　前世今生

太陽從東方昇起，大地一片金黃。

傳、厲兩人繼續行程。

兩人沿祁連山的南面，深入沙漠，直往古浪峽前進。

托來南山在前方高高聳起。在托來南山西南八十里，便是他們的目的地疏勒南山了。

疏勒南山下有一大湖，叫哈拉湖，是少數民族聚居之地。

厲工突然道：「傳兄，你有否覺得這處的沙層特厚，駱駝腳步艱困得多？」

傳鷹道：「飛馬會若要來攻，這處沙漠之地，正可發揮他們的戰術。」

厲工微一沉吟道：「假設敵人有五百乘騎士，持重兵器來攻，你看我倆勝望如何？」

傳鷹道：「我也正是如此擔心，要知當日我們與甘陝幫的人隔檯而坐，若飛馬會誤以爲我倆乃甘陝幫約來的幫手，則搏殺我二人，當爲必行之事。只要敵人有五百之眾，在這等荒漠之地，我看即使以你我兩人功力，恐怕也勝望不大，但要自保逃走，天下還未能有困得我等之力。」

這幾句話極端自負，但在傳鷹口中說出來，便如在述說太陽從東方昇起來的那一類眞理。

厲工道：「兵荒馬亂之時，厲某恐難和傳兄走在一道，如我倆分散逃走，便於古浪峽西五里的綠洲會合，假設因事錯過，便在疏勒南山下的哈拉湖見面，如何？」

傳鷹道：「不見不散。」

兩人交換了一個眼神，心靈水乳交融，一齊大笑起來，滿懷歡暢。

厲工一踢駱駝，登時衝前去了。

傳鷹緊緊跟上。

這對強仇大敵，因更遠大的目標和理想，放棄了人世間糾纏不清的恩怨。

敵人終於出現。

四邊塵土漫天揚起，飛馬會的強徒四面八方出現。

初時只是一排黑點，轉眼已見到那些手執矛箭的武士。

傳鷹和厲工同時一愕。

厲工哈哈一笑道：「敵人最少上千之眾，想是必欲置我們於死地哩！」

傳鷹一聲長嘯，直沖雲天，一拍背後伴他出生入死的厚背長刀，當先衝出。

厲工緊跟在後，向敵人殺奔過去。

黃色的沙粒，在陽光照耀下，閃爍生輝，仿如波濤洶湧的黃沙大海。

傳、厲兩人衝至敵人二十丈許的距離，駱駝受驚，跪倒地上。

敵人衝入十丈之內，漫天箭矢，勁射而來。

傳、厲兩人一齊躍去，如老鷹撲羊，凌空向衝來的凶悍馬賊撲去。

背後駱駝慘嘶連連，全身插滿長箭，如同箭豬。

傳鷹激起凶厲之心，在空中提起厚背長刀，撥開長箭，覷準帶頭的強徒，凌空劈去。

刀芒一閃，迎向那持矛頭領，鮮血飛上半天，血還未濺到地上，傳鷹的長刀閃電衝入馬賊群，又斬殺了三人。

厲工撲去的方向，亦是人仰馬翻，一片混亂。

傳鷹長刀每閃，總有一人血濺當場，比之當日西湖湖畔之戰，他功力又大見精進，氣脈悠長，生生不息，哪有半點衰竭之態。

一時天慘地愁，慘烈至極。

這時厲工一聲長嘯傳來，傳鷹知是逃走的訊號，也不逞強，輕易奪來一馬，望古浪峽的方向殺去，見人便斬，轉眼衝出重圍，落荒逃去。

眾馬賊雖虛張聲勢，卻沒半個人敢追來。

這一役，使飛馬會心膽俱寒，退回西域，直到十多年後，才敢再進軍甘肅，傳、厲兩人機緣巧合下，幫了甘陝幫一個天大的忙。

傳鷹在金黃的沙漠上飛馳，心中泛起似曾相識的感覺，現在離飛馬會襲擊他和厲工兩人的地方，最少有十數里遠，傳鷹馬行甚速，穿過了古浪峽，直向綠田邁進。

地上的沙層波浪般起伏，馬蹄踏出的蹄印，風過後難以辨認，了無痕跡。

傳鷹一點不爲厲工擔心，如果眞要擔心的話，反而是爲那些主動伏擊的飛馬會馬賊，以厲工的絕世功力，又奸如狐狸，那些強徒豈是對手？

這時遠方地平線處，出現了一條綠線，隨著快馬的前進，綠色逐漸擴大爲一塊，在金黃的沙漠中，分外奪目，照看該在七至八里的馬程之內。

傳鷹額上冷汗直冒，他那熟悉的感覺愈來愈強烈。

他似乎感到這是他生活了多年的地方，但任他搜索枯腸，也記不起何時自己曾來過此地，心中一片混亂。

綠田在傳鷹視線中變大，綠洲中的湖水反光，隱約可見。

傳鷹一聲驚呼，從馬上跌了下來，在沙上不停翻滾，全身顫抖。他當日被八師巴所引發對前生的記憶，倒捲而回，他已記不起自己是傳鷹，還是那家族被滅、妻子被姦的沙漠武士剎蘭俄。

另一個強烈生命，重新佔據他的心靈。

千百世的前生，一幕一幕在眼前重演。

傳鷹的靈智跨越了時空的阻隔，千百年的經驗，在彈指間重新經歷。

傳鷹埋首沙內，全身痙攣，渾身打顫。現在即使是個柔弱至極的女人，也可置他於死地。

厲工這時到了綠田，突然間，他的心靈再感覺不到傳鷹的存在，龍鷹的精神似乎已經徹底解體，以他不能理解的方式，在時空上作無限伸展。

厲工緩緩跪下，他已懾服在宇宙的神祕之下，甘作順民。

傳鷹在不同的空間和時間神遊。

不知經歷了多久，慢慢又回到「傳鷹」的意識內，身體虛弱，一陣寒，一陣熱，襲遍全身，意志接近完全崩潰，忍不住呻吟起來。

忽然話聲傳進耳內，一把甜美清爽的聲音在耳邊響起道：「姊姊，他醒了。」

另一個較低沉的女子聲音道：「他昏迷足有五日，全身忽冷忽熱，現在可能會有轉機，還不快去請長者阿曼來！」

傳鷹昏昏沉沉，不久後感覺到一隻手摸在自己的額頭上，接著又按自己的腕脈，觸摸腳板。

一個老人的聲音道：「這人渾身氣脈混亂，我畢生還未見過如此病症，看來命不久矣。」

跟著是一陣沉默。

這幾人都是以維吾爾方言交談，傳鷹心中大駭，原來自己竟然全無言語上的隔閡，看來前生的經歷，竟使自己聽懂他們的對答。

這時聽到老者說自己命不久矣，心中一懍，靈智恢復了大部分，連忙專心一志，練起功來，呼吸開始進入慢、長、細的狀態。

突然傳來少女的聲音驚哦一聲，似乎還說了些話。

傳鷹已聽不清楚，沉沉地晉入了天人合一的境界，慢慢復元。

那千百世潛藏在心靈深處的回憶，變成了現在這「傳鷹」腦海的現實部分，經過了千百世的不斷再生和輪迴，傳鷹終於成功地在這一世喚回所有失去的部分，「醒覺」過來。

不知多久，耳邊傳來「窸窣」之聲，傳鷹睜開雙目，看到目下自己正置身在一個帳篷之內，瀰漫羊脂的香味。

他略抬起頭，驀然見到一個健美的女性背影，正在自己身旁換衣，赤裸的背部，豐腴而嬌美，散發著無限的青春。

傳鷹記起了白蓮玨湖中的裸浴、祝夫人渾身濕透後所展現的驕人線條，和現在眼前背對自己更衣的那健康的裸體。

那維吾爾族的少女換好衣服，轉過頭來，全身一震，接觸到傳鷹灼灼的目光。

傳鷹見那少女膚色白裡透紅，高鼻深目，充滿了異國的風情，禁不住微微一笑，露出了一排雪白的牙齒。

那少女何曾見過如此人物，加上塞外女兒不拘俗禮，感情直接，渾然忘了被窺換衣服的羞澀，撲上前來，驚喜道：「你終於醒了！」

傳鷹提氣長身而起，那少女也跟他站起。這少女身型修長，比傳鷹只是矮了半個頭。

傳鷹步出帳篷，帳篷外天氣清涼，夕陽西下，天空一抹橙紅，大地的磅礡氣勢令人嘆爲觀止。

這帳篷恰在一個大湖旁，沿湖還有各種形式的其他蒙古包，回觀己身，已換上了一身維吾爾族男子的服飾。

傳鷹再世爲人，心想厲工不知怎麼了？

那少女在他身旁輕聲道：「姊姊在那邊來了。」

其實傳鷹早看到遠處有一少女，正騎馬奔來，他的視力當然遠勝身旁少女，甚至看到那美麗的維吾爾族少女臉上興奮的表情。

那維吾爾族美女身穿紅衣，旋風似的策馬而來，離她妹妹和傳鷹還有丈許距離，甩蹬躍下馬，一臉燦爛的笑容。

那少女遠遠叫道：「你好了！」

傳鷹一陣大笑，不知怎地心內充滿勃勃生機，生命是如此地美好燦爛，朗聲答道：「我從來未曾如此之好。」

他以極端純正的維吾爾語回答，兩女登時呆了。

傳鷹感覺前生所有回憶，在腦海內水乳交融，渾然無間。

他已遠遠超越了以前的自己，變成了一個更廣闊的「我」，如果他不是有鋼鐵般集中意志的能力，便根本不能注意到此時此刻，自己變成一個外人眼中精神不正常的人。

兩人一前一側，呆瞪著這英姿勃發的雄偉男子，一時如痴如醉。

傳鷹坐在位於綠田正中小湖前的草地斜坡上，下方碧綠的湖水，蕩漾於微風之中。

身旁是一對美麗如花的姊妹，維吾爾族的美女婕夏娘和婕夏柔。

傳鷹心內無限溫柔，暗忖這一類美麗時刻，爲什麼總是那麼稀少？究竟是這種情景難求，還是我們缺乏那種情懷？

兩個香噴噴的少女嬌軀，一左一右挨了上來，塞外少女大膽奔放，對自己所愛的人，沒有絲毫矜持。

四周靜悄無人，黃昏下天地茫茫，遠方不時傳來馬嘶羊咩。

傳鷹心中升起剛從戰神殿逃出生天，遇到白蓮玨沐浴時的情景，忽然憶起身爲武士剎蘭伐時，更曾在此地此湖，觀看一個美女出浴，一幅一幅的美景重現心頭。

他側望左右這兩位貌美如花的姊妹，維吾爾族的少女都是輪廓分明，眼深而大，側面的角度看去，更明艷不可方物。

兩女見他看來，都露出動人的笑容，靠得他更緊了，臉上一片緋紅。

傳鷹心中一動，自祝夫人以來一直從未受人類最原始慾望推動的心靈，忽然活躍起來。

首先轉頭低首望向妹妹婕夏柔，大膽地在她身上梭巡。

婕夏柔身型高眺，極爲豐滿，只有塞外山川靈秀，才能孕育出如斯艷物。

傳鷹又記起她在帳幕內更衣時顯露出的動人裸背和線條，那已是人間美麗的極致。

婕夏柔臉上泛出一片紅暈，傳鷹具有強大的精神力量，直接透過心靈傳感，把他腦中的意念清楚地傳達給她，她但覺自己全身赤裸，任由情郎目光巡遊。

姊姊婕夏娘的雙手緊緊纏了上來，對傳鷹沒有進一步的攻勢，似乎有一點不耐煩，傳鷹再不覺得身旁是兩個人，而是兩團灼熱熔人的火。

青春的熱情，燃燒著這對美女的心頭。

陽光早逝，地火明夷，一輪明月升上高空。

月夜下的湖水，倍添溫柔。

生命在這等時刻，是何等寶貴？

傳鷹心頭泛起一陣悲哀，當這一切成爲日常生活的一部分後，便再沒有這類動人的時刻。

熱戀只像一支燃燒的燭火，終會熄滅。

就像冬天會被春天替代一樣，難道這才是天地的眞理？

沒有永恆。

傳鷹仰首望天，心中叫道：傳鷹，你要追求的，是否這渺不可測的「永恆」境界？有限的生命，其追求的目標，可是「無限」？

疏勒南山高出雲際，爲當地第一高峰，雄偉險峻，令人呼吸頓止。

山腳有個大湖，比綠田的湖要大上十多倍。

湖邊聚居了十多族人，一派世外桃源的景象。

厲工於七日前來到此地，向當地的哈薩克族人租了一個營帳，靜待傳鷹前來。

他的精神凝練，絲毫沒有等待的那種焦心，就算等上千世百世，絕不會有分毫不耐煩。

他在營帳內打坐，已進入第五天，周圍的所有活動，仿似在另一世界內進行，與他全不相干。

突然在至靜中，他感到數人的接近，心中一懍，知道前來的全是一等一的高手，不禁心下嘀咕。

一個聲音在帳篷外響起道：「厲老師，我等爲思漢飛皇爺部下，可否進來一談？」

厲工道：「我看沒有什麼好談的了。爾等如欲謀算傳鷹，可安心在此靜候，他正在來此途中。但若爲爾等生命著想，應立即遠離此地，傳鷹已到了一個非世俗一般武功所能擊敗的層次，非汝等可以明白。」

帳外一片沉默。

另一個聲音響起道：「傳鷹能於蒙赤行手下逃出，我們早心裡有數，此行我們是有備而來，擁有足夠的強大力量，能搏殺世間任何高手，如若厲老師肯鼎力相助，成功的機會自然增加一倍不止。」

厲工知道自己和傳鷹化敵爲友，的確大出思漢飛、卓和等的意料，這些人前來試探，是要弄清自己的立場，如果自己表明幫助傳鷹，這些人首要之務，自然是先料理自己，否則任得他與傳鷹兩人聯手，這些人眞是死無葬身之地。

回心一想，假設自己和這些人聯合，的確擁有殺傳鷹的能力，世事變幻莫測，正在於此。思漢飛千算萬算，智比天高，還是不能預測到今日的變化。

厲工沉聲道：「厲某已無爭勝之心，爾等所有事，均與我無關，速速離去。」

這幾句話模稜兩可，使人不知他意欲何爲。外邊陷入一片沉默裡。

厲工心靈忽現警兆，「砰」的一聲，衝破帳頂，躍上半空，腳才離地，幾支長矛從四周帳壁破布而入，插在剛才自己靜坐處。

這幾人的武功，比自己預料的還高。

厲工躍上半空，突然在空中橫移數丈，落在離帳篷數丈遠的青草地上，背向大湖，凌空撲上去截擊他的高手，紛紛落空。

厲工腳落實地，迅速環顧四周，自己身處於一個斜坡下，背後是廣闊無際的哈拉湖，這時斜坡頂一排數十騎士，向自己俯衝下來，兩側另有二十到三十個高手，齊齊向自己撲至。

厲工心頭一震，暗忖蒙人實力之大，實在難以測度，竟然可以聚集如此眾多高手，難怪自誇有足夠殺死傳鷹的能力，能否成功，尚在未知之數，但要殺自己，機會仍是很大。

厲工哪敢戀戰，一聲長嘯，向湖中倒翻而去，入水不見。

厲工應變之快，大出敵人意料之外，縱有千軍萬馬，亦感有力難施。

帶頭圍攻厲工的幾個人迅速聚在一起，商議下一步行動。

一個身材高大的蒙古人，看來是今次行動的領頭者，首先開口道：「厲工今次顯然採取與我方不合作的態度，據卓和指揮使的指令，如果厲工站在傳鷹的一方，我等須立即退卻，各位以為如何？」

這人語氣中充滿信心，顯然對卓和的指令不大同意。

他們今日這次聚集了蒙古大帝國各地的高手達七十二人之眾，要他們相信以這樣的實力，還不能搏殺兩個漢人好手，實在無法接受，這更牽涉到種族的尊嚴。

另一個身型矮壯的蒙古漢道：「所謂『將在外，軍令有所不受』，現今我等人強馬壯，那傳鷹生死未卜，我們在此以逸待勞，他不來也罷，若來，我們便給他當頭痛擊，他也是血肉之軀，我等何懼之有？」

此人名牙木和，為當日驚雁宮之役被橫刀頭陀以斷矛所殺的牙木溫之弟，這一筆血賬，他當然算在傳鷹頭上，所以主戰最力。

他這樣一說，其他高手連忙附和。

帶頭的高大蒙古人木霍克有見及此，連忙和眾人商議戰術策略。

哈拉湖旁，一時戰雲密布。

跳入湖內的厲工，再也沒有出現，似若在人間消失了那樣。

傳鷹高踞馬上，遠眺遠方連綿的山脈，經過了疏勒南山東麓，終抵達哈拉湖。

哈拉湖介乎疏勒南山和哈爾科山之間的盆地，避過了柴達木沙漠吹過來的風沙，所以草木繁茂，成爲游牧民族安居之所。

快馬走了一個多時辰，哈拉湖邊的樹林，已是清晰可見。

傳鷹遠觀全景，心靈中突然產生一種前所未有的感應，他清楚感覺到有一股強大的殺氣和力量，橫亙前方，這力量至強至大，竟然有足夠殺死自己的能力。

就在這時，一縷輕煙從左方的山頭裊裊升起，在半空上形成了一朵雲氣。

傳鷹微微一笑，暗忖這便是他的催命符了，藉此輕煙，敵人傳遞了自己出現的訊息，等待自己的羅網已經在前面張開。

傳鷹策馬前行，到了進入哈拉湖的樹林前，騰躍下馬。

他極爲愛馬，不想這匹馬隨他一起遭到不幸。

猛拍馬股，馬受驚循原路跑回去。

這匹馬頗爲通靈，身上又有記認，必能回到美麗的維吾爾姊妹花處。

傳鷹又想起當他要走時，那對美麗的塞外少女依依不捨的情景，心下不由一軟，人世間的感情，確是難以割斷。

傳鷹拍拍背上長刀，朝落湖的山路走下去，進入了林木茂密的沿湖區域。

傳鷹知道敵人最佳的戰術，必是待自己出林之後，在林木與湖水間的廣大空地，以雷霆萬鈞之勢，圍攻自己，那樣才能發揮他們聯攻的威力。

他心下全無半點驚懼，亦無半分緊張，像去赴一個宴會那樣輕鬆寫意。

他並非蓄意去達到這種心境，而是自然而然便是這樣。

木霍克站在一個小山崗上，凝望傳鷹進入樹林，揮出手號，全部高手立即進入攻擊的位置，大戰如箭在弦。

漫長的等待。

木霍克大感不妥，傳鷹已過了應出林的時間有一炷香之久，這林區的面積不大，只有里許方圓，但要藏起一個人來，卻是輕而易舉。

傳鷹這一手漂亮至極，登時爭回主動之勢。

木霍克再揮手號，七十多名高手立即轉變陣勢，迅速移動，由集中重兵在出林的小路上，轉而把整個林區圍攏起來。

傳鷹伏林不出，令木霍克不得不改變策略。

他對傳鷹能料敵先機，大惑不解，以致步步失著。

木霍克現在只有兩條路走，一是靜待傳鷹出林。

這個方法，他想也不敢想，試問如果傳鷹也像厲工那樣來個五日不出，他們必是不戰自潰的慘況。

第二個方法就是入林殺敵。

這是極端危險的做法，可是他已別無選擇。

他把己方七十二人，派出三十人入林搜索，只要發現敵蹤，立即示警。

搜索在極有組織之下進行，由三人組成小組，從深思熟慮得出的角度，闖入林中。每個小組和另一個小組之間，都有緊密的聯繫，只要敵人落入任何一組的搜查網內，猶如蛛絲的感應傳達一樣，全體立即都會知曉。

這木霍克指揮從容，怪不得卓和委他以重任，可是今次的敵人實在太可怕了。而且還有穩坐魔門第一把交椅的「血手」厲工，在一旁虎視眈眈。

傳鷹靜立林中，目標明顯，看來並沒有絲毫掩飾行藏的打算。

他今年三十四歲，但實戰經驗之豐，江湖上已是罕有其匹。

傳鷹的精神，晉入了至靜至靈的境地，幾乎里許方圓的樹林內，不要說敵人每一下步聲，幾乎每一下蟲鳴蟬唱，也一一透過他的腦海，加以收集和分析。

他身形電閃，連人帶刀，疾如奔雷向樹林的一角撲去，幾乎同一時間，三個人成品字形地閃入林來。

這三人剛進林，樹叢中長虹一現，傳鷹絕世無雙的厚背長刀，在空中以最快而有力的弧度，同時向三人滑翔而來，仿似三人送上去給傳鷹切割一樣，拿捏角度的準確和時間的恰當，使這三人全無反擊之力。

這三人每一人在西域均爲獨當一面的好手，傳鷹攻來這一刀最奇怪的地方，就是令這被刀光籠罩的三人，每一人都感到在傳鷹的攻擊下，自己是首當其衝的一個。

血光四濺，在傳鷹的偷襲下，這三人沒來得及把訊息傳出，已浴血身亡。

傳鷹身形疾退，又消失在厚密的叢林內。

三人的屍體迅速被另一組發現，木霍克和幾組人同時趕到現場。

檢查了三人的死法，這批精選的高手，也不由倒抽涼氣。

這三人都是咽喉齊平被割斷，不多分毫，也不差分毫，手勁和位置的準確，到了驚世駭俗的地步。

眾人這時才感到思漢飛和卓和的擔心大有道理，但這刻已是欲罷不能。

一團陰影籠罩各人，傳鷹如能於己方之人發出訊號前，將他們當場搏殺，每一組人自然都難逃被逐個擊破的命運。

一陣急嘯傳來，眾人一陣緊張，依聲撲去，只見離此約二十丈處，另三條屍首濺血伏地，顯然又是傳鷹的傑作。

木霍克當機立斷，迅速集中林內和林外的人手，自樹林的東端，一起向西端搜去。

這個樹林長滿粗可合抱的柏樹，本來景致宜人，現在布滿這批高手，立時變得殺氣騰騰，有如屠場。

眾人在木霍克率領之下，推進了半里許的距離，抵達樹林的中間地帶。

樹林外站崗於高處監視的己方人馬，不時傳來訊號，表示未見傳鷹出林，換句話說就是這大敵仍在林內。

就在那一刻，傳鷹卓立林中，一聲大喝，長刀幻化出萬道寒芒，迎頭殺來。

他在樹林中利用林木的掩護，迅速移動，身形詭異難測，使敵手完全不能把握他的去向，更不能聯成合擊之勢，迫得各自爲戰，予傳鷹逐個擊破之利。

轉眼間倒在傳鷹刀下的高手，超過了十五人，他則一直向樹林的西端且戰且退。

傳鷹殺得性起，將刀法發揮到極致，這時他的刀法已全無軌跡可尋，每一刀都是即興的佳作，他的對手根本不能把握他的刀路，更遑論預估他刀勢的去向了。

手中大刀有時如長江大河，沖奔而來；時如尖針繡花，細膩有致；又或如千軍萬馬，衝殺沙場；或似閨中怨婦，如訴如泣，使人身處其中，萬般情狀。

他每一刀的刀氣，形如實質，殺敵遠及數丈，不一刻，又有十多人在他的刀下即時斃命。

被他擊中的，只有死者，沒有傷者。

忽然一把長矛當胸刺來，這一矛氣勢森嚴，渾然天成，是血戰開始以來，最有威脅的一擊。

傳鷹大喝一聲，刀當劍使，刺在矛尖上。

持矛者向後飛退，噴出一口鮮血，退至十丈處才能站立不動，正是木霍克。

他借這一矛之力，硬阻傳鷹刹那的時間，雖不免當場受傷，但手下們亦藉這一下緩衝，聯成合圍之勢，各種兵器，遙指圈內的傳鷹。

傳鷹心下暗懍，這木霍克武功直追卓和，是第一個在他手下受傷不死的人。

這時身前身後四周圍了一圈又一圈的人，遠處的樹上都伏有高手，達四十餘人之眾，這種實力的確驚人，自己爲了擋那一矛，致陷身重圍之中。

傳鷹一聲長嘯，山林響應，宿鳥驚飛。

傳鷹刀光一閃，旁邊一株粗可合抱、高達六丈的大樹，「轟」的一聲直倒下來。大樹倒下的方向極是巧妙，剛好在林木較空處，故能恰恰倒至地面。

傳鷹身子貼著倒下的樹木飛出，由樹腳貼體飛向樹頂，由於大樹倒下，傳鷹變成平身飛出，直向六丈的遠處炮彈般飆去。

眾高手閃開躍起，一矛、一刀、一劍，三個人貼身追去，死命刺向傳鷹後背。

傳鷹感到背後殺氣襲體，雙腳一蹬，在倒下的大樹踏了一下，再向遠方斜斜飛出，背後攻來的兵器紛紛落空。

傳鷹藉著大樹的倒下，輕易逃出重圍，變成眾人在後之勢。

傳鷹覺得此次搏鬥，自己功力又比以前大進，兼且內力生生不息，每一刀劈出，總猶有餘力，比之驚雁宮之役和西湖畔之戰那種力竭身疲，實在不可同日而語。

現在即使再遇蒙赤行，雖未必定能取勝，卻肯定有一拚之力，不似當日要借雷電之威，始能逃過大難。

就在此時，一股鋒銳驚人的殺氣迎面而至。

傳鷹駭然前望，一人長髮向後飛揚，朝自己迎頭衝來，正是「血手」厲工！

傳鷹心念電轉，一是厲工和這批人前後夾擊自己，若是如此，自己現在是九死一生；另一個可能性是厲工來助自己，他針對的是身後撲來的高手。

現在傳鷹必須作出決定。

厲工閃電撲至。

傳鷹放棄攻擊之念，兩人迅速擦身而過，傳鷹只聽身後數聲慘呼，立有數人遭殃。

傳鷹暗自慶幸，自己始終沒有看錯厲工。

他知道厲工故意造成剛才那種形勢，是試探自己對他的信任，這人行事的確離奇古怪，難以常理測度。

傳鷹一個倒翻，加入戰圈，一正一邪兩大絕頂高手，居然眞心誠意，並肩作戰。

一個接一個的敵人，在他們的面前倒下。

卓和的估計一點不錯，這兩大高手聯手之威，即使他們有驚人實力，也絕對不能討好。

傳鷹和厲工站在疏勒南山的觀日峰下，雄視整個柴達木盆地。

祁連山脈遙遙橫亙在東北方。

西邊是柴達木大沙漠，遼闊無邊。

傳鷹細看手上令東來親繪的指示圖道：「十絕關就在那處。」說完用手遙指對面一座高山的山腰，該處形勢險峻，人畜難至。

厲工搖頭茫然道：「這等險峻之地，要蓋一間石屋也極困難，何人可在此建這等洞府？」

傳鷹知道他只是感嘆而已，並不是奢望自己能給他解答。這幅指示圖清楚明白，十絕關轉眼可達，心內甚感歡欣。

這處絕峰拔高七千多尺，山上長年結冰，空氣稀薄，卻難不倒兩人。

厲工領先而行，向目標邁進，這位凡事也不動心的宗主，竟也有如此迫不及待的時候。

半個時辰後，傳、厲站在一片光滑如鏡、高十丈闊六丈的大石壁前，這塊石壁石質與他處截然不同，沒有半點裂痕，嵌在石山的山腰裡。

厲工道：「這處應是十絕關的入口，你看石壁的五丈許處和兩邊的兩丈處，有一長方細縫，顯見是入口和石壁的接合處，但剛才我們二人一起合力推動，仍不能移其分毫，可以想見必另有其他方法開門。」

傳鷹道：「令東來自困此十絕關內，必然有其深意，信中提及明年二月二十日，關門自開之語，當非虛言。」

厲工道：「我們看來除了在此等待之外，再無他法。」

傳鷹道：「要推動此種巨石，並非人力所能做到，明年二月二十日，此處天上剛好太陽與月亮同度，勢將引起大潮汐，哈拉湖的湖水會漲至十三年來的最高點，我看這十絕關，可能是靠山內深藏的水力所推動，令東來既精於天文，自然可以把握時間入此關內，又預計開關之日，故指示其姪孫前來，看看結果。」

厲工點頭同意道：「傳兄弟，看來我們也要在此做上數月居民了。」

傳鷹哈哈一笑道：「這處山川壯麗，何樂不爲？」

兩人長笑起來。

厲工已等上十年，又何礙區區數月？

龍尊義得到《岳冊》之後，發掘了當年岳飛留下來的四個兵器庫，又遍招匠人，依《岳冊》上的兵器圖，製作戰車，招兵買馬，加上他聲威大振，頓然成爲反蒙的主力，勢力迅速膨脹起來。除了根據地廣東一帶外，還迅速向鄰近的湖南、江西、福建等數省擴展，聲勢浩大，天下人心振奮，群雄來附，集結成一股龐大的反蒙力量，局勢比前大是不同。

向無蹤和許夫人這時已結爲夫婦，兩人是有心之士，特地南下江西，來到龍興，前往拜見龍尊義。

兩人抵達龍尊義的府第前，守衛森嚴，二人遞上拜帖，立時有人出來查問後，通報去了。

兩人足足等了半個時辰，才再有人出來，引他們進去。

兩人心想龍尊義日理萬機，他們等上這許時間也是應該的。

高牆內院落連綿，不時有一隊又一隊身披重甲的兵隊梭巡，頗具氣派。

向無蹤兩夫婦卻看得直搖頭，要知這並非前線交戰之地，只要足以保安便夠，這等重甲兵隊，徒耗人力。

這時兩人進入了正門的廣場，忽然引路的人向左一轉，不上正門，反而將兩人帶至正門右側的入口，進入了一間小小的偏廳內。又在那裡待了小半個時辰，才有個書生模樣的人走了出來。

那書生淡然道：「歡迎兩位前來投效，在下白院同，爲龍尊義大帥文書長，特來爲兩位登記，若調查無誤，必盡早通知兩位。」這白院同口說歡迎，但態度上卻絕無歡迎之意。

向、許兩人心中大怒，知道向這種人發作，毫無用處，立即告辭而去，白院同也不挽留。

兩人回到客棧，還是心中有氣，一方面感嘆龍尊義如此作風，豈能成事，至此二人意冷心灰，計劃於明天離去。

想不到當天晚上，龍尊義旗下主將祁碧芍竟親身到訪。

三人是舊識，客氣幾句後，祁碧芍道：「賢夫婦今日的遭遇，我已知曉，那白院同是史其道的人，知道你倆和我的關係，所以特別從中弄鬼，萬勿見怪。」

向無蹤恍然道：「你們現在已是漢人的唯一希望，若仍未能精誠團結，如何能驅逐韃子，還我山河？」

祁碧芍搖頭道：「龍帥自從取得《岳冊》，一躍而成天下反蒙的盟主後，性情大變，無復當年小心經營、禮賢下士的態度。近月來更寵信史其道，我數次苦勸，還為他疏遠，明天我會被調往贛江之東另一營地，小人得道，我也不敢再留賢夫婦了。」語氣消極。

向、許二人也不知怎樣安慰她。

向無蹤道：「思漢飛在武昌調集重兵，此人天縱之才，運兵詭奇難測，祁小姐若見事不可為，請為自己打算。」

向無蹤知祁碧芍熱心為國，不敢直接點出既然小人橫行，何不引退保身？

祁碧芍暗忖若是這番話在數月之前和自己說，必是拂袖而去，可是這些日來實在有點意冷心灰，答道：「賢夫婦好意，碧芍心領，我已泥足深陷，手下還有上萬親信，若我離開，必對龍帥打擊重大，我怎可成為千古罪人？」

向氏夫婦只好同意，放棄了勸她退出之心。

祁碧芍忽地低下頭來道：「有沒有他的消息？」她指的自是傳鷹。

向無蹤道：「自去年與傳大俠一別，全無他的消息，不知現下近況如何呢！」

祁碧芍望向窗外的夜空，心中狂喊：傳郎，你知否我是怎樣地掛念你？

第二十五章　參透天道

二月二十日。

疏勒南山。十絕關前。

傳鷹和厲工兩人在此，不知不覺住了差不多半年時間，終日坐論天人之道，正邪兩個不同路徑的功夫，融會貫通，再難有所分別。

其實所謂正邪之別，乃在於形式的分別，正者所謂從容中道，講求累進式的修養；邪者專走極端偏鋒，務要速成。這是大體而論，其中分別，錯綜複雜。

厲工仰望天際，太陽慢慢爬上中天，哈拉湖的潮水在遠處沖擊裂岸，砰砰有聲。

傳鷹道：「當日蝕開始，太陽和月亮同度，潮水會漲至最高點，那亦應是十絕關啓動之時。」

厲工閉上雙目，好一會兒才道：「傳兄弟，如果我沒有聽錯，山內果然如你所料，有一巨大的地底湖，否則怎會在山內傳來隆隆水漲之聲？」

一股如悶雷的聲音，果真是在石山之內微微傳來，甚至腳下也有細不可察的震動。傳鷹心中一震，戰神殿也是在一個地下湖中，十絕關和戰神殿，兩者是否有任何聯繫？

大地忽然一暗，天上的太陽，已開始被黑影遮了一角，天狗食日的異象終於來臨。

遠方一陣一陣的鼓聲傳來，是附近的少數民族試圖以鼓聲驅逐這食日的凶獸。

黑影逐漸擴大，大地緩慢地進入黑暗。

就在這時，「軋軋隆隆」的聲音在傳、厲面前響起，石山一陣震動，兩人面前十絕關那塊高五丈、闊兩丈的大石，緩緩降下。

這十絕關的開關全賴天地之力，其設計之精妙，直逼戰神殿。

十絕關的大門下降甚速，其厚度達半丈之闊，非人力能加以開鑿，尤其在這等高山險峻之地，此等驚天地、泣鬼神的巨構，究竟誰能爲之？

大石門迅速落下，露出一條長長深入石山內的通道。

傳、厲兩人急忙掠了進去，剛進入口，另一股「隆隆」之聲跟著傳來，原來通道十丈深處之內另有一同樣大小的石門，也正在下降，石門落至與通道地面平貼處，另一道更遠的石門又「隆隆」落下。

傳、厲兩人面對這正在下降的第三道門，心中的震駭實在難以形容，現在他們深入了這條開鑿出來的石道約二十丈處，地道內的四面石壁光潔平滑，不知是什麼工具造成，這時離第三道門又深進十丈的第四道大石門，亦開始迅速下降，露出另十丈的入道空間。

當第十道石門降下時，他們已深入石山九十丈之遠，來到一個高二十丈、闊二十丈的方形大石殿，石殿的頂上有一塊渾圓的寶石，發出黃芒萬丈，照亮了這個廣闊的空間。

除了沒有頂上的大星圖，沒有四十九幅《戰神圖錄》石刻，沒有「天地不仁以萬物爲芻狗」的石刻大字，也沒有前人的遺體外，這十絕關內的大殿，幾乎就是戰神殿的翻版。

厲工緩緩跪下。

在這巨大無匹的石山內的大空間正中跪下。

淚水注滿他的眼眶。

傳鷹有了上次戰神殿的經驗，雖然心神震盪，仍能遊目四顧。

龐大的石山空間內，杳無一人，也見不到其他任何出口。

這十道大石門若再關閉，除了等待另一次的日蝕外，天下間怕無人可以離去。

「無上宗師」令東來呢？

對正入口遠方的大石壁上的正中，約兩丈見方的壁面上，密密麻麻地寫滿了字。

傳鷹掠過那二十丈的空間，來至牆下，原來竟是有人以手指之力，硬生生在堅如精鋼的山石上寫滿了字。

尤其使人驚駭的是這些字在石壁的正中，最低的那個字離地也有九丈之高。

這高度不要說凌空寫字，就算只是躍至那高度，傳鷹自問僅僅勉可辦到，再要停在空中運指裂壁寫字，眞是想也不敢想。

這大殿空空蕩蕩，當然沒有任何工具能助人爬上這樣的高度。

一切是那樣令人難以理解。

厲工此時掠至身旁，傳鷹側目一看，見他也是一臉駭然，顯然和自己轉動同樣的念頭。

光滑的石壁上面寫道：

余十歲學劍，十五歲學易，三十歲大成，進窺天人之道。天地宇宙間，遂再無一可與抗手之輩。轉而周遊天下，南至天竺諸國，西至波斯、羅馬，北至斡羅思，遍訪天下賢人，竟無一可足與吾論道之輩，廢然而返。始知天道實難假他人而成，乃自困於此十絕關內。經九年潛修，大徹大悟，解開最後一著死結，致能飄然而去。

留字以紀。

令東來立

傳鷹熱淚盈眶，這令東來的確使人高山仰止，不能自已。

忽然「隆隆」之聲傳入耳際，石殿的大門已開始升起。

傳鷹向厲工招呼一聲，向正在關閉的大門掠去。

可是厲工依然卓立當地，全無動身之意。

傳鷹明白厲工再不會走了，他要留在此地，學令東來般，勘破生死之祕。

這就是他們的「決鬥」。

大石門一道又一道在他的身後關上，轉瞬傳鷹站在大門之外。

太陽又露出萬丈光輝，但厲工已自閉於這十絕關內，最少要十三年之後，方可重開。

傳鷹心中正盤算無上宗師「最後一著」意何所指，是否爲《戰神圖錄》那最後一幅石刻：「破碎虛空」？

丙辰年十月，距「魔宗」蒙赤行和傳鷹兩人在杭州鎮遠大道決鬥後兩年。

龍尊義聲勢愈來愈大，在廣東海陵山附近投海而死的抗蒙名將張世傑的舊部、宋室的餘兵紛紛來歸，龍尊義來者不拒，建立起一支達二十萬人的部隊，聚集在鄱陽湖旁的龍興，密謀北上攻擊思漢飛囤集在北面數百里外、長江旁重鎮武昌的大軍。

大戰一觸即發。

這日黃昏時分，一乘健馬，載著一個身材健碩、意氣軒昂的男子，馬旁插了一支長丈八的漆紅長槍，背後跟隨了十多個全副武裝的騎士，身上均繡有一個龍字，原來都是龍尊義的部屬。

十多騎往城門馳去，顯然是要離開龍興。

眾人來到城門，該處防衛森嚴，滿布龍尊義的軍隊。

一個領導模樣的軍官，走了上來，面無表情，擺足架勢，硬要看出城的手令。

那帶頭男子身後眾人齊聲罵道：「我們左先鋒『紅槍』譚秋雨，與右先鋒祁碧芍小姐並爲龍帥座下兩支擎天大柱，你不懂睜眼看清楚嗎？」

「紅槍」譚秋雨高踞馬上，面目陰霾密布，一聲不響。

那攔路的軍官道：「史其道副帥的指令如此，請譚爺切勿見怪。」

這人說話慢條斯理，令人更是氣憤。

「紅槍」譚秋雨大喝一聲，如平地起了一個焦雷，全場所有人均心頭如被雷擊。

譚秋雨一把提起紅槍，幻出滿天紅影，向那攔路的軍官刺去。

槍影忽又散去，紅槍回插在駿馬之旁，譚秋雨淡淡道：「我的紅槍，就是本人的通行證。」

那軍官全身衣衫盡破，臉色蒼白如死人，令人擔心他會被嚇得膽破而亡。

譚秋雨一夾馬腹，高速筆直向城門衝去，十多騎一聲呼嘯，旋風般衝出城外，無人再敢攔阻。

「紅槍」譚雨秋一槍之威，震懾全場。

十數騎全力奔馳，似要發洩剛才的悶氣，很快馳出數里，路旁有間酒舖，譚秋雨勒馬站定，躍下馬去，拍檯道：「拿酒來。」

譚秋雨一人獨據一桌，面無表情狂喝起來，其他十數人另外坐開，不敢上來勸阻。

一陣蹄聲自遠而近，由龍興的方向馳來。

馬蹄聲到酒舖前倏然而止。

一團紅影飄了進來，直到譚秋雨對面坐下。

兩人四目相投，正是與譚秋雨齊名的「紅粉艷后」祁碧芍。

祁碧芍搶過他的酒杯，把一口烈酒仰頭倒落咽喉，烈酒激起一臉紅暈，倍添艷麗。

譚秋雨道：「碧芍，剛才那情形你不是沒看到。龍爺一力主戰，要知對陣沙場，蒙古鐵騎天下無敵，我們宜守不宜攻，今次龍爺聽那惡棍史其道之言，揮軍北上，無異送羊入虎口。加上我軍訓練未足，新丁眾多，參差不齊，爭權奪利之輩，又高踞重位，照這樣看來我們再難有希望。」

祁碧芍默默無語。

譚秋雨道：「碧芍，不如你退出此等局面，往找傳大俠！」

祁碧芍舉手阻止他說下去道：「我此生已獻與國家，縱是戰死沙場，亦是無悔。只是小人當道，令我極爲痛恨。」

譚雨秋長笑起身道：「大丈夫馬革裹屍，我今次被調前線，打那第一陣，不論勝負如何，但求無愧蒼天民族，於願已足。碧芍，現今我敬你一杯，祝你美艷長青。」

一杯盡乾，大笑上馬而去。

十數騎的蹄聲，在遠方消失。

祁碧芍心頭一陣激動，腦海中現出傳鷹的絕世英姿。

傳鷹這時正來到四川的成都，過去的一年時間，他大半在西域四處閒蕩，一路潛修《戰神圖錄》上的心法，比之往昔，大是不同，整個人藏而不露，非復當日如出鞘寶刃，鋒芒外現。

這天，傳鷹走在成都的主道上，街上眾生營營役役，各為自己的事奔走。兩邊館子林立，四川著名的食館，辣牛肉、湯圓子等，都集中此地。

忽然心中一動，傳鷹知道有人正從後方注視自己，剛想轉頭，有人在後大喜道：「傳兄慢走！」

傳鷹轉過身來，一個瀟灑不羈、意氣飛揚的文士朝自己走來，頗具龍行虎躍之姿，竟是八師巴座下四大弟子之一的漢人宋天南，這人原為自己死敵，當日在千里崗東頭渡橋，傷在自己刀下。

宋天南來至近前，一臉歡喜之容道：「傳兄，如果世上還有我最想見的人，這就必是閣下了。」

傳鷹奇道：「宋兄何出此言？」

宋天南道：「不如坐下才說。」

兩人走入一間茶館，泡了兩盅茶。

宋天南問道：「傳兄震驚當世的寶刀，為何不見？」

傳鷹莞爾，道：「凶器不祥，捨之已久。」

宋天南恍然道：「傳兄超凡入聖，世俗之器，何堪污手？傳兄當日一刀，對我不啻當頭棒喝，自該日起棄武從易，近日來頗有悟於心，重返西藏，謁見師尊，得傳至道，傳兄實有大恩於我。」

傳鷹微微一笑，道：「不知八師巴兄近況如何？」

宋天南道：「師尊上月坐化於布達拉宮。」

傳鷹閉上雙目，好一會兒才又睜開，面容不見半點波動。

宋天南續道：「師尊自與傳兄別後，返回西藏，傳位與另一人後，捨下一切俗務，閉關修行。除了我、鐵顏師兄和蓮玨師妹外，其他人一律不見。至兩個多月前，他交代了一切後事，進入死關，並囑我等於四十九日後開關。」宋天南說到這裡，停了下來，似乎細意回味當日的情景。

過了好一會兒，宋天南才道：「開關時，師尊早已圓寂，他一手觸地，一手中指作蓮花結，面現微笑，肉身絲毫沒有腐化之象。」

傳鷹微微一笑，似是有悟於心。

宋天南跟著說出一件石破天驚的事，道：「蓮玨師妹為你誕下男嬰，師尊取名為鷹緣。」

傳鷹靜坐如故，虎目光芒一閃，重又消去。

傳鷹寂然良久，宋天南不敢打擾。

傳鷹忽然探手往頭上一削，一束頭髮，有如被利刃割下。

傳鷹取出一條白布，將頭髮置於其上包好，向宋天南道：「勞煩宋兄將此束頭髮，在順道往西藏時，帶給蓮玨，告訴她大恩大德，傳鷹不敢須臾或忘。」

站起身來，微一施禮，飄然去了。

第二十六章　內憂外患

天臨在龍興之西，湘江之旁，與龍興成犄角之勢，互相呼應，龍尊義在此駐有重兵，由手下大將「紅槍」譚秋雨統領。

祁碧芍和譚秋雨，本為龍尊義旗下兩大支柱，可是自從龍尊義因得《岳冊》而成為天下反蒙的領袖，四方來歸，勢力與日俱增，新的勢力乘時崛起，其中尤以宋臣陸秀夫的舊部謀士史其道最得龍尊義寵信。

史其道大肆整軍，將自己的親信安排到各個重要的位子，勢力愈趨龐大，可是他的安排到了祁碧芍和譚秋雨兩人的手裡，便路不通行。

這兩人手下多為龍尊義舊部，祁、譚兩人的影響力柢固根深，非史其道可以改變分毫，即使是龍尊義亦難以插手，遂逐漸形成對抗的勢力，龍尊義因此對兩人心存芥蒂，史其道更視兩人為眼中釘，欲去之而後快。

這晚譚秋雨剛要就寢，忽然部下副將連香輪說有十萬火急之事求見，譚秋雨來不及換上軍服，只是披上斗篷，便在書房接見這得力助手。

連香輪身材瘦長，為人精明，這時卻是憂慮重重，見譚秋雨來到，連忙肅立。

譚秋雨道：「香輪，你我不用多禮，究竟發生了什麼事？」

他素知這愛將泰山崩於前而色不變，今次必是有至緊要的事，才會使他在這個時間來求見。

連香輪道：「我於一個時辰前，接到龍興來的密函，何法監和點蒼雙雁，持有龍爺手諭，已在來此途中，估計後日正午前必到。」

近年來因權力鬥爭加劇，故一向以來，譚秋雨在龍尊義的近人中布下眼線，若有風吹草動，可早做防備。

譚秋雨道：「肯定是龍爺的手諭嗎？還是由史賊代行？」

連香輪道：「密函中強調是龍爺的手諭，據說史賊近日面有得色，並向人透露，說譚爺沒有多少日子可以風流了。」

譚秋雨沉吟半晌，喟然道：「我看此事八九不離十，何法監爲史其道座下最得力之人，今次非有十成把握，豈敢前來？加上同行的又是和他們狼狽爲奸的點蒼雙雁，顯然是要在我違令時，可以出手擒我。龍尊義呀龍尊義！你我從此恩清義絕。」

連香輪急道：「譚爺請勿激動，龍爺給何法監的手諭，內容恐或另有他事，非如一向盛傳的那樣。」

譚秋雨搖頭苦笑道：「史其道想找人代替我，此事密謀已久，今次又豈會無故前來？」

連香輪道：「將在外，軍令有所不受，現在形勢危急，這樣換將，難道我們不可抗令嗎？」

譚秋雨道：「如果我抗令不受，鬥起來，龍爺聲威何在？那時不待蒙人攻來，我們先要崩潰，何能如此？」

連香輪喟然道：「史其道就是看清了這點，不愁我們不聽令。」

兩人相對無言。

譚秋雨暗萌退志，但這數萬隨自己出生入死的部下，廣大人民的期望，自己怎可捨割？一時心下充滿矛盾。

正在這時，一個親兵來報，大江幫的副幫主「飛蛟」游乃泉，有急事求見。

兩人愕然，他們和各地的幫會及地方勢力素有緊密聯繫，這都是在極端祕密的情況下進行，不欲被蒙人知悉，致招報復，今次大江幫的游乃泉親自來見，事情的凶險，可想而知。

游乃泉身型適中健碩，頗有豪氣，進入書房，立即開門見山道：「素仰譚秋雨英雄過人，現今一見，果然名不虛傳。」

譚秋雨道：「游副幫主客氣，未知今次前來，有何事見告？」

游乃泉道：「前晚我方密探，無意間發現了一件驚人之事，原來蒙方在極保密的狀況下，緩緩在白水注入大批軍隊，實力達五萬之眾。」

譚、連兩人一齊色變。

白水位於天臨上游，若從水路而來，三天可抵達天臨。

游乃泉續道：「在同一時間，蒲壽庚轄下的十多艘巨舟，亦泊在白水，我看兩者間必然有緊密關係，所以連忙多方調查，發覺蒙軍祕密把大批食糧運上蒲壽庚的巨舟，看來蒙軍是要從水路來攻，且將是轉眼間事。」

譚秋雨心情沉重，一方面是內憂，另一方面是外患，這樣的仗，如何能打？他表面卻故意露出了興奮的神色，向游乃泉道：「游副幫主這個消息非常管用，異日我方旗開得勝，全賴游副幫主的義舉。」

游乃泉連忙一番謙讓，又談了一會兒各地形勢，才告辭而去。

一待游乃泉走後，譚秋雨向連香輪道：「香輪，你立即準備一切，我決意盡起全軍，在湘江之畔，與蒙人決一死戰。」

連香輪道：「這也好，一戰定勝負，免得被史賊等得逞，亦可免去守城不逮，城破後蒙人屠城之禍。譚爺，眾弟兄都把性命交給你了。」

譚秋雨望上夜空，心道：「碧芍，我恐怕要先一步去了。」

「紅槍」譚秋雨戰死湘江畔的消息，一下子傳遍龍興。

大戰迫在眉睫，龍尊義的軍隊開始一營一營地開出，邁向武昌和龍興間的九嶺山。

思漢飛駐在武昌的蒙古精兵，還是絲毫沒有動靜。

祁碧芍看著壯觀的龍尊義的軍隊，陣容鼎盛地開往九嶺山，心中一片悲哀，回想起今早譚秋雨的死訊傳到龍尊義的耳中時，龍尊義不單沒有對這個多年來建立無數功業的手下加以哀悼，反而大發脾氣，痛罵譚秋雨用兵不當，折其聲威，史其道在旁推波助瀾，自己惟有黯然而退，事已至明知不可爲而爲的地步，哀莫大於心死。

這時一隊載糧草的車隊馳過，這些馬車的設計均比較輕巧簡單，載貨又多，效率很好。

背後一眾部下中，這時有人道：「史其道這些日子來，就只是做了一批這樣的運糧車，整整一部《岳冊》，難道只得這麼多貨色？」

眾人一齊附和，不滿之情，溢於言表。

祁碧芍心下暗嘆，史其道急功近利，絲毫不懂生養之道，《岳冊》到手，急急發掘出密藏的四個兵器庫，對於須辛苦經營的《岳冊》上種種不同兵器設計圖譜，置之不理，本末倒置，白費了傳鷹以生命之險換取回來的寶物，使當年七大高手的犧牲盡付流水，龍尊義和史其道，當是千古罪人。

大軍源源開出，塞滿了通往九嶺山的官道，祁碧芍一帶馬頭，當先馳去，數十名親信緊跟而行。走了半刻鐘，她追上自己轄下部隊，一支接近一萬五千兵力的清一色騎兵，幾乎全爲昔日龍尊義舊部，也是訓練最精良的隊伍，隨自己多年來出生入死，如血肉般不可分離。

要離開龍尊義輕而易舉，要她離開這些擁護她的部屬，卻是十分痛苦的決定。

現下譚秋雨和他大部分的部下，已戰死於天臨，自己目下的實力，代表了以往龍尊義手上的大部分實力，儘管以史其道的專橫，也不敢隨便來動自己。

如此晝行夜宿，第二日的正午，祁碧芍和她的騎兵隊，已超前大軍四十里有多，開始進入九嶺山的大草原。

祁碧芍和她的得力部下，站在草原旁一個山崗之上，察看周圍形勢。

她身旁的猛將洪開山道：「小姐，這處平原之地，無險可守，只利於蒙古人的戰術，蒙人起於大漠之地，最擅衝鋒，我看我們應退入九嶺山內，築好陣地，和蒙古人打山戰，以己之長，攻敵之短，方爲上策。」

眾人齊點頭。

祁碧芍道：「龍帥定下策略，決於此地迎戰蒙軍，朝令夕改，豈是可行？現在惟有盡力而爲，希望能險中求勝，一挫蒙人聲威。」

這時一乘騎士從武昌的方向馳來，顯然是派出的探子。

探子直馳而來，旁邊眾將喝道：「還不下馬！」

那探子慌忙下馬，臉色蒼白，眾人心頭一震，知有大事發生了。

探子道：「蒙人先頭部隊，已在三十里之內，全速趕來，總兵力估計達四萬人，是鎮戍衛萬金城的部下。」

眾人臉色大變。祁碧芍哈哈一笑，發出一串銀鈴般的笑聲，令眾人心頭稍安。

祁碧芍環顧眾人道：「我們為國為民的時刻已到，現在立即布陣，準備與蒙人的先頭部隊拚上一場硬仗。」

眾人久經戰陣，急急領命而去，布置一切。

祁碧芍望向天際的遠方，道：「思漢飛果是一代人傑，居然於昨夜連夜行軍，攻我等之不備，用兵之奇，令人佩服。」

身後眾人默然。無論在實力或戰略，己方都遠落人後，這場仗，不用打便輸了。

這時他們才有點明白，為什麼在蒙人龐大勢力之下，仍能容許他們帶回《岳冊》。

蒙軍漫山遍野地出現在遠方的地平線上，旗幟鮮明，聲勢浩大，幾萬人的隊伍，不聞絲毫嘈吵的聲音。

羊角聲起，蒙軍布下陣勢，左右兩翼各衝出一隊千人的騎兵隊，從兩側包抄而來，騎兵奔行甚速，卻始終不失隊形，頓然生出一種強大的聲勢，直向祁碧芍布下的兵陣殺來，大戰開始。

祁碧芍和她接近一萬五千人的騎兵先鋒隊伍，在一個墳起的山崗下嚴陣以待，她決定死守此地，直至後方龍尊義的大軍來援。

她拒絕了撤退的建議，假設蒙人乘勢追擊，士氣一失，將會牽連整個大局。

祁碧芍在山崗上俯視從兩側殺來的蒙古鐵騎，眞是氣勢如虹、無堅不摧的強兵悍將，環顧左右，除了現在自己手下還有可戰之兵外，其他的部隊紀律鬆弛，爭權奪利，要他們面對這等天下無敵的雄師，不啻叫他們送死，心裡泛起有心無力之感。

祁碧芍微微頷首，她身後的手下立即下達命令，一輪戰鼓轟天響起，漢軍紛紛彎弓搭箭，瞄向衝刺而來的蒙軍。

一排一排的鐵盾，列在陣前。

驀地萬箭齊發，直向蒙騎射去，滿天箭矢，雨點一樣落向蒙古的騎兵隊伍。

漢軍勝在地勢較高，前排的蒙軍雖不住還箭，還是不斷倒下。

羊角聲起，蒙軍退卻，依然布成隊伍，奔回敵陣，留下幾百個屍體和死去或受傷的戰馬，現場一片慘烈。

祁碧芍看得直搖頭，蒙人退而不亂，這一輪攻勢純屬試探己方實力，再從容定計，自己部下雖不乏精兵良將，可惜在數量上遠遜對方，而且這等對陣沙場，乃蒙人之所長，龍尊義這次北伐，打開始早走錯了路，以己之短攻敵之長，史其道既曾爲當年死去的宋臣陸秀夫謀臣，必曾對蒙人的戰術下了一番功夫，怎會犯下如此大錯？想到這裡，祁碧芍心中一動，冷汗直冒出來。

龍尊義的軍隊尚未進入九嶺山的範圍內，已停了下來，在離祁碧芍三十里外的一處平原地紮營。

接近二十萬的兵力，分五處地方布陣，龍尊義和他的三萬親兵近衛，停駐在大後方。

祁碧芍與蒙軍遭遇的消息，很快由傳訊兵帶來，史其道親自接見，詳細一番詢問後，已是半個時辰之後的事了。

這傳訊兵是祁碧芍的親信，人頗精明能幹，見史其道全無所動，知他故意拖延，也不點破，道：「屬下疲累至極，懇請史爺准在下退往後營休息。」

史其道略一沉吟，點首道：「好吧，我一會兒商議對策時，再請你來提供資料，切勿隨便出外，留在營中等我的指令好了。」說到最後，兩眼瞪了那傳訊兵韓森一眼，韓森心中一寒，暗懍此人武功之精深。

韓森在史其道兩個親兵的帶領下，到了一個偏僻的營帳。

韓森入帳後，那兩人竟守在帳外，他暗忖這樣監視自己，分明是禁止自己把消息傳播出去，看來連龍尊義都給蒙在鼓裡，心下不由焦急萬分。

現下祁碧芍和她的部下，正在十萬火急之中，若沒有援兵往助，遲早全軍覆沒。

韓森再不猶豫，一把抽出匕首，往營後挑斷縛緊營腳的繩子，俯身爬了出去。

營外的空氣，使他精神一振，忽然背心一涼，劇痛攻心，抬起頭來，只見史其道其中一個親兵，正朝自己獰笑。

韓森慘叫一聲，當場死去，雙目不瞑。

祁碧芍渾身浴血，著名一長一短雙劍，在如狼似虎的蒙軍陣內衝殺，身邊剩下不到五千人。其他人或被衝散，或是戰死當場。

他們在蒙軍排山倒海、絕對壓倒性的兵力下，仍能支持上四個時辰。

到現在，各人都是力盡筋疲，但龍尊義的援軍依然未見一人。

身旁慘叫連聲，祁碧芍看著自己最得力的部下、多年出生入死的戰友，一個一個在眼前倒下，終於下了她最不想發出的命令。

全軍撤退。

這一仗，已經輸了。

銳氣先折。包括龍尊義的軍隊在內，全都輸了。

祁碧芍現在只想一件事，就是要突圍而去，取史其道的項上人頭，以祭自己戰死沙場的兄弟和「紅槍」譚秋雨的冤魂。

史其道中軍大帳，「砰」的一聲被人踢開大門，一個身型奇偉、滿面紅光、年約五十的大漢，旋風似的衝了進來。

大漢怒道：「其道！你怎樣弄的？祁碧芍在三十里外力抗蒙軍，你竟坐視不理，又不報告我知，你當我龍尊義是什麼人？」

史其道一副驚惶之態，畢恭畢敬地道：「大帥息怒，我已有適當安排，這裡有一圖，畫下了所有進攻部署，你一看便明。」說完從懷中掏出一卷地圖，在龍尊義面前打開。

龍尊義臉色稍佳，低頭正要細看，忽然腰側一寒，一把利刃攔腰刺入，同時「砰砰」兩聲，胸前連中兩拳，全身向後飛出。

對面史其道滿臉獰笑，原先站在身側的何法監，手中還執著一把染滿自己鮮血的利刃。

過往之事，迅即襲上心頭，心下恍然大悟，跟著是無邊無際的後悔。

龍尊義心中狂喊：秋雨、碧芍，我對你們不起，更對國家民族不起。耳際充滿史、何兩人的狂笑，龍尊義狂嘶一聲，倒地慘死。

史其道見龍尊義身死，向何法監道：「你即令人施放煙花火箭，通知思漢飛皇爺，一切照計劃行事。」

何法監面有得色，領命而去，心想立下如此大功，異日陞官發財，享受人間富貴，確是美妙至極。

史其道盯著龍尊義屍體，暗忖自己如非蒙人所派之反間，如何能料事如神，處處爲你取得利益，致得你今日寵信？禍藏於福，正是其中的寫照。仰頭一陣奸笑，得意萬狀。

何法監走出帳幕外，點蒼雙雁沈非聞和沈非志兩人正守候在外。

何法監揮手示意，立即有親信往高地施放火箭。

龍尊義本來有一班護衛親隨，但那護衛統領，卻是史其道安插的人，所以起不了半分作用，現今龍尊義遇害，軍權立時落到他們掌握之中，想到這裡，何法監禁不住又笑了出來。

點蒼雙雁的老大沈非聞道：「何爺這般歡暢，老鬼必已赴地府陰曹了。」

何法監道：「這還用說？我們的史老大乃思皇爺最倚重的人才，當年先弄垮陸秀夫，現在更覆亡龍老鬼，建下不世功業，豈是易事？」

點蒼雙雁的老二諂笑道：「這個當然，我看龍老鬼定死不瞑目，當年帶回《岳冊》時，意氣風發，不可一世，卻不知若非皇爺布下我們這幾著棋子，《岳冊》又焉能隨他安返南方？」

幾人一起狂笑起來。

周圍依然滿布軍帳，旌旗飄揚，近二十萬的兵將全被蒙在鼓裡，懵然不知一個使他們死無葬身之地的陰謀，正在緊鑼密鼓地進行著，危機已是迫在眉睫。

何法監仰觀天色道：「天快要黑了，時間亦差不多，我們應該往接程老師他們哩！」

三人和十多個親隨連忙上馬，馳出營外，他們持有龍尊義的通行手令，暢行無阻，馳離營地。

走了一刻鐘，眾人到了一個森林的邊緣，何法監一聲呼嘯，林內走出了一班大漢，何法監等三人慌忙施禮。

帶頭的一人道：「法監不用多禮，一切進行順利？」竟是程載哀和一眾思漢飛轄下的漢人高手。

何法監恭敬地道：「龍老鬼已被屬下和史老大合力幹掉。」

程載哀道：「很好，異日論功行賞，你兩人應記首功。」

何法監道：「務請程老師栽培。」

何法監做個手號，身後眾兵連忙下馬，窸窸窣窣，脫下軍服，和程載哀等對換穿上，轉眼間，程載哀等十多名高手，變成何法監的近衛親隨。

程載哀略一點頭，何法監帶頭馳出，點蒼雙雁、程載哀在後緊跟而上。

夜色低垂下，天上一片漆黑，滿天星斗，何法監等在夜色掩護下，馳返龍尊義大軍的軍營。惡狼潛至。

第二十七章　玉殞香消

史其道大剌剌坐在中軍大帥的帳內，不斷以龍尊義的名義，向統軍的將領發出指令，這些將領雖然不是和他同是思漢飛派來的奸細，但大多數由他提拔到這個位子，對他的指令，絲毫不敢有違。

史其道心中升起一個奇怪感想，暗忖異日無論如何榮華富貴，也遠及不上這一刻的威權，況且自己叛徒之名，再無可能洗脫，甚至蒙人也會看不起自己，想到這裡，手腳冰冷。

一路以來，他的目標就是要覆亡龍尊義，這類問題，不是不想，而是太遙遠了，但在這一刻，所有以往遙不可及的事，忽然變成即將降臨的現實，故不由他不去想。

暗忖假設自己現下領導全軍全力抗蒙，那又是一個怎樣的局面？剎那間，他感到歷史的軌跡正來到他手上，可隨他的意願而改變，想到這裡，立時心跳加速，血液運行加快。

一個低沉的女子聲音在帳外響起道：「誰敢阻我？」

接著是數聲慘叫，一個頭顱滾了進來，史其道認得是自己一個親隨，不禁大駭。

一名女子手持一長一短雙劍，旋風般衝了進來，雙劍斜刺史其道。

史其道掣刀在手，努力對抗雙劍發出來的殺氣。

那女子當然是祁碧芍，這時她頭髮散披，渾身傷痕。

祁碧芍道：「龍尊義何在？」

史其道聽她直呼龍尊義之名，暗呼不好，看來今次龍尊義也不能作為他的擋箭牌。

史其道沉聲道：「龍大帥剛回營休息，祁先鋒有話慢講。」

祁碧芍道：「我看龍尊義不是回後營休息，而是給你送回地府休息了，對嗎？」

劍光一閃，兩支長短劍幻化出兩道白芒，一上一下，狂風驟雨地向史其道刺來。

史其道咬緊牙關，運刀上下封架，連串兵鐵交鳴的聲音下，刀劍迅速地接觸了幾十下。

史其道暗叫不妙，這祁碧芍武功高強，直可與程載哀相比，現在只希望何法監等能及早趕來，否則他性命難保。

帳外的其他將領，見帳內刀光劍影，素知祁碧芍武功高強，哪敢插手？

況且祁碧芍因無後援，致全軍盡沒，他們也有所聞，心內無不同情祁碧芍。

史其道在生死的邊緣，死命掙扎。

何法監、點蒼雙雁和喬裝了親隨的一眾蒙方高手，這時馳進營地。

何、程等同時愕然，只見遠方火把無數，把營地正中處照得如同白晝，人聲嘈吵。

何法監道：「那處不是中軍帳，龍老鬼的帳幕嗎？」

程載哀在後沉聲道：「我看是其道出了事，快去！」

眾人一夾馬腹，十數騎在密密麻麻的營帳間穿梭，朝中軍大帥帳幕馳去。

很快到達大帥的帳幕前，這時幾乎全部帶軍統領級的領導人物均集中在此處，一圈圈地圍滿了龍尊義的兵員，手執火把，把帳幕圍在當中，水洩不通。

一個將領見何法監到來，連忙上前道：「何指揮回來就好了，不知爲何，祁先鋒和史副帥兩人在帳內動起手來。」

何法監心中一懍，祁碧芍武功高絕，自己這方除了程載哀外，單打獨鬥，無人是她對手，正猶豫間，程載哀一眾，開始移向一角。

何法監知道程載哀看穿他的心意，此舉無異要他自己應付，惟有硬起頭皮，向左右雙雁招呼一聲，三人齊往大帥帳擠過去。

眾將領連忙讓開一條路來。

何法監和點蒼雙雁三人來至帳前，帳內兵刃之聲倏然而止，令人不知內裡玄虛。

何法監朗聲道：「祁碧芍，萬事好商量，何必動武？蒙人現在虎視眈眈，我們先來個窩裡反，徒使親者痛仇者快。」

這一番話合情合理，周圍的將領紛紛出聲附和。

一陣淒厲的笑聲從帳內響起，其中哀憤無限。

眾人毛骨悚然。

笑聲一止，祁碧芍在帳內厲聲道：「龍尊義大帥何在？我們在這裡鬧到天翻地覆，為什麼不見他出來干涉？」

眾將面面相覷，他們曾派人四出找龍尊義，但他便似在空氣中消失了那樣。

而他的近衛親隨卻說他最後和史其道在一起，看來有些可怕的事情已經發生了。

全場鴉雀無聲，原來祁碧芍手持一長一短雙劍，長長的秀髮垂在兩邊肩上，渾身染血地站在帳門之前。

背後帳內全無半點聲息，史其道也不知是死是生。

祁碧芍閃閃生芒的眼光注視何法監，使他膽內生寒。

祁碧芍這手高深莫測，控制了全場的情緒。

何法監知道史其道不發援兵助祁碧芍，已激起公憤，縱使以往站在史其道一邊的將領，亦隨時會倒戈相向，況且一直以來，他們有龍老鬼這個擋箭牌，但龍老鬼已死，所以目下一下子應付不妥，可能是萬刀分屍的下場。

祁碧芍道：「史賊已招認自己是思漢飛派來的奸細，你還想否認嗎？」

這幾句奇峰突出，周圍數千將士一齊譁然，忽然又一片默靜，原來都想聽何法監如何對答。

何法監仰天長笑，好掩飾心中的驚慌，跟著喝道：「祁碧芍你以下犯上，殺害史副帥，現今又含血噴人，意欲何為？」

他不敢指祁碧芍殺龍尊義，因知道沒有人肯相信，祁碧芍的忠義，早深入人心。

祁碧芍遊目四顧，視線射到程載哀等身上，心中一震，喝道：「你們是什麼人？」

隨著她的目光，所有火把同時高舉，照向程載哀等十餘人。

程載哀仰天大笑，揚發出一枝火箭，沖天而起，爆開了一團紅色煙火，鮮血似的染紅了天際。

程載哀一躍而起，直向祁碧芍撲來，擒賊先擒王，只要制住祁碧芍，群龍無首，再多上一倍人也起不了作用。一時刀光劍影，展開混戰。

祁碧芍騰身而起，向何法監凌空撲去，兩劍無孔不入地向他急刺。

何法監掣出背後雙節棍，拚命封架。他哪是祁碧芍對手，何況身邊盡是龍軍，轉眼連中數劍，雖然不是要害，心理上的影響非常大。點蒼雙雁這時不知躲到哪裡去了。

程載哀劈飛了幾個擋路之人，剛剛撲至連連後退的何法監身後，正要出手，祁碧芍倏地向後退，何法監向後便倒，剛好給程載哀扶著他要倒下的屍體，只見他眉心露出半寸許的劍傷，鮮血激濺而出。

祁碧芍退得不知所終。

蒙古軍的號角傳來，營地四周出現了無數的火把，漫山遍野都是一隊又一隊威武整齊的蒙古騎兵，衝奔而來。

決定性的時刻終於來到。

程載哀身形一躍，掠空而去，直追祁碧芍消失的方向。

祁碧芍退入己方的將領群中，這些將領無論是自己往日的朋友或是爭權不合的新軍，都期待地瞧著自己，知道自己現在已成了他們唯一的希望，心下一片茫然。

祁碧芍一振精神，沉聲道：「第一軍和第二軍負責外圍的抵禦工事，第三軍、第四軍和第五軍，待在內圍候命。」

各將連忙領命而去。

祁碧芍跟著道：「如若我有不測，便由第三軍的陳准負責指揮。」

陳准非是什麼人才，只是蜀中無大將，廖化也只好被任爲先鋒。

祁碧芍心知大勢已去，縱是岳飛再生，亦難挽敗局。

蒙軍終衝破了幾個缺口，殺進了己軍的腹地之內。

好像一群撲入羊群內的猛虎，縱橫衝殺，使己方潰不成軍。

就在這時，程載哀出現眼前。

四周殺聲震天。

這不是一個戰場，而是屠場。

祁碧芍心中狂叫，即使到了十八層地獄，也要找龍尊義這老糊塗算賬。

程載哀道：「素仰祁小姐雙劍合璧，今日得此良機請教，至感榮幸。」

祁碧芍目射奇光，沉聲道：「我不欲與你相鬥，走開吧！」

程載哀奇道：「動手與否，看來已不由你作主，祁小姐何出此怪言？」

祁碧芍輕輕道：「程載哀，我們同為漢人，卻在此以命相拚，你不覺慚愧嗎？」

程載哀默默無語。他現在是棒打落水狗，算不上什麼光榮的事。

便在此時，一個聲音在他身後響起道：「程老師稍歇一會兒，這處請讓卓某處理。」

卓和大步走來，身旁盡是一眾蒙古、色目和歸順蒙古的漢人高手。

祁碧芍心中一震，知道己方是一敗塗地了。心中忽然想到傳鷹，暗喊一聲「傳郎永別了」，提起雙劍，往卓和撲去。

見祁碧芍衝來，卓和知她存下死志，遂打個手勢，身後高手立時洶湧而出，如狼似虎撲向這名震江湖的「紅粉艷后」。

祁碧芍夷然不懼，雙劍凌厲地向撲來的兩人攻去，置背後襲來的兵器不理。

五件兵器一齊刺在祁碧芍身上，她的雙劍亦刺入了面前兩人的咽喉。

祁碧芍運功一震，全部兵器飛彈開去。

她全身已受傷無數，又疲勞得神經麻木，她甚至感覺不到傷口傳來的痛楚。

一掌無聲無息從背後拍來，卓和的聲音從後面響起：「祁小姐請上路吧！」

就在這一瞬間，一道低微的嘯聲在極遙遠的地方響起。

剎那後，那嘯聲已響徹雲霄，震動著在場每一個人的耳膜。

這時卓和一掌剛印在祁碧芍背後，她口中一甜，噴出鮮血，全身乏力，輕飄飄地向前跌去。

剛好一人迎面趕來，一把將她抱入懷裡。

祁碧芍勉力一望，嬌軀劇震。

竟是朝思暮想的傳鷹。

傳鷹一把抱起祁碧芍，直向卓和衝來。

卓和魂飛魄散，雙鐧全力攻去。

傳鷹探手穿鐧而入，拳轟卓和胸口。

卓和的身子軟綿綿地離地而飛，他聽到自己全身骨骼碎裂的聲音，所有榮華富貴，高位威權，都離他而去，變成和躺在地上其他屍體絕無任何分別的另一條死屍。

傳鷹緩緩望向懷中玉人，已是花容慘淡，氣若游絲，全仗自己輸入的眞氣護住一命。

圍著兩人的程載哀等蒙方高手，無不噤若寒蟬，以致四周全無半點聲息。

沒有人敢走近兩人。

傳鷹是眾人默認天下無敵的高手。

在大眾環伺下，傅鷹輕聲在祁碧芍的耳邊道：「碧芍，你有什麼未了之恨，讓我給你了結。」講完環顧眾人，又道：「要不要我將他們全部宰掉？」

包圍他的人同時臉色大變，內圍的人開始退向外圍。

傅鷹的威望，震懾了每一個人，沒有人覺得逃走是恥辱。

祁碧芍沙啞的聲音道：「我很開心，有你在這裡，便像那次在西湖湖畔時，再也沒有人可以傷害我，我不要殺人，叫他們走吧！我只想我們兩人在一起。」

這剛強的女子，在死前終於顯露出柔弱無依的一面。

傅鷹的眼睛掃射眾人一遍。

眾蒙方高手均感到他的眼光勝似電光，頓然心頭一陣震悸，全身發軟，這樣的敵人，如何能對抗？

也不知是哪人先走，一忽兒全部退得乾乾淨淨。

祁碧芍在傅鷹懷中看往星空，喃喃道：「傅郎，我時時在想，我的故鄉，應該是在那一粒星的旁邊。」

傅鷹抬頭一看，天上無數星點，也不知哪一顆才是祁碧芍的故鄉，低下頭剛想再問，祁碧芍早已氣絕。

傅鷹一聲悲嘯，全身不斷抖動。

這是他最後一次感受到「人」的「悲痛」。

祁碧芍便像路上揚起的塵埃，隨風而動，不由自主。

人生無根蒂，飄如陌上塵。

二十八章　破碎虛空

蒙軍取得全面勝利。

思漢飛發下命令，追殺每一個逃走的敵人，不留俘虜。

一師一師的蒙古鐵騎，潮水般湧過寬大的草原，左邊兩里是延綿無際的九嶺山山脈，氣象萬千。

一望無邊的旗海，在微風中飄揚，壯觀非常，蒙古大軍正在耀武揚威。

思漢飛高踞駿馬之上，極目四顧，躊躇滿志，背後是他高達二丈的帥旗，八面威風。

眾將前呼後擁，思漢飛正處身於戰勝的輝煌裡、權力的頂峰之上。

這已是蒙古大帝國的極限。

最難征服的國家的土地，在鐵蹄下被踐踏著。

這是偉大的時刻，可是思漢飛卻無自己預期的歡欣。

在這之前，征服中土是自己最高的目標。

每一次進展，每一次擴闊，都帶來新鮮的滿足感，但接下來呢？

當爬山者爬上最高的山峰時，便是盡頭，跟著就要往下爬，回到平凡而不斷重複的日常瑣事裡，應付人世間的各種煩惱。

思漢飛感到一種難以言喻的空虛。忽然間他明白了傳鷹的心態，傳鷹追求的是一種永無止境的「道」。

像爬上一座永遠摸不到頂峰的高山，永遠享受登高那種邁向目標的苦與樂。

就在這時，他看到了傳鷹。

在一個他絕不想看見傳鷹的時候。

傳鷹在思漢飛的親兵隊伍前，驀然出現。

沒有人看到他怎樣走出來，只知道他忽然站在那裡，像亙古以來他一直都是站在那位置的樣子。

眾蒙人兵器紛紛出手，一排一排的箭手，同時彎弓搭箭，千百支長矛，一齊指向傳鷹，登時殺氣騰騰。

這批思漢飛的近衛親隨，絕大部分人昔日曾親睹傳鷹大展神威，在千萬軍馬中，如入無人之境，這刻見到他如天神般地出現，不待吩咐，布成陣勢，嚴陣以待。

兩萬多戰無不勝的蒙古精銳，戰戰兢兢，如臨大敵，對著孤身卓立草原之中的傳鷹，布下強大的陣勢。

思漢飛這時反而給隔在後方，他身邊的眾將領團團將他護住。

傳鷹此來，不在話下，目標必是思漢飛。

思漢飛坐在馬上，遙望給自己兵隊遠隔的傳鷹，只見他的目光向自己掃來，心中不由湧起罕有的懼意。

傳鷹利如電芒的眼神，似是完全不受距離的影響，直接來到他的臉上、眼中、心內。

思漢飛有一種給傳鷹一眼瞧穿的感覺，什麼奇謀妙計，在這一刻絲毫不管用，他甚至感到傳鷹強大的精神力量，緊鎖著自己，宛似命運一樣，使人無法逃避。

其他的蒙古兵團，逐漸遠去，在平原的地平線上變成一條顫動的長方形。現在這裡只有傳鷹和他們。

傳鷹終於動了，一步一步向著布下陣勢的蒙古大軍走去。

一聲號令，驀地蒙軍陣中萬箭齊發，滿天箭雨，朝傳鷹射去，連陽光也給遮蓋了。

箭矢來到傳鷹身前五尺許處，竟紛紛墜地。

以蒙人的強弓利箭，竟然不能攻入他的護身眞氣內，如斯驚人功力，蒙赤行可能也未能達到。

思漢飛遍體生寒，目下雖然有二萬親兵，團團護衛，可是他卻有孤獨一人的可怕感覺，使他很難再當傳鷹是一個有血有肉的人。

他緩緩抽出掛在馬旁的長矛，緊握矛柄，心下稍安，這矛此次是否仍可爲他帶來勝利？

這身爲蒙古三大高手之一的不可一世人物，想不到也會有這類心膽俱寒的時刻。

傳鷹步過了箭雨，開始和前排的蒙古人短兵相接。

他在敵陣中迅速前進，所有試圖阻擋他的人，莫不立斃當場，竟然沒有一個人可以使他的步伐慢下半分來，他雖是赤手空拳，但身體任何一個部分，都是最驚人的殺人武器。

思漢飛感到一陣絕望。

這敵人太可怕了。

悍勇的蒙古兵將，紛紛在他四周仆倒。

蒙軍一片散亂。

以勇猛威震天下的蒙古兵將，進入了前所未有的恐慌裡。

各種不同類型的兵器，刀、槍、劍、戟、矛、斧，瘋狂地從四面八方向傳鷹施以死命的攻擊，殺氣瀰漫全場。

但傳鷹就像暴風雨中聳峙的高山，任是最強勁的狂風，也不能使他有絲毫搖動。

他的雙眼有一種奇異的魅力，使人不敢正視，使人渾身顫抖。

他整個人代表了一種近乎天地宇宙的力量，無始無終，渾然無間，又龐大無匹，非任何人力可以抗衡。

長槍、重矛擊到他身前，忽然便失去了所有威力。

他像是只露一角的巨石，那露出的一角雖小，但即使千百人一齊去搖動，它亦是穩如泰山，分毫無損。

傳鷹身前蒙人紛紛倒下，他很快穿過了蒙軍中線，距思漢飛只有十多丈的距離。

思漢飛馬前所有將士都手執兵刃，嚴陣以待，可是從他們蒼白發青的臉色，便知道沒人能有半分把握。

即使以這橫行天下的無敵雄師，在傳鷹這猛虎之前，都變成膽小怕事的待宰羔羊。

思漢飛突然記起兩年多前在西湖之畔，與傳鷹那次沒有完成的決鬥，不禁苦笑起來，暗忖這決鬥終於來了，是否出於命運的安排呢？

他心中浮起一個奇怪的念頭，就是縱使傳鷹現下殺了他，他絕無半點怨恨。

能死在光榮的巔峰，死在馬上，死在這蓋世奇才之下，不是遠勝死在病床上嗎？

就在此刻，傳鷹的眼神越過蒙軍滿空揮舞的閃爍殺人利器，穿過橫亙在兩人間的千軍萬馬，直望進他的心坎裡。

傳鷹手上電芒一閃，不知由哪處奪來一支長矛，筆直向他射來，傳鷹終於向他出手了。

天地忽爾停頓。

雖然周圍兩萬多人殺聲震天，思漢飛卻覺得在這一刻，宇宙靜寂無聲。

心中剛想提起手中鋼矛，那擲來的長矛已貫胸而入，再從後背鑽了出來。

傳鷹這一矛完全沒有受時間和距離所束縛，他手中寒芒初現，思漢飛便被貫胸破背，中間沒有費去剎那光陰。

思漢飛腦中出現一個身穿紅衣的美女，手上一長一短兩支寶劍，在空中縱躍起舞，姿態仿若天仙妙舞般動人心弦。

他知道傳鷹的精神和他的精神，在這生死一刻，接連在一起，同時也知道傳鷹是爲了誰來殺他。

這是思漢飛最後的感覺。

所有在場的兩萬蒙兵將士，一齊停下手來。

整個戰場鴉雀無聲。

思漢飛從他的駿馬背上緩緩倒下，「砰」的一聲重撞地上，激起滿天塵土，在空中飄揚。

這不可一世、縱橫宇內的軍事天才，當年蹂躪歐陸，大破波斯聯軍於黑海之濱，今日又征服中土於鐵蹄之下，終於重歸塵土。

一聲長嘯在傳鷹口中響起。

在遠方九嶺山的方向，一匹神駿奇偉的白馬，倏地出現，起初還只是一個白點，忽然間呈現出一匹馬形，直向蒙軍奔來。

同時傳鷹的身形向後急退，撞得背後擋路的蒙人東倒西歪。

傳鷹以高速退出敵陣，迎著奔來的白馬撲去，一人一馬轉眼相遇。

傳鷹飛身上馬，抽轉馬頭，白馬前蹄踢空，長嘶一聲，直向九嶺山奔去。

眾蒙人如夢初醒，震天動地暴喝出聲，一齊策騎向傳鷹追去。

千萬隻馬蹄在草原上奔馳，一時天地間給雷鳴般的蹄聲塡滿，踢起漫天塵土，狂風般向傳鷹追去。

傳鷹的白馬，以驚人的速度奔往九嶺山。

當他轉上山路時，能緊跟他馬後的，只剩下二百餘騎，都是蒙人中騎術最精湛的一群。

他們心悲思漢飛的死亡，忘記計算以他們的力量能否殺死傳鷹，只知道要追！追！追上去拚個生死。

山路蜿蜒向上，愈往上走，愈形狹窄。

傳鷹一人一馬，在雲霧裡忽隱忽現，眾蒙騎捨命追趕，傳鷹看來馬速甚緩，他們卻始終未能追及。

傳鷹和身後的追兵，一同愈走愈上，進入了橫攔在山腰的濃霧裡。

傳鷹和白馬在前面的濃霧中若有若無，令人覺得一切都是那樣不眞實，像是在一場噩夢裡。

山路擴闊，可容數騎並肩而進。

傳鷹身影在前頭清晰可見。

追騎們大喜，長鞭紛紛揚起，在空中打了個轉，「啪啪」連聲地鞭在馬臀。

帶頭的數十匹駿馬同時狂嘶，馱著主人，衝破濃霧，直向傳鷹箭矢般飆去。眼看要追上。

在前面傳鷹的一人一馬，忽然凌空躍起，落向遠方的濃霧裡。

這一躍最少有兩丈之高，橫跨四丈多的空間，超出了任何駿馬可以達到的高度和距離。

白馬頭後的白鬃毛在山風中自由地飄揚，有若天馬行空，以一個扣人心弦、超越了世間一切美態的姿勢，在虛空裡劃出一條美麗的弧線，再下落至遠方的濃霧裡。

濃霧之下似乎是康莊大道，人馬踏穩其上，立即輕盈瀟灑地繼續馳往濃霧的深處，好一會兒忽隱忽現，然後逐漸消失。

最前的幾騎蒙軍，受到這個景象的刺激，齊聲發喊，悍不畏死地奮抽馬頭，幾匹千中選一的良駒，在以擅騎致名震天下的蒙古人駕馭下，狂嘶聲中發力朝前猛躍，向傳鷹剛才人馬的落點撲去。

騎士慘叫。健馬嘶喊。

全部人馬一齊踏空，直跌往濃霧下不可見的深度，跌墜的聲音由大而小，好一會兒才停止下來，卻不聞觸地聲響。

下方竟是萬丈深淵。

後來的數十騎士大驚勒馬，弄得健馬紛紛人立而起，踢得山石激飛，墜下濃霧的深處。

其中數匹人馬，收勢不住，也墜進濃霧裡，朝下急跌，場面混亂至極，一種難以言喻的恐慌，震撼了在場每一個人的神經。

忽然一陣狂風吹來，雲霧變得稀薄。

眼前視野，清晰可見。

一個驚人的景象，在眾人面前展現。

全部蒙古騎士臉色瞬間發白，更有人因驚駭而全身抖震，健馬狂嘶人立而起。

目下他們正置身一個孤懸於半空的高崖上，在離地面超過三百丈的高度，俯瞰整個鄱陽湖大平原。

下面平原軍容鼎盛整齊的蒙軍兵隊，變成一排一排的黑線，人馬只有螻蟻般大小，他們便似高踞雲端之上，察瞰眾生。

傳鷹和他神駿的白馬，落腳的地方正是眼前廣闊無邊的空間，哪來半點實地？

蒙人心神震盪，面對一片虛空，跪了下來。

《破碎虛空》全卷終

國家圖書館出版品預行編目資料

破碎虛空 / 黃易作. -- 初版. -- 臺北市 :
蓋亞文化有限公司, 2023.06
面； 公分

ISBN 978-986-319-844-4(平裝)

857.9　　112008762

破碎虛空

新編完整版

作　　者　黃易
封面題字　錢開文
封面插畫　練任
封面設計　克里斯
特約編輯　周澄秋
總 編 輯　沈育如
發 行 人　陳常智
出 版 社　蓋亞文化有限公司
地址：台北市103承德路二段75巷35號1樓
電話：02-2558-5438　傳眞：02-2558-5439
電子信箱：gaea@gaeabooks.com.tw
投稿信箱：editor@gaeabooks.com.tw
郵撥帳號 19769541　戶名：蓋亞文化有限公司
法律顧問　宇達經貿法律事務所
總 經 銷　聯合發行股份有限公司
地址：新北市新店區寶橋路二三五巷六弄六號二樓
電話：02-2917-8022　傳眞：02-2915-6275
初版一刷　2023年06月
定　　價　新台幣 380 元
Published and printed in Taiwan

ISBN 978-986-319-844-4